役目を終えた悪役令息は、第二の人生で
呪われた冷徹公爵に見初められました

Characters
カイル・ハウエル
ハウエル公爵家の嫡男。
顔の右半分にある痣のせいで
人間不信になっているが、
ダリルには少しずつ懐いている。
カーティス・ハウエル
ハウエル公爵家の現当主。
真面目で紳士的だが
常に寡黙で無表情。
天然気味なところがあり、
たまに周囲を驚かせることも。
ダリル・コッド
悪役令息に転生した元日本人。
とある事情で物語のとおり
断罪されたあとは、
ハウエル公爵家の別邸で
使用人として働いている。

ローマン・マクレイ
ハウエル公爵家の執事長。
穏やかで物腰が柔らかい有能執事。
ネイト・コッド
ダリルの異母弟。
重度のブラコンであり、
ダリルを溺愛して止まない。
フィル
ダリルの元婚約者
アルフレッドの、現恋人。
可憐な見た目だが性格は……？

目次

役目を終えた悪役令息は、第二の人生で呪われた冷徹公爵に見初められました

「――契約を延長してもらうことは可能だろうか」

目の前に座る夫、カーティス・ハウエルが静かに言った。その声はどこか縋《すが》るような切実さを帯びていた。

「え？」

壁際にいくつもの本棚が並ぶカーティスの書斎で応接用のソファに座り、他愛のない会話を交わしていたダリルは、唐突に思いがけない言葉を寄越され、目を見開いた。

カーティスの言葉が聞こえなかったわけではない。むしろ屋敷は夜の静寂に包まれ、今この世にいるのは自分たちだけではないかと錯覚するほどに静かだった。

しかし、それでも聞き返してしまうくらい、カーティスの言葉は予想外のものだった。

契約と聞いて、思いつくものはひとつだけだ。ハウエル公爵家当主と使用人、このあまりに身分の違う二人を繋げる婚姻関係である。

確かに二人は婚姻関係にあるが、それは一年だけ。彼の息子、カイルが全寮制の学園に入学する今日までのはずだ。

契約という言葉通り、そこに恋愛感情は一切なく仮初めの関係である。それこそ、先ほどまで二人で今日学園に入学したカイルとの思い出話に花を咲かせていたのだ。このまま綺麗に関係を終えるものだと信じて疑わなかった。

「えっと……契約、というのは、この婚姻関係についてでしょうか？」

念のため、ダリルは確認した。

「ああ、そうだ」

戸惑うダリルに反して、カーティスは落ち着いた様子で頷き返す。ダリルの困惑はますます深まるばかりだった。

「あの、どうして延長を……？」

そもそも一年だけという条件を出したのはカーティスのほうだ。しかも二人の結婚を望んだのはカイルであり、その彼はもうこの屋敷にいない。

はっきり言って、この婚姻関係を延長する意図が分からなかった。

「あ、もしかして、学園の行事などで両親の参加が必要なのですか？　それなら、いつでも呼び出してくれれば駆けつけ――」

「違う」

ダリルが言い終える前に否定したその声は鋭く、少し苛立っているようでもあった。よく見ると、眉間にも薄っすらと皺《しわ》が寄っている。

（何か悪いことを言っただろうか……？）

もちろんカーティスが巷《ちまた》で聞くような冷血な人間でないことは、偽りとはいえ、彼の伴侶として傍にいたこの一年でよく知っている。

しかし、オーデル王国を長き戦争から救った英雄として称えられるその凄みは、時に威圧感を生み出す。怯《おび》えるダリルに気づいたカーティスは、ハッとして「すまない」と自身の態度を恥じ入るように謝った。

「別に怒っているわけじゃない。ただ、君は本当に私のことなんか少しも眼中にないのだと思ったらつい……」

「え？」

カーティスは視線を逸らし、口元に当てた手の中で苦々しく呟く。そしてゆっくりと顔を上げると、真っ直ぐダリルを見た。

「君はこの一年、カイルの親としてよく頑張ってくれた。そのことにはとても感謝している」

「いえ、私は別に大したことはしていませんよ」

謙遜ではなく、事実、カイルの親代わりの役目は特段大変なものではなかった。むしろカイルと過ごす日々は楽しかった。それに生家から勘当されて帰る場所のなかったダリルのほうこそ、契約結婚とはいえ家族として屋敷に置いてもらったのだから、いくら感謝しても足りないくらいだ。

「ところで、契約延長の理由は何ですか？　もしかしてカイルが寂しがるからとかですか？」

カイルは屋敷にはいないが、その間に書類上の話ではあれど親子関係がなくなるのは寂しいことに違いない。しかしカイルのいないこの屋敷に、親代わりとしての自分は不要だ。

それにカーティスには、今後もカイルとの手紙のやり取りや面会を自由にしていいと言われている。だからたとえ親子関係がなくなっても、カイルが嫌がらない限り、彼とはずっと親交を続けていくつもりだ。

それを伝えようとしたが、先に「いや、違う」とカーティスが答えた。

「確かにカイルも寂しがるだろう。父親としてそれは避けてやりたいところだ。だが、延長の申し出はカイルの父親としてではない。――君の夫としてだ」

赤い瞳が真っ直ぐダリルを見据える。そのひたむきな眼差しに、思わずドクンと鼓動が跳ねた。

「さっきも言った通り、君はカイルの親としてこの一年よく頑張ってくれた。……だから今度は、私の伴侶として傍にいてくれないだろうか」

プロポーズと言っても差し支えないほどの真剣な声と言葉に、ダリルは戸惑った。

確かにこの一年で彼に好意的な感情を抱くようになった。しかし、そこに甘い恋愛感情はない。だからといって、彼の申し出を無下に断るのも躊躇《ためら》った。もちろん相手がこのオーデル王国で王族に次いで権力のあるハウエル公爵家当主であることも理由のひとつだが、それだけではない。

契約結婚とはいえ、家族として一年過ごしてきた。恋愛的な感情はなくとも情は湧く。しかも相手は真剣そのもので、契約延長を申し出るその声にどこか痛切さを感じたのだ。

これを断れというほうが無理な話だ。しかし安請け合いできる類のものでもない。

「……半年だけでいい」

どう答えるべきか思いあぐねていると、カーティスが縋るような声で言った。

「半年だけ、契約を延長してくれないだろうか。もしその間に君が私に好意を抱かなければ、大人しく契約を解消——離婚、するつもりだ」

そしてカーティスは、懐《ふところ》から一枚の紙を取り出した。

「半年の延長に合意してくれるのなら、そこにサインをしてくれ」

言い終えるとカーティスはゆったりと長い脚を組み、テーブルの上の紅茶を口に運んだ。

ダリルは冷や汗をかきながら、ハウエル公爵家の家紋が押された契約書をじっと見つめた。

（な、なんでこんなことに……！　俺はただ、第二の人生で自由気ままなスローライフを送りたかっただけなのに……！）

もし目の前に神が現れたなら、すぐさま詰め寄りこう言っていただろう。

悪役令息としての役目は全うした！

これ以上、試練を課してくるな！

＊＊＊＊

約二年前、まだダリルがコッド侯爵家の人間で、王立アリシア学園に在籍していた時のこと。

「ダリル・コッド、君との婚約はこの場をもって破棄する！」

学園の定例行事である舞踏会で、婚約者であるゴードン公爵家令息、アルフレッド・ゴードンがダリルに言い放った。金髪碧眼の美少年、フィル・ガーネットを抱き寄せながら……

ダリルは震える手をぎゅっと握りしめながら、問い返した。

「な、なぜですか……？」

「まさか心当たりがないとでも言うつもりか？」

侮蔑《ぶべつ》の表情をありありと浮かべ、アルフレッドがじろりとダリルを睨みつける。

「フィルからすべて聞いた。彼に嫉妬して数々の陰湿な嫌がらせをしてきたそうだな」

「そ、それは……っ」

言葉に詰まるダリルを見て、アルフレッドはハッと鼻を鳴らした。

「顔だけでなく心まで醜いようだな。心も美しいフィルとは正反対だ」

「……ッ！」

ダリルは俯《うつむ》き、震える拳を握りしめた。

しかし、その震えは怒りや屈辱からくるものではなかった。

（……や、やっと、これで悪役令息の役目から解放される！）

長い間待ち望んだ展開に、ダリルは心の中で思わず両手を挙げて歓喜した。

ダリルには前世——佐《さ》野《の》幹《みき》明《あき》の記憶がある、そしてその記憶に基づくと、この世界は妹の書いた小説『薔《ば》薇《ら》色《いろ》の君《きみ》』で、どうやら自分は主人公の恋敵で悪役令息のダリル・コッドに転生したようである。

『薔薇色の君』はいわゆるボーイズラブというジャンルで、同性同士の結婚も普通という設定だ。

前世の自分であれば絶対に読まないジャンルの小説だが、目に入れても痛くないほど可愛い妹が初めて書いた小説だ。読まないはずがない。

反応がもらえないと嘆いている妹を見かねて、小説が更新される度に匿名で長文の感想を送っていたほどに読みこんでいたので、展開どころか台詞までほぼ覚えている。

この物語は、美少年のフィルが、運命の人――アルフレッドと出会い、幸せになる物語だ。そのためにはアルフレッドが、親同士が勝手に決めた婚約を、ダリルの悪行を理由に破棄しなければならない。つまり、悪役令息ダリルの悪行はこの物語において必須なのである。

しかし、常識的な良心を持つ幹明の記憶があるダリルにとって、人を傷つける陰湿な言動をとるのは抵抗があった。

なので、そういったことをしなくても婚約破棄できるように努めたが、駄目だった。物語の展開に反することをすると過去に戻され、何度もやり直しを強いられるのだ。

最初こそ、物語の展開に差し支えのない程度に嫌がらせの内容を加減していたのだが、前回のやり直しの時に弟のネイトを巻きこんでしまい、彼を死なせてしまった。

このことがきっかけで、ダリルは決意した。

――加減など一切せず完全に悪役令息の役目を全うしよう、と。

(長かった……。でも、これで終わりだ！)

ダリルはそう安堵しながらも、いかにも気が動転しているような表情を作って、勢いよく顔を上げた。

「だ、だって、アルフレッドには僕という婚約者がいるのに、そいつがあなたにまとわりついているから……！」

「それで嫉妬したということか？　聞き苦しい言い訳だ。それで許されていると思っている貴様の心根が醜い。そもそも、俺は貴様など一度も愛したことはない」

「そ、そんな……っ」

冷たく浴びせかけられた言葉に目を見開き、ダリルはその場にくずおれた。もちろんすべて演技だ。

「そんなひどすぎる……っ」

顔を覆って泣くダリル。そんなダリルを見下ろすアルフレッドの目はますます冷たいものとなり、軽蔑するようにハッと息を吐き捨てた。

「ひどいのはそっちだろう。可愛いフィルを傷つけて。しかもこの間は、階段からフィルを突き落として――」

「アルフレッド様」

碧《あお》い瞳を潤ませて二人のやり取りをアルフレッドの腕の中で静観していたフィルが遮った。

「もう、おやめください。ダリル様がお可哀想です。確かに僕はダリル様に嫌がらせをされました。でも、それはダリル様がアルフレッド様をそれだけ愛しているということです。人を愛すると嫉妬心が出てくるのは当然のことです。ただ、今回はそれが行きすぎたということで……」

「フィル……！　お前は何と優しい！」

感極まった様子でフィルを思いきり抱きしめるアルフレッド。

「姿だけでなく、心までまるで天使のようだ」

「そ、そんな、僕はただ当然のことを言ったまでで……」

フィルは恥じらうようにその頬を赤く染めた。

（はいはい、そういうのは後でいくらでもやってくれ……）

顔を覆う指の隙間から二人の甘いやり取りを見て、ダリルは心の中で毒を吐く。もちろん嫉妬心からではない。早くこの茶番から解放してくれという気持ちからだ。

フィルはアルフレッドから離れると、ダリルの前まで歩み寄り、片膝をついた。

「ダリル様、大丈夫ですか。よければ僕の手を」

差し出された白く美しい手と、天使のような美貌に浮かぶ微笑みに目を剥《む》いてみせる。そして、すぐにその顔を険しく歪めた。

「お前如きが僕に同情するな！」

そう怒鳴りつけ、ダリルはフィルの手を叩き払う。その光景に周囲がどよめく。

しかしダリルは気にすることなく立ち上がると、「覚えていろ！　この学園にいられないようにしてやる！」と捨て台詞を吐き、そのまま舞踏会のホールを後にした。


学生寮へと続く回廊の途中で足を止め、ダリルは自分の胸に手を当てる。

ホールを出てからずっと、バクバクと激しい鼓動が止まらなかった。

（こ、これで、やっと終わった……）

これまでの理不尽なやり直しと、心が痛む悪役令息の役目からようやく解放された安堵と喜びに、じわりと目尻に涙が滲《にじ》んだ。

（もうこれからは小説の展開なんか気にしないで自由に生きられるんだ……！）

夜空に浮かぶ綺麗な満月を見上げながら、目を細めた。

「兄さん！」

突如、背後からした声に、完全に気が緩んでいたダリルは思わずビクッと体を震わせた。振り返ると、ひとつに束ねた黒い長髪をなびかせて駆け寄って来る弟、ネイトの姿があった。

「ああ、ネイトか」

「『ああ、ネイトか』じゃないよ！　何だよ、さっきのは！」

吊り上がったその紫色の目は怒りに満ちていた。とても同じ血が流れているとは思えないほどに整ったその顔は、怒るとさらに威圧感が増すので、思わず怯《ひる》んでしまう。

ネイトはダリルの二つ下の弟だが、コッド侯爵家当主の後妻との子で、ダリルの異母弟である。ダリルの母は彼を産んでから一年も経たずにこの世を去っている。

ネイトの母は前妻の子であるダリルのことを疎《うと》ましく思っているが、ネイト自身はダリルを実の兄のように慕っており、ダリルもまた彼を可愛がっていた。

「あの男、ふざけてる！　兄さんとの婚約を破棄するなんて！　他の奴らがいなければ殴ってやったのに……っ」

心底憎らしそうに奥歯をギリッと鳴らすネイトを見て、ダリルは思わず小さく笑った。

「なに笑ってるんだよっ。笑い事じゃないよ！」

「ごめんごめん。ただ、いつもアルフレッドのことを『あいつは兄さんの婚約者にふさわしくない』とか言ってたのに、いざ婚約破棄となるとすごく怒ってるから」

「そりゃあ、こんな婚約関係なんかなくなれってずっと思ってたよ。でも、あいつから言い出すのは違う。しかも、あんな人前で言うなんて！」

ネイトは苦々しげに言って、拳を血管が浮き立つほど強く握りしめた。

小説通りの展開を望んでいたダリルにとって、正直なところ、この婚約破棄は痛くも痒くもない。なのに、まるで自分のことのように怒り悲しんでくれるネイトに、少し胸が痛くなった。

何か言葉をかけようとしたとき、彼はダリルをキッと睨んだ。

「兄さんも兄さんだ！　どうしてあんなことを言ったんだ！　あれじゃあまるで兄さんが本当に嫌がらせしたみたいじゃないか」

「したみたい、じゃなくて、したんだよ」

兄を信じる弟の真っ直ぐな目に後ろめたさを覚えつつ、苦笑しながら答える。それを聞いたネイトの目が驚愕に見開かれた。

「そんな兄さんが……。信じられない」

「信じられなくても事実だよ」

「どうしてそんなことを……！」

「えっと、まぁ、嫉妬に狂ってという感じかな」

頭を掻きながらぎこちなく笑う。

当然ながら、アルフレッドへの愛もなければ、フィルへの嫉妬心もない。だが、婚約者の自分がフィルに嫌がらせをする理由としては、それが一番妥当だ。物語上でもそうなっている。

「嘘だね」

だが、長年傍で兄を見てきた弟の目は誤魔化せなかったようだ。

ネイトはそう断言して、溜め息をついた。

「兄さんは嫉妬なんかで人を傷つけるような人じゃない。そのことは弟の僕がよく知っている。あまり僕を見くびらないでほしい」

毅然とした目で見つめてくるネイトに少したじろぐ。そして、こんなにも自分を信じている人がいるという事実は、純粋に嬉しかった。

気づけば頬が緩み、満面の笑みを浮かべていた。

「ははは、そんな風に言ってくれる弟がいて、俺は本当に幸せ者だ」

「はぐらかさないで。……それで？　なんで嫌がらせなんかしたの？　フィルにひどいことでもされたとか？　それとも誰かに脅されたとか？」

「あー……」

ずい、と顔を近づけて詰め寄るネイトから、ダリルは視線を逸らす。

誰かに脅されて、というのは当たらずもといえども遠からずだ。ただし、相手は人ではなく、この世界を統べる者、もしくはこの世界そのものかもしれないが……

「……言えないの？」

「えっと、できれば、そこには触れないでもらえると嬉しいな」

ネイトが真意を窺《うかが》うようにじっと見つめてくるので、ダリルはぎこちなく笑い返した。

まさかこの世界が妹の書いた小説の世界だと言っても、信じてもらえるはずがない。さらには小説通りの展開にしなければ過去に戻ってやり直さなければならない、などという突拍子のない話をすれば、間違いなく正気を疑われるだろう。

しばらくすると、ネイトは小さく溜め息をついて顔を引いた。

「分かった。兄さんを困らせるのは僕の信条に反するから、これ以上は詮索しないであげるよ」

不服そうに腕を組みつつも追及を打ち切ってくれたので、ホッとする。

「ネイト、ありが――」

「ただし！」

ずいっ、と彼は先ほどよりさらに顔を近づけてきた。

「今後困ったことがあったら絶対に僕に相談すること！　いいね？」

「う、うん、分かった」

ネイトの圧に怯《ひる》みながら、ダリルはこくこくと頷いた。するとネイトはようやく顔を離した。

「まったく。嫌がらせの件にしたって、僕に言ってくれればもっとうまくやり通したのに」

溜め息をつくネイトの言葉を聞いて、ダリルは苦笑した。

頭脳明晰な彼ならば本当に一切の証拠を残さずにやり通しそうだからだ。

（まぁ、それだとまたやり直しになってしまうな……）

それに前回のやり直しでネイトを死なせてしまったのも、物語の繰り返しにすっかり疲弊し、彼につい胸の内を吐露したことで、この呪われた物語に巻きこんでしまったのが原因だ。

自分の腕の中で冷たくなっていく血塗《まみ》れのネイトを思い出すだけで、全身から血の気が引く。

だから、目の前で生きている彼を見ていると胸に熱いものがこみ上げてきて、ダリルの目に涙が浮かんだ。それに気づいたネイトがぎょっとする。

「兄さん？　どうしたの？　もしかして、本当はアルフレッドとの婚約破棄が悲しいとか……？」

「いや、違うんだ。ただ、ネイトがいてくれて、本当によかったと思って……」

目元の涙を拭うと、ダリルはそのままネイトをぎゅっと抱きしめた。彼の体温が布越しに伝わってきて、前回の冷たく忌まわしい記憶が消えていくようだった。

「兄さん……」

突然、抱きついてきたダリルに戸惑いつつも、ネイトは頬を緩めた。ネイトもダリルの背中に腕を回すと、二人はしばらくの間、互いの親愛の情をじっくりと味わうように抱擁を続けた。

「……ひとつだけ確認しておきたいんだけど」

ダリルを抱きしめたままネイトが口を開いた。

「何？」

「フィルを階段から突き落としたって噂もあるけど、それも本当に兄さんなの……？」

問いつつも否定を願うその声に、ダリルは言葉を詰まらせた。

物語では、ダリルがフィルを階段から突き落とすシーンがある。それはアルフレッドに婚約破棄を決断させる、悪役令息ダリルにとって最も重要な悪行である。

しかし人を階段から突き落とすなど、一歩間違えれば大怪我を負わせかねない。前回のやり直しでネイトの死を目の当たりにし、完璧な悪役令息をやり通そうと決意したダリルであっても、やはり躊躇《ためら》いがあった。

婚約破棄を言い渡される舞踏会の日までにどうにか決行しなければと思いつつ、なかなか行動に移せず焦っていたダリルはその日、階段付近でウロウロしていた。

どの辺から突き落とせば怪我なく、なおかつ悪役令息らしい悪行に見えるだろうかと思案していると、ちょうどフィルがやって来た。

人気もなく最大のチャンスだったが、ダリルにはまだ心の準備ができていなかった。仕方なく、フィルの挨拶を無視してその場を立ち去るに留めた……のだが――

『きゃ……っ！』

すぐ背後から短い悲鳴が聞こえたと同時に、ドタドタと激しい物音が続いた。

振り返ると、フィルが階段の下に倒れていた。

『大丈夫か！』

音を聞きつけ生徒たちが駆けつける。そして、その中にはアルフレッドの姿もあった。

『フィル……！』

顔面蒼白で駆け寄るとアルフレッドは膝をつき、フィルを抱き寄せた。

そして原因を探るように、階段を見上げた。目の前で起こった事態に茫然と立ち尽くすダリルと目が合う。その瞬間、アルフレッドの表情が侮蔑《ぶべつ》の表情に変わった。他の生徒も同じような表情を浮かべていた。

だから、誰も気づかなかった。アルフレッドの腕の中で、ニッと勝ち誇ったように微笑むフィルに……

ダリルは恐ろしくなってそのまま彼らに背を向け、その場を立ち去った――

今となれば、ダリルにとってフィルをこの手で突き落とさずに正しい物語を辿《たど》れたのは、ある意味ありがたいことではあった。しかし、愛する弟にまで自分が嫉妬のあまり人を突き落とすような卑劣な人間だと思われるのは、嫌だった。

だがここで違うと否定すれば、もしかするとまた振り出しに戻るかもしれない。それはもう勘弁願いたい。

悪役令息としての役目を完遂しなければという気持ちと、ネイトに誤解されたくないという気持ちの間で揺れ動き、返答に困っていると、柔らかな溜め息が耳の近くで落ちた。

「……もう言わなくていいよ。全部、分かったから」

「え？」

少し体を離して顔を上げると、ネイトが微笑んでいた。

「僕を誰だと思っているの？　兄さんを一番近くで見てきたんだ、言葉なんてなくても分かるよ」

　そう言って、さらに強く抱きしめてきた。

「兄さん、好きだよ。大好き。たとえ皆が兄さんを悪者だと見なしても、僕だけは兄さんの優しさを知っているし、それを信じている。だから、辛い時は僕を頼ってね」

　切々《せつせつ》と紡《つむ》がれる言葉を聞いて、目頭が熱くなる。

　自分は幸せ者だ、とダリルはしみじみ思った。ダリルの意思を無視して、物語を忠実になぞることを強要する神を何度も恨んだ。しかし、この物語で悪役令息として生を受けた自分にはもったいないほどのいい弟を得たことには感謝している。

「ははは、ネイトは本当に頼もしいな。これじゃあどっちが兄だか分かんないよ」

「兄さんに頼もしいなんて言ってもらえるなんて嬉しいな。頼もしいって言ったからにはちゃんと頼ってよね」

「ああ、嫌ってくらい頼ってやる」

　冗談めかして返すダリルだが、それが叶わないことはこの世界で誰よりも知っていた。

　なぜなら、フィルへの嫌がらせ、特に階段から突き落とした件について責任を問われ、学園から追放されるからだ。

　さらには、以前からダリルを疎《うと》ましく思っていたネイトの母がこれを理由に父――コッド侯爵にダリルの勘当を進言する。もともと妻に尻に敷かれている上に、彼女の言い分は至極正論であり、従わざるを得ない。

学園追放に勘当、まさに悪役令息らしい結末である。しかし、ダリルはその未来をまったく嘆いておらず、むしろ気分は晴れやかだった。

（ここからは物語に関係ない俺の人生だ。第二の人生、自由にやらせてもらうぞ！）

悪役令息の役目を強いられない未来に、希望すら抱いていた。

（退学後についても、すでに手を打っているしな）

ダリルは学園追放後の未来に思いを馳せ、胸の内でほくそ笑んだ。

＊＊＊＊

無事、というのもおかしな話だが、あの舞踏会の夜から滞りなく学園追放、勘当と物語は進み、ダリルは晴れて自由の身となった。

兄への理不尽な決定にその都度激怒し、学園長や父に異議を申し立てに行こうとするネイトを止めるのには随分と骨が折れたが、何とか物語通りの結末を迎えることができ、ダリルは安堵した。

最低限の荷物を革製のトランクケースに詰めて家を出たダリルの行き先は、決まっていた。

「お客さん、本当にここに行くのかい？」

街で馬車の御者《ぎょしゃ》に行き先を伝えると、困惑気味に聞き返してきた。

「ええ、そうです。明日からそこで働くことになってるんです」

ダリルが答えると御者《ぎょしゃ》は目を剥《む》いて、それから眉尻を下げた。

「そうかい。そりゃあ、何というか……、お気の毒様だね」

同情しきったその物言いと表情にダリルは苦笑のみ返して、馬車に乗りこんだ。

ダリルがこれから向かう場所は、この国で王家の次に権力があると言われるハウエル公爵家の別邸である。ダリルはその屋敷の使用人として雇われたのだ。しかも、その給金は普通の使用人としては考えられないほど高い。

その高額な給金と御者《ぎょしゃ》の同情からして分かるように、ハウエル公爵家別邸の使用人の仕事は通常のものと少し異なる。仕事内容それ自体は普通の使用人のものと至って変わらないが、問題は仕える屋敷の主にあった。

ハウエル公爵家現当主のカーティス・ハウエルは、五年前、長きに渡って続いた大戦で活躍し、オーデル王国を勝利に導いた英雄とされている。

しかしこの大戦から帰還して数日後、彼の妻――クリスティーナは全身に赤黒い痣《あざ》が広がり、謎の死を遂げた。その遺体はひどいもので、元の美貌が想像できないほどおぞましい姿に変わり果てたという。臭いもひどく、葬儀の出席者の中には棺から滲《にじ》み出る死臭に嘔吐した者もいるらしい。

謎の病気という言葉では片付けられない、ひどい死に様に、やがて英雄の功績を怪しむ者が出てきた。

彼らはこう言った。

『あの人並み外れた力は邪術によって得た力で、妻はそのせいで亡くなったのではないか』

しかし、邪術の効果については眉唾ものであり、その噂はすぐに廃れた。だが代わりに『戦場での虐殺を繰り返したゆえの呪いではないか』という噂が広がり、それは人々の間でまことしやかに囁かれ続けた。もちろん彼が虐殺を繰り返した事実はないが、無実を証明するものもなかった。

加えて、クリスティーナの死から二年後、当時五歳の息子——カイルの顔に妻と同じ赤黒い痣《あざ》が広がり始めた。

幸いにも、カイルの場合は全身に広がることはなかったが、このことは噂をさらに確固たるものとした。

——ハウエル公爵家は呪われている。

カイルは現在、療養を兼ねて本邸から自然に囲まれた別邸へ移っているが、噂のせいでなかなか使用人が集まらない。そのため、破格の給金が設定されたのである。

高額の給金、その上住みこみというのは、まさにダリルが探していた仕事だった。

（それにしても呪い、ね……）

賑やかな街から瑞々しい木々へと変わった窓の風景をぼんやり眺めながら、ダリルは思った。

（まぁ、俺も呪われていたみたいなもんだしな）

自分の繰り返しの人生を思い返して、思わず苦笑する。ハウエル公爵家に対する世間の噂に反して、ダリルはあの呪われた繰り返しを乗り越えたのだ。何とかなるだろう、と楽観的な気持ちでいた。

（調べたところ、別に使用人に死人は出てないし、噂は噂でしかないってことだな）

呪いなどというおどろおどろしい言葉とは無縁の、道中の爽やかな木漏れ日に目を細めながら、ダリルは屋敷に到着するのを待った。

公爵家別邸に着いたのは、それから二時間後。別邸と聞いていたが、屋敷はコッド家の本邸以上の大きさだった。

応接間に通されたダリルは、執事長のローマン・マクレイに仕事の説明をひと通り受けた。

仕事の内容は主にハウエル公爵家令息、カイルの身の回りの世話で、部屋の掃除や洗濯など普通の使用人とほとんど変わらなかった。ただ、こんなにも広い屋敷でありながら使用人は最低限しかおらず、仕事量は少なくなさそうだ。

「――何か質問はありますか？」

向かいのソファに対座するローマンが、穏やかな声で訊いてきた。

肩にかかるくらいの銀髪を後ろでひとつに束ねた高年の男性で、重ねた歳の分だけゆとりがあるような物腰の柔らかさに、緊張し通しだったダリルの心はホッと緩んだ。

何か質問があるかとの問いも形式的なものではなく、親切心から言っているのが伝わってくる。とりあえず何か困ったことがあったら彼に相談できそうだった。

「仕事内容については特に質問はないのですが、カイル様について少しお聞きしてよろしいですか？」

カイルの名前を出した瞬間、かすかにローマンの瞳に緊張が帯びた。しかし、すぐに柔らかな微笑みを浮かべ「どうぞ」と言葉を促した。

「確かお歳は六歳でしたよね」

「ええ、そうです」

「顔の痣《あざ》についてですが、何か気をつけることはありますか？」

「……気をつけること、ですか？」

ローマンが軽く眉間に皺《しわ》を寄せて聞き返してきた。無神経な質問に聞こえてしまったかとダリルは慌てて弁解した。

「すみませんっ。決して失礼な意味ではなくて、たとえば直射日光に当たってはいけないとか、特定のものは食べてはいけないとか……もし痣《あざ》を悪化させてしまうものがあれば事前に教えていただきたいと思いまして」

おずおずと訊くダリルの言葉に目を瞠《みは》るローマンだったが、すぐに眉間の皺《しわ》を散らして微笑んだ。

「大丈夫ですよ。特にそのような配慮はいりません。……それにしても、そのような質問をされたのは貴方が初めてです」

「え？」

今度はダリルのほうが目を丸くした。

痣《あざ》の療養のために別邸に移り住んでいるのだ。自分の質問は至極当然ではないかと首を傾げる。

そんな不思議がるダリルの様子を見て、ローマンはますます笑みを深めた。

「貴方は、カイル様の痣《あざ》を呪いではなく病気だと思っているのですね」

「ええ」

「ふふ、貴方のような人が来てくれて本当によかった」

かすかに剣呑《けんのん》さを含んだ態度を翻《ひるがえ》して好意的な言葉をかけるローマンに少し戸惑っていると、彼は悲しげな苦笑を浮かべて言い加えた。

「大概の人は大抵こう訊くのですよ。カイル様が使用したシーツなども触れたら呪いが伝染《うつ》るのではないか、同じ空間にいるだけで自分も呪われるのではないか……と。どれも呪いを恐れて自分の身を守るためのものばかりで、そこには少しもカイル様に対する思いやりはありません」

ローマンは憂いを帯びた溜め息をついて一旦言葉を切ったが、すぐにまた続けた。

「カイル様は聡く鋭いお方です。使用人のそういった自分への恐怖心や忌避感を敏感に察して、傷ついてしまわれるのです」

「そうですか……」

辛そうに語るローマンに、ダリルもまた心が苦しくなって俯《うつむ》いた。

子供は得てして大人の感情に敏感なものだ。それが自分への負の感情であればなおさらだ。

まだ姿も見ていないが、ダリルはカイルに同情せずにはいられなかった。高額な給金に飛びついて意気揚々とやって来た自分が恥ずかしくなった。

「……貴方は呪いが怖くないのですか？」

ローマンが真っ直ぐ目を見据えて訊いてきた。ダリルは強く頷き返した。

「もちろんです。怖かったらここに来ていません。私は怖いものや嫌なものからは全力で逃げるタイプなので」

「そうですか」

冗談めかして言うダリルの返答に、ローマンは安堵するように目尻を下げた。

「ローマンさんは怖くないのですか？」

「もちろんです。怖かったらとっくの昔に隠居していますよ。それに私は老い先短い。呪いなど怖くありません」

「老い先短いって、まだまだお若いじゃないですか」

背筋がピンと伸びている凛とした佇まいや、穏やかでありながら強い意志を秘めたその瞳には、老いの兆しは感じられない。

「いえいえ、しっかりと体は歳をとっていますよ。本当はカイル様のお世話も私ひとりでやっていこうと思っていたのですが、老体にはなかなか厳しいものがありまして……。それで今回、新しく使用人を雇うことにしたのです」

ローマンが不甲斐なさそうに苦笑しながら腰を擦って言った。

「けれど、来てくれたのが貴方のような人で本当によかった。どうぞ、よろしくお願いします」

「こちらこそ、よろしくお願いします」

ダリルは差し出されたローマンの手を力強く握り返した。

「至らない点が多々あると思いますので、いろいろと教えてください」

「ええ、ビシバシと指導しますよ」

「はは、お手柔らかにお願いします」

冗談めかして言うローマンに、ダリルは笑って答えた。

その後は応接間を出て屋敷内を案内してもらった。屋敷自体は大きいものの、特段複雑な造りではないので、迷うようなことはなさそうだった。

（部屋数は多いから場所を覚えるのに苦労しそうだけど……）

胸の内で苦笑していると、ローマンが足を止めて振り返った。

「何かここまでで質問はありますか？」

「いえ、特にありません。働き始めたら分からないことが出てくると思いますので、その時にまた質問させてください」

「ええ、もちろん構いませんよ。気構える必要はありませんから、焦らずゆっくり覚えてください。――それでは最後に、カイル様のお部屋にご案内します」

実質、この屋敷の主であるカイルの名前にドキッとした。

決して呪いが怖いわけではない。ただ、相手は呪いの噂のせいでこれまでたくさん傷つけられてきた子供だ。言葉や態度には気をつけなければという緊張があった。

「緊張しますか？」

心の内を覗いたかのような問いに、ドキリとする。ローマンは優しく微笑んで「大丈夫ですよ」と言った。

「きっとカイル様はダリルさんを気に入りますよ。私が保証します」

優しく、しかしどこか力強くそう言われ、ダリルは少しだけ緊張を緩めることができた。

「ローマンさんの保証付きなら心強いです」

「ふふ、光栄です」

ローマンは嬉しそうに微笑むと、再び歩みを進め始めた。

屋敷のことについて補足の説明をしながら歩いていたローマンだったが、一際大きい扉の前で足を止めた。

「こちらがカイル様のお部屋でございます」

ダリルにそう言ってから、ローマンはドアをノックした。

「カイル様、いらっしゃいますか？」

「……ローマンか。何の用だ？」

やや間があって返ってきた声に、少し驚く。

確かに声は子供のものなのだが、暗く陰鬱な雰囲気はおよそ子供らしくない。声の幼さを除けば、世間を嫌厭《けんえん》して人里離れた森にこもる老人のようだ。

「先日お話した新しい使用人が来ました」

「ああ、そういえばそのような話をしていたな」

「挨拶をさせていただきたいので、中に入ってもよろしいですか」

言いながらドアノブに手をかけようとしたローマンだったが「だめだ」と部屋から寄越された冷たい返答を聞いて、その手を止めた。

「どうしてですか」

「どうせすぐにいなくなる。会うだけ時間の無駄だ」

「そんなことはありません」

「いや、無駄だ。現に今だって僕の読書の時間を無駄にしている」

「しかし――」

「くどいぞ、ローマン」

言い募るローマンを鋭い声が遮る。これ以上口を開くことは許さないという無言の圧が、ドア越しからでもひしひしと感じられた。

「とにかく僕はローマン以外の者と会うつもりはない。以上だ」

強引に話を打ち切ってドアの前から去ろうとするカイルの姿が、声の冷ややかさから容易に想像できた。

触らぬ神に祟りなし。そのまま黙っていればよかったのだが、ダリルはつい「あのっ」と呼び止めてしまった。

「……なんだ？」

冷たく不機嫌な声に怯《ひる》みつつも、背筋を正してドアに向き直った。

「よければ名前だけでも名乗らせてください。名前が分からないと不便でしょうし」

「……」

返事はなかった。しかし、これまでのはっきりとした物言いから察するに、名乗ることさえ許さないのであれば、即座に「だめだ」と答えるはずだ。

そうしないということは、挨拶をするくらいの余地はあるのではないだろうか、とダリルは言葉を続けた。

「ダリル・コッドと申します。至らない点もあると思いますが、精一杯頑張りますので、どうぞよろしくお願いします」

姿は見えないが礼儀を尽くして挨拶をする。しかし、ドアの向こうは沈黙したままだった。

もしかすると、図々しい使用人に呆れて部屋の奥へ戻ってしまったのではないかと思った時、沈黙が破られた。

「……ダリル・コッド」

思いもよらず名前を呼ばれ、弾けるようにして顔を上げた。

「は、はいっ、何でしょうか」

「ここに長くいたいのなら、守ることは三つだけだ。一つ、僕の前に姿を現さないこと。二つ、陰口は僕が近くにいないことをちゃんと確認してからすること。三つ、僕の顔を見ないこと――以上だ」

それだけ言うと足音を鳴らし、今度こそドアの向こうから気配を消した。

残されたダリルとローマンはどちらともなく互いに顔を見合わせた。

ダリルのことを気に入ると断言した手前、ローマンは気まずそうな表情をしており、そのことが一層ダリルを申し訳ない気持ちにさせた。

こうして、ダリルの第二の人生――ハウエル公爵家での使用人生活は、やや苦いつまずきはありつつも、幕を開けたのだった。

＊＊＊＊

ハウエル公爵家の使用人の朝は早い。

厨房の料理人は朝食の準備を、新人のダリルは暖炉や主が使う部屋の掃除を始める。

主の使う部屋、と言ってもカイルはほとんど自室兼寝室にこもったままだ。食事も自室でとっており、三食ともローマンが部屋に運んでいる。

しかし、いつ気まぐれに部屋を出るか分からない。それにカイルの父であるカーティスも、今は繁忙期でなかなか別邸には来られないようだが、仕事が落ち着けばカイルの様子を見に来るようだ。普段は使わないからといって手を抜くことは許されない。

（高い給料をもらってるからそれなりの働きをしないとな。それに――）

掃除する部屋を移動している際、たまたま通りかかったカイルの部屋の前で足を止める。

あのドア越しの挨拶以来、ほとんどカイルとは関わりがない。カイルの身の回りの世話係として雇われたのに、と不甲斐なさを感じるほどだ。

ローマンは『カイル様にも少しずつ慣れてもらいましょう。焦ることはありませんよ』と優しく言ってくれたが、心苦しいばかりだ。

（まぁ、俺ひとりでどうにかなる問題じゃないし、信頼を得られるように今はできることをし

よう）

掃除道具の入った木製バスケットを抱え直して、次の場所へ足早に向かった。

カイルの朝食の皿が下げられてから少し時間を置いて、ダリルは木製バスケットを携えてカイルの部屋へ向かった。

カイルの身の回りの世話のほとんどはローマンが請け負っているが、カイルの部屋の掃除はダリルが担当している。

まずはカイルの居住スペースにダリルが馴染《なじ》むことで、カイルにダリルの存在にも慣れてもらおうというのがローマンの狙いだったが、これがなかなかうまくいかなかった。

「おはようございます。部屋の掃除に参りました」

ノックしてドア越しにそう伝える。

「……分かった。一分後に入れ」

すると、いつも通り神経質な声が返ってきた。

「はい」

ダリルは小さく溜め息をついてから、胸の内で数えた。

「――一分経ちました」

「……」

返事はない。つまり、入ってもいいということだ。

「失礼します」

部屋に入るが、カイルの姿はない。

ダリルは部屋の隅にバスケットを置いて、クローゼットの前に立った。

「今から掃除をさせていただきます。すぐに終わらせますので少々お待ちください」

「……」

やはり返事はない。だが、クローゼットの中にいることは分かっている。

初日、ローマンと掃除に来た時は、まさかクローゼットに隠れるなどと思ってもいなかったので驚いたが、今ではもう慣れてしまった。

どうやらカイルは、ダリルと顔を合わせるつもりはさらさらないようだ。

ローマンとしては、ゆくゆくはカイルに関わる仕事をすべてダリルに任せたいようだが、これでは先が思いやられる。

『私も若くありませんから、いつ急に倒れるか分かりません。呪いなど怖くないと言いましたが、もし私が倒れたら、カイル様は繊細で優しい方ですから、きっとご自分を責め、気に病まれるでしょう。……私はそれが何より怖いのです』

悲しげに微笑みながら言うローマンに、ダリルは一層頑張らねばと思ったのだが、当のカイルは完全に心を閉ざしており、心が折れそうだった。

「今日も天気がいいですね。庭園でお昼をとるのもいいかもしれませんね」

窓を開けながらクローゼットの中のカイルに話しかける。当然、返事はない。部屋に緩やかに流れこむ風に独り言のように溶けていく。

黙々と掃除するだけでは事態の好転は望めないと思って時々話しかけてみるのだが、すべて無視されてしまう。

（鬱陶《うっとう》しいって思われてるかもしれないな）

自分の頑張りがどうも空回りしているような気持ちになり、切ない苦笑を零しながら床を拭いていると、床にこびりついている濃い赤色の水滴の跡に気づいた。

「……これ、何だ？」

水拭きだけではとれず、掃除用の薬品を使って力強くこすると何とか綺麗になった。

（確か昨日掃除した時はなかったはずだけど、何だろう？）

首を傾げながら考えていたダリルだが、ハッとした。

（も、もしかして、血……！）

ダリルは慌ててクローゼットのほうを振り返った。

（もしかして、怪我をしてるとか？）

水滴は乾いていたので怪我だとしても時間は経っているだろうが、床に滴り落ちるほどとなれば結構な血の量だったのではないだろうか。

ローマンは何も言っていなかったので、恐らく怪我のことは誰にも言っていないのだろう。だとすると、ちゃんとした処置を受けていないのではないか……

気づけばダリルはクローゼットをノックしていた。

「あ、あの、大丈夫ですか？」

「……何がだ？」

やや間を置いて訝《いぶか》しげな声が寄越される。

「いえ、あの、床に血の跡のようなものが落ちていたので、怪我をされたのではないかと思って……」

言いながら自分の早とちりだったかもしれないと自信がなくなり、最後は尻すぼみになった。

「……大丈夫だ。怪我はしていない」

返ってきた声は、これまでとは違い少し険が和らいだものだった。どこか戸惑いを含んでいるようにすら感じた。

怪我をしていないとの返答に、とりあえずホッとする。

「それならよかったです」

「……血に触れたら呪われると思ったからか？」

「え？」

嫌味っぽく言われた言葉に目を丸くする。

「いや、全然そんなこと考えもしなかったです。というか、もう拭き取りましたし」

「はぁ？」

驚きの声と共に、ガタッとクローゼットが小さく揺れた。

「しょ、正気か？　もし本当に僕の血だったらどうするつもりだったんだ！　どうなっても僕は知らないぞ！」

　考えなしだと責めるように言いながらも、声は狼狽しきっていた。

　その反応に驚きつつも、ダリルは頬を緩めた。カイルの声がようやく年相応の少年らしさを見せたからだ。

「心配してくれたんですね。カイル様は優しいですね」

「……っ、別に心配してるわけじゃない。ただ、後から僕のせいだと難癖つけられても困るからな」

　フン、と鼻を鳴らしてそっぽを向く姿がありありと想像できて、ダリルは小さく笑った。

「なっ、何を笑ってるんだ！」

「す、すみませんっ。別に悪い意味の笑いではなく、カイル様はツンデレなんだなと思ったら微笑ましく思えてつい……」

「ツンデレ？」

　怪訝《けげん》そうな声で問い返され、ハッとする。

「い、いえ、私の故郷の方言みたいなもので……、あ、もちろん褒め言葉です！」

「……ならいい。掃除に戻れ」

「は、はいっ」

　ダリルはクローゼットに向かって頭を下げると、掃除の続きに取り掛かった。

（やっと会話らしい会話ができたな）

床を拭きながら今のやり取りを思い返して、頬を緩める。少しだけ距離が近づいたようで嬉しかった。

（厳しくて冷たいのかと思ってたけど、意外といい子そうだ）

根が悪い子でなければ、会話を重ねる内に心を開いてくれるかもしれない、と淡い期待が胸に湧き上がった。

＊＊＊＊

ハウエル公爵家に雇われてからしばらく経ち、屋敷の仕事にもだいぶ慣れてきた頃。

夕食の準備の手伝いで厨房に入っていたダリルは、料理長から野菜を採って来るように頼まれて菜園へ向かった。

通常、厨房から菜園に行くには庭園をぐるりと回らなくてはならないが、最近になってダリルは近道を見つけた。

それは生け垣の隙間をくぐり抜けるというもので、あまり行儀のいいものではない。なので、急ぎの時だけ利用するようにしていた。

その日は掃除の時間が押して、厨房に入る時間が遅くなったので、悪いとは思いつつも近道を使うことにした。

（いてて……）

生け垣の枝先に頭や顔を引っかかれながらくぐり抜けると、籠《かご》を片手に抱え直して庭園を突き進む。

頼まれた野菜の名前を頭の中で繰り返し呟きながら先を急ぐダリルだったが、前方に人影を認め、思わずその足を止めた。

男は生け垣の向こうにある屋敷をじっと見つめていた。

一瞬、不審者を疑ったが、それにしては周りを気にする素振りが少しもなく、遠目でもその身なりと威厳ある佇まいから高貴な身分であることは見て取れた。

客人かとも思ったが、来客の予定があればローマンから使用人たち全員へ通達されているはずだ。それに単なる客人にしては、その横顔はどこか切なげで思わず胸が締めつけられるほどだった。

(もしかして……)

無断で屋敷内に立ち入りできる高貴な身分の者となれば、考えられる人物も限られる。

「あの……」

呼びかけると、男がダリルのほうを向いた。ダリルはごくりと息を呑んだ。

(なんて、綺麗な人なんだろう……)

あまりの美しさに、言葉も忘れて立ち尽くす。

ただその美貌は、見惚れる、などという甘い感慨を抱くようなものではなかった。背筋に戦慄が走るような恐怖にも似た感情に居竦んでしまう、冷たく鋭利な美しさだった。

しかも人形めいた端整な顔立ちに加え、ダリルより頭ひとつ分以上も背が高く体格もいい。佇まいだけでも十分に威圧感がある存在だった。

「君はもしかして、新しい使用人の……」

じっとダリルを見据えた男が言った。

思わず吸いこまれるような美しさを持つ真紅の瞳は、高貴な輝きを放つ宝石のようだった。そんな瞳で無表情に見下ろされれば、誰だってありもしない後ろめたさのようなものを覚えて狼狽《うろた》えてしまうに違いない。

現に、ダリルもやましいことなどひとつもないのにすっかり狼狽《うろた》えきっていた。

「そ、そうです。ダリル・コッドと申します。お初にお目にかかります」

固い声で何とか名乗ったダリルだが、心臓がドクドクと強く鳴っていた。声に鼓動が混じって漏れ出ないのが不思議なくらいだった。

緊張は増すばかりで、その居心地の悪さに、いっそのこと無視をしてもいいからその目を余所《よそ》に向けてくれと心から願うほどだった。

しばらくして、男はゆっくりと口を開いた。

「ハウエル・カーティスだ。……ローマンから話は聞いているよ。よく働いてくれているようで感謝している。これからもよろしく頼む」

淡々とした物言いだが、声には言葉通りの誠実な労《ねぎら》いが感じられた。顔は相変わらず無表情ではあるものの、極限まで緊張で張り詰めているダリルを安堵させるにはその労《ねぎら》いだけでも十分すぎるくらいだった。

「あ、ありがとうございますっ。頑張らせていただきます！」

ダリルが頭を下げると、おもむろにカーティスはダリルのほうへ手を伸ばした。

反射的に体を強張《こわば》らせたダリルだったが、カーティスの手は髪に触れただけですぐに離れた。

「すまない、急に触れて。これが髪についていた」

カーティスの指先の葉を見て、ハッとする。

恐らく生け垣をくぐり抜けた際についたものだろう。ダリルは恥ずかしくなり、赤面した。

「す、すみませんっ。見苦しい姿をお見せして」

「いや、構わない。それじゃあ私は失礼する」

淡々と言って、カーティスはその場を後にした。

カーティスの気配が消えたところで、頭を上げて後ろを振り返った。

「あの方がハウエル公爵か……」

遠のいていくカーティスの後ろ姿を見送りながら呟く。

呪われた公爵、と眉を顰められる一方で、その美しい容貌についても、社交界では常に噂の的だった。前妻があのような最期でなければ、次の公爵夫人に立候補する者は後を絶たなかっただろうと言われている。

噂以上の美しさに圧倒されて狼狽《うろた》えたダリルだったが、とりあえず大きなへまをしでかさずに済んでホッと胸を撫で下ろした。

（それにしても俺がここで働き始めてしばらく経つのに、初めて会ったな）

やはり公爵となると相当忙しいのだろう。本来、当主であるカーティスが来るとなればあらかじめ使用人たちにも連絡があるはずだが、それがなかったことからすると急な来訪だったことが窺《うかが》える。

ダリルは何とはなしに、先ほどカーティスが見つめていた視線の先に目を遣った。

そこにはカイルの部屋があり、カーテンさえ閉まってさえいなければちょうど部屋の様子が見える位置だった。

ダリルはバッと振り返ってカーティスのほうを見た。しかし、そこにはもう彼の姿はなかった。

一体どんな気持ちで、あの心を閉ざすように閉められたカーテンの向こうを見ていたのだろうか……

初対面で、まだ雇われて日の浅い一介の使用人であるダリルには分からなかった。ただ、あの切なげな横顔から、決してその胸中が明るいものでないことは明らかだ。

ダリルは持っていた籠《かご》を胸元でぎゅっと抱え直して、再び菜園に向かって駆け出した。

＊＊＊＊

いつも通りカイルの部屋の窓を開け、空気の入れ替えをしていると、部屋のすぐ傍に据えられている花壇の花が開いていることに気づき、ダリルは表情を明るくした。

「あっ、花壇に赤い花が咲いてますよ！　ついこの間まで蕾《つぼみ》だったのに」

「……知ってる」

　クローゼットの中からやや間を置いて言葉が返ってくる。

「なんて花ですかね？」

「リコルコの花だ。他にも黄色や白もあるが、その中でも赤色は希少らしい」

「へぇ、知りませんでした。すごくお詳しいですね。私なんて食べられる植物の名前しか知らないです」

「なんで食べられる植物限定なんだ？　コッド家はそんなにも困窮しているのか？」

「い、いえいえ、ただの私の趣味です」

　勘当される未来に備えて食べられる雑草や木の実について勉強していたとは、さすがに言えない。

「ふぅん……、変なの」

　悪態を吐きつつも、その声は小さく笑っていた。その表情が直《じか》に見えないのが残念なくらいだ。

　あのクローゼット越しの会話以来、言葉は少ないが、ダリルの声がけにカイルも答えるようになった。

　しかし、依然として姿を見せようとはしない。

（ローマンさんのように信頼を得るのはまだまだ先のことになりそうだな）

　クローゼットにこもったままのカイルに胸の内で苦笑しつつ、その日も滞りなく掃除を終えた。

「それでは失礼しました」

　軽く頭を下げ部屋を出ると、ダリルは掃除用の木製バスケットを持ち直して次の掃除場所へと向かった。

「……あれ？」

カイルの部屋を出て、次の部屋で掃除をしていたダリルは小さく呟いた。

（汚れ落としの薬品がない）

バスケットの中を再度探すが、見つからない。

（えっと、あの薬品を最後に使ったのは……――）

ぼんやりとした記憶を辿《たど》る。そして、思い出した。

（あ！　そうだ、さっきカイル様の部屋で使ったんだ！）

カイルの部屋の床に黒い染みがこびりついており、それを擦り落とす際に使用したことを思い出す。

（やばいな、置きっぱなしにしてしまったか）

額に手を当てて渋い溜め息をつく。

屋敷の主人の部屋に掃除道具を忘れるなど言語道断である。しかもあの薬品は、触れて肌が爛《ただ》れるほどの劇薬ではないにしろ、扱いには注意が必要なもの。

あの年齢不相応の賢さを持つカイルが口にすることはないだろうが、それでも心配だ。

（とりあえず事情を話して取らせてもらおう）

またクローゼットに隠れてもらうことになるのは申し訳ないが、置きっぱなしというわけにもいかない。

それに今の二人の関係であれば、呆れられはすれど、怒られることはないだろう。

ダリルは掃除用のバスケットを持ち、再びカイルの部屋へ向かった。

部屋のドアの前に立つと、ダリルは控えめにノックして呼びかけた。

「失礼します。カイル様、先ほど掃除に入らせていただいたダリルです。実は掃除の際に薬品を置き忘れてしまい、それを取らせていただきたいのですが、よろしいでしょうか」

しかし、返事はなかった。

「……カイル様？」

何度かノックをして呼びかけるが、返答はない。

（まさか、倒れてないよな……？）

少し悩んだが、もう一度呼びかけて返事がなければ中の様子をそっと見てみよう、とダリルは再度、ノックをした。

「カイル様、いらっしゃいますか」

やはり返ってくるのは沈黙ばかりである。ダリルはそっとドアを開け、部屋の中を覗いた。

（あ……）

ダリルは思わず足を止めた。

窓際に背を向けて座っている黒髪の少年の姿があった。声しか知らないが、彼がこの屋敷の主、カイルで間違いなさそうだ。

彼の前には大きなキャンバスがあり、筆を走らせていた。ダリルの呼びかけに反応しないとは、よほど集中しているようだ。

とりあえず倒れていないことにホッとした。

（邪魔するのも悪いし、これは出直したほうがよさそうだな）

そっとドアを閉めようとしたダリルだったが、キャンバスの絵に気づき、目を見開いた。

「うわっ、うますぎ……」

思わず感嘆の声が漏れ出てしまった。慌てて口元を手で押さえたが、カイルはこちらなど見向きもしなかった。

そのことに胸を撫で下ろし、改めてカイルの絵をじっくりと見た。

それは窓から見える庭の景色を描いたものだったが、いくつもの色を重ねて塗ったその繊細な色合いは、とても子供が描いたものとは思えなかった。

（すごいな。天才ってこういう子のことを言うんだろうな）

キャンバスに色を与える迷いのない筆の動きに感心しながら、ダリルはその絵にすっかり見惚れていた。

声を漏らしても気づかれなかったことで緊張が解けてしまったのだろう、気づけばさらにドアから顔を出し、前のめりになっていた。

しかし、それがいけなかった。肘にかけていたバスケットからドサドサと音を立てて掃除道具が落ちてしまった。

その物音に、カイルが素早く振り返った。噂通り、顔の右半分には赤黒い痣《あざ》が広がっていた。まるで火傷の痕のようで痛々しかった。

カイルはダリルの姿を認めると、驚愕の表情をみるみるうちに青くして顔を引き攣らせた。

「み、見るな！」

悲鳴にも似た声で叫ぶと、カイルはベッドの中に潜りこんだ。

「見るな見るな見るなっ！　出ていけ！」

いつもの落ち着きなど微塵《みじん》もない、ほぼ半狂乱に近い声を振り立てるカイルに、ダリルは狼狽《うろた》えた。

「も、申し訳ございませんっ。た、ただ、あまりにも美しかったので……」

「美しい……？」

勢いよく頭を下げて謝るダリルの言葉に、怪訝《けげん》な声を返すカイルだったが、すぐに冷笑を吐き捨てた。

「これのどこが美しいというんだ。嫌味か。それともご機嫌取りをしようとしているのか？」

「いえ、ご機嫌取りとかじゃありません。本当に美しいと思って……。とても子供が描いたとは思えない色遣いで、感動しました！」

「……え？」

絵を見た時の衝撃と感動を声に熱をこめて伝えると、カイルから刺々《とげとげ》しさが抜けた声が返ってきた。

「さっきから何の話をしている？」

「え、だからカイル様が描いた絵の話を……」

「……お前、僕の顔を見なかったのか？」

問われ、言葉に詰まる。気持ちとしては「見ていない」と答えたかった。そうすれば初日に言い渡された禁止事項を破らなかったことにできる。

だが、見てしまった。視線がしっかりとかち合うほどに……。これでは言い逃れできない。

ダリルは再び頭を深く下げた。

「すみません、見てしまいました……！」

「……なら、どうして謝罪の次が絵の話になるんだ？」

「た、確かに、先に禁止事項を破ったことを謝るべきでしたね。すみませんっ。ただ、絵があまりにも綺麗だったのでつい……」

「僕の顔を見て、何も思わなかったのか？」

「……」

「正直に答えろ」

言葉に迷うダリルに、カイルがやや強めの口調で言った。

これは誤魔化しの言葉は通用しない、むしろ逆効果になるだろうと悟ったダリルは観念して口を開いた。

「正直なところ『やばい、振り返ってしまった……！　怒られる！　あー、もっとじっくり絵を見たかったかったなぁ、なんで今、振り返っちゃうんだよ……！』って思いました」

二つも禁止事項を破っているのだ、どうせ解雇になると半分自棄《やけ》になったダリルは言葉を繕《つくろ》うことなく正直に答えた。

そんな正直すぎる返答に呆れたのか、沈黙が落ちる。

だが、しばらくすると包まったシーツの中からフッ、と小さく笑いが聞こえた。

「それは正直すぎるだろう」

呆れきった苦笑混じりの声だったが、先ほどまでの険はすっかり消え失せていた。

「僕の顔……、痣《あざ》を見て何か思わなかったのか？」

静かに問われて、顔の右半分を覆う痣《あざ》のことを思い出す。

「えっと、そうですね、事前に話を聞いていたので、本当に痣《あざ》があるな、と思いました。あと痛そうだな、と」

「……時々痛むこともあるが、そんなに頻繁じゃない」

「それならよかったです」

ダリルはホッと息を吐くようにして頬を緩めた。

「でも、痛い時は我慢せずに言ってくださいね」

「言ったところでどうにもならないだろ。何か秘策でもあるのか？」

棘《とげ》のある言い方だが、からかうようなわざとらしさが感じられた。

「えっと……、とりあえずローマンさんに相談します」

「ははっ、頼りない秘策だな」

笑う声は快活ですらあった。そのことにダリルは胸を撫で下ろした。

「秘策は頼りなくてもローマンさんは頼りになる方なので。まぁもっとも私は解雇されるでしょうから、その秘策を使うことはないかもしれませんが……」

「は？　なんでお前が解雇されるんだ？」

苦笑して頭を掻きながらダリルが言うと、カイルの険しく鋭い声が迫ってきた。

「誰が解雇すると言ったんだ」

「いや、あの……」

「僕のところにそんな話は来ていない。とにかく、お前を解雇すると言ったそいつの名前を教えろ。そっちを解雇にしてやる」

憤然とした声で詰め寄るように問われ、ダリルは戸惑った。

「えっと、別に誰かに言われたわけではありません。ただ今さっき私は『姿を見せるな』『顔を見るな』の二つの言いつけを破ってしまったので……」

おずおずと言うとカイルは再び黙りこんでいたが、しばらくして「……お前はいい」とぼそりと答えた。

「え？」

「だから、お前は僕の前に姿を見せることも、……僕の顔を見ることも、特別に許可するということだ」

「ほ、本当ですか！」

思いもよらない展開にダリルは表情を明るくした。

「ありがとうございます！」

頭を下げながら、心底安堵した。

（よかった……！　今クビになったら野外生活だからな）

食べられる雑草や木の実について勉強してきたとはいえ、できることならその知識は活用せずに済ませたい。

「あの、もしよかったら、近くで絵を見てもいいですか？」

カイルが心を開いてくれたことをいいことに、ダリルはおずおずと申し出た。

「……別にいいけど」

「っ、ありがとうございます！」

ダリルは急いで床に散らばった掃除道具をバスケットに詰めて部屋の出入り口付近に置くと、キャンバスのほうへ駆け寄った。

改めてまじまじと絵を見て、思わず感嘆の息を漏らした。

「近くで見るとさらにすごいですね。同じ葉っぱでも場所で全然色合いが違う。……あ！　床に時々こびりついている染みはこの絵の具だったんですね！」

ベッドの上でシーツに包《くる》まっているカイルのほうを振り返る。まだ顔を見せないまま「そうだ」と答えた。

「なるほど、ようやく合点がいきました。いやぁ、最初は血じゃないかと思って驚きましたよ」

「普通に考えたら血とは思わないだろう。まったく、覗き見をするにしても不注意だし、ダリルは本当にそそっかしいんだな」

カイルが呆れたように溜め息をつく。

十以上も歳下の子供にそそっかしいと言われ、ダリルは複雑な気持ちになった。

「ははは、まぁ確かにそそっかしいのかもしれません。弟にも『兄さんは危なっかしくて目が離せない』ってよく言われていましたし。ところで、絵はまだ他にあるんですか？」

自分のそそっかしさをこれ以上言及されるのが恥ずかしくなって、さりげなく話を逸らす。

「あるけど……」

「どんな絵を描いているんですか？」

「この部屋から見えるものばかりで、その絵とそんなに変わらない」

「でも並べたら時間の移ろいが感じられて面白そうですね」

「……他の絵も、見るか？」

ぼそり、と小さな声でカイルが訊いてきた。

振り返ると、包《くる》まったシーツの隙間からちょこんと顔を出してじっとこちらを見つめている。物言いは不遜《ふそん》だが、ダリルの反応を窺《うかが》うその顔は臆病で、あどけない期待の眼差しが躊躇《ためら》いがちに向けられている。

それは前世で妹が、小説を書いていると打ち明けてくれた時の目とよく似ていた。

ダリルは懐かしさと愛おしさを感じて、顔を綻ばせ「もちろん、見せてください！」と明るく答えた。

カイルはもぞもぞとシーツから出ると「持って来るからそこに座って待っていろ」と言い置いて、いつも掃除の時に隠れているクローゼットに向かった。

どうやらあそこは服ではなく、絵に関するものを入れているようだった。

小さな両腕でキャンバスを目一杯抱えてこちらに駆け寄って来るカイルの姿に、ダリルは一層目を細めた。

＊＊＊＊

カイルから、姿を見せることも顔を見ることも許可されたあの日以降、ダリルの仕事の幅は大きく広がった。

カイルの部屋への食事運びや身支度の手伝いなど、これまでローマンがひとりでやっていた仕事を多く引き継ぐことになった。

これにはローマンも大喜びだった。

『カイル様に信頼できる人間が増えることは喜ばしいものです』

仕事を引き継ぐ際、ローマンは口癖のようにそう言いながらにこにこと頬を緩めた。

本当に信頼されているかは別として、心を許してくれたのは確かであり、ダリルは以前に増して仕事に精を出すようになった。

ただひとつ、予想外の仕事がひとつ増えた。


ある日、いつも通り朝食を部屋に運んだ時のことだ。

「今日からダリルもここで食べろ」

脇に控えようとしたダリルを呼び止め、カイルが隣の椅子をポンポンと叩いた。

「え？」

思いもよらない言葉に目を丸くする。しかしその表情は、すぐに戸惑いに変わった。

「あの、そのお言葉は嬉しいのですが、使用人が屋敷の主と食事をとるのはどうかと……」

常識的に考えればあまり褒められたものではない。カイルがそこまで心を開いてくれたことは嬉しいが、それでは他の者に示しがつかないだろう。

その辺は年上である自分のほうが考慮しなければならないと思っての言葉だったのだが、カイルはムッと鼻に皺《しわ》を寄せた。

「僕は屋敷の主じゃない。主の子供だ。だから関係ない」

珍しく子供っぽい屁理屈をこね、再び椅子の座面を叩く。

「でも……」

「もし僕がこの屋敷の主だと言うなら、それこそ主の命令を聞かないのはどうかと思うぞ」

「ですが――」

「カイル様の言う通りですよ」

答えに困っているダリルに、あるいは是が非でもダリルと食事がしたいカイルに助け舟を出すように現れたのは、配膳用カートを押して部屋に入ってきたローマンだった。

カートにはカイルの食事と同じものが載っていた。

「せっかくですから召し上がってください。給仕は私がしますので」

「えっ、でも、それじゃあローマンさんに悪いです」

ローマンの負担を軽くするために雇われたところもあるのに、それでは本末転倒もいいところだ。

遠慮するダリルにローマンがこっそりと耳打ちした。

「カイル様は長い間、おひとりでお食事をしてきたのです。きっと寂しかったのでしょう。ですから、どうか一緒に召し上がってください」

耳元から口を離すと、ローマンは優しく微笑んだ。

ローマンの言葉で、食事に誘うカイルの子供っぽい強引さの理由にようやく合点がいき、ダリルはようやく頷いた。

「では、お言葉に甘えていただきます」

ダリルの言葉に、パッとカイルの表情が明るくなった。

「そうだ、それでいい。分かったらさっさと座れ」

言い方は相変わらず傲慢だが、隣の椅子を叩くその手は弾んでいて、くすりと笑みが零れる。

「それでは座らせていただきます」

「ああ、座れ」

ダリルが腰を下ろすと、手際よくローマンが食事をテーブルに並べた。

「ダリル、お前は嫌いな食べものはあるか？」

「いえ、ありませんよ。なんなら雑草だって食べられるくらいですから」

悪役令息の役目を終えた後、無一文になっても食べるに困らないように雑草料理を学んだ賜物だ。

少し得意げに答えるダリルに、カイルが笑った。

「ダリルは本当に変な奴だな。でも嫌いなものがないのは好都合だ。ローマンが給仕をしているんだ、ダリルも仕事をしないとな」

そう言うと、皿の上の人参のソテーをフォークで刺してダリルの口元に差し出した。

「ダリルの仕事は毒味だ」

ニッとカイルが悪戯《いたずら》っぽく唇を吊り上げる。ダリルはちらっと皿の食事に目をやった。

「……では、そのメインの魚のムニエルも毒味していいんですか？」

「これはだめだ。今日のメニューでいえば、後はブロッコリーだな」

「……これはもしかして毒味という名の嫌いなもの処理係ですか？」

「そんなわけないだろう。毒味だよ、毒味。ほら、食べて」

「どうだ？　毒は入っていそうか？」

唇にぷにぷにと軽く人参を押し当てられ、ダリルは苦笑しつつ口を開いて人参を含んだ。

「いえ、大丈夫ですよ。すごくおいしいです」

「そうか。それじゃあ次はブロッコリーだ」

そう言って、ブロッコリーにフォークを刺すカイルは至極楽しそうだった。

脇に立つローマンも、その様子に目を細めていた。もちろん、ダリルもである。

こうしてダリルの仕事に『毒味係』が新たに加わったのだった。

＊＊＊＊

「もう少しで完成ですか？」

掃除を終えたダリルは、筆を走らせているカイルの背後からキャンバスを覗きこんで訊いた。

少し前まで、カイルはダリルが掃除中は邪魔にならないように気遣ってソファで本を読んでいたが、最近は窓辺で絵を描いていることが多い。

恐らく、描いている途中にダリルから感想を言われるのが嬉しいのだろう。その証拠に、甘えたがりだが素直になれない猫が飼い主の様子を窺《うかが》うような期待混じりの視線が、時折ちらちらと向けられる。

そんな可愛らしい視線を無視できるはずがない。ダリルは視線を感じる度に頬を緩め、掃除をする手を速めるのだった。

「ああ、今日中には完成させる」

カイルはひと伸びしながら答えた。

素人のダリルの目には十分完成しているように思えるが、カイルからしたらもう少し手を加える必要があるようだ。

（すごいな。妥協を許さない芸術家って感じだ）

感心しながらダリルは微笑んだ。

「完成したら見せてくださいね」

「見せなかったらどうする？」

ダリルのほうを振り仰ぎながら、カイルが悪戯《いたずら》っぽく笑う。その健やかな笑みは、痛々しい頬の痣《あざ》をかすませるほどで、ダリルの目尻も自然と下がった。

「そうですねぇ……、その時は食事を人参料理ばかりにしてもらいます」

「地味に嫌な嫌がらせだな」

くくっ、と喉を震わせてカイルが笑う。

「分かった。せっかくの食事を台なしにされるのは嫌だから、完成したら見せる」

「そう言ってくださってよかったです。私もカイル様の食事をすべて毒味するのは心苦しいので」

「よく言うよ」

二人は顔を見合わせてくすくすと笑った。

「それにしても、カイル様は本当に絵が上手ですよね。専門の先生から指導を受けたりしたんですか？」

ふと、前々から気になっていたことを訊いてみた。

この絵のうまさは生まれついてのものもあるだろうが、それだけではないだろう。

何気ない質問だったのだが、カイルは少し答えに詰まったように視線を床に落とした。

何か踏み入ってはいけない事情がありそうなのを察して、慌てて口を開こうとしたダリルだったが、それよりも早くカイルが答えた。

「……いや、専門の先生はいなかった。ただ、お母様が上手で、いつも隣に座って見ていたのを覚えている」

カイルは筆を置いてぽつぽつと話し始めた。

「小さい頃だからぼんやりとした記憶でしかないけど、絵を描くお母様はとても楽しそうで目がキラキラしていた。そんなお母様の顔やどんどん完成に近づくキャンバスの絵を見ていたらこっちまで楽しくなってきて、ただ見ているだけなのに全然飽きなかった」

思い出を語る声は薄い湿り気を帯びていたが、表情は懐かしさに優しく緩んでいた。その温かな思い出がダリルにも伝わってくるようだった。

「……ダリルは僕のお母様が亡くなっていることは知っているよな」

「は、はい。カイル様が三歳の頃に病気で亡くなられたと聞きました」

痣《あざ》の件には触れず、聞いた事実のみを簡潔に答えると、カイルは悲しげに目を伏せて頷いた。

「その通りだ。……お別れを言う間もなくいなくなって、当時の僕にはわけが分からなかった。泣いて泣いて、ようやく死んだことが分かった時に、もっとお母様のことを知りたかったって思った。だから、絵を描いた。お母様の絵を繰り返し真似《まね》て描きまくった。……でも絵が上達しただけで、

「結局は何も分からなかったけどな」

自嘲するように笑うと、カイルは話を打ち切るように再び筆を持ってキャンバスに向かった。

カイルがこんなにも個人的なこと、特に家族のことを話したのは初めてだった。だからこそ、その真意を図りかねた。

何か言葉をかけるべきだろうか。いや、別に慰めを求めているわけではなく、ただ話したかっただけなのかもしれない。むしろ的外れな慰めは彼の気分を害す可能性すらある。

だが、何も分からなかったというカイルはひどく悲しげで、母を知りたいがための健気な自身の行動を無駄だと嘲笑《あざわら》って否定しているのを見て、余計に胸が痛くなった。

だから気づくと口を開いていた。

「……何も分からなかったってことはないと思いますよ」

カイルが振り返る。見開いたその目に微笑みかけながらダリルは続けた。

「だって、絵を描いているカイル様はすごく楽しそうで、その顔とキャンバスに出来上がっていく絵を見ていると私までわくわくしてきて……。それって絵を描くお母様を見ていたカイル様と同じ気持ちですよね。そんな気持ちにさせてくれるカイル様の絵を描く姿は、きっとお母様と通じるものがあるんだと思います」

そしてその通じるものを得られたのは、紛れもなく母の絵を模写し続けたカイルの健気な努力の賜物だ。

「お母様の生まれや性格、好きだったものは他の人に聞いたりすれば分かるでしょうけど、でも絵を描く時の目が輝くような気持ちは、きっと他の人には分からないですよ。お母様のことを知りたいと思ってお母様の絵をたくさん真似《まね》て描いたカイル様だからこそ、分かったんだと思います」

きっと、母の絵を何度も辿《たど》ることで、言葉にできないものを時を越えて共有したに違いない。

「だから、断言できます。カイル様のしたことは決して無駄じゃありません」

この年でここまでの画力に達したのだ。何度も何度も母の絵を真似《まね》て描いたのだろう。それは並大抵のことではない。

だから亡き母を知りたいという一心で繰り返した努力を、たとえそれがその当人だとしても、無駄だなんて思ってほしくなかった。

「……」

カイルは俯《うつむ》き、筆を握りしめた拳を膝の上に置いた。

「……本当に無駄じゃなかったと思うか？」

震える小さな声で、カイルが言った。

ダリルは隣にしゃがむと、膝の上の小さな手をぎゅっと握りしめて答えた。

「はい、もちろんです。そのおかげで、絵を描いている時のお母様の気持ちを知ることができたんですから。そのことに関してはきっとカイル様が世界一です」

力強く言って、下から覗きこみながら笑顔で真っ直ぐカイルを見つめる。すると、大きく見開かれた目が涙で潤んだ。

「……っ」

涙の気配を感じたのだろう、カイルは慌てて目元をごしごしと腕で拭った。

「……ダリルのせいだ。僕はもう大丈夫なはずなのに、……ダリルといると泣き虫になる」

赤い目で八つ当たり混じりに睨むカイルに、ダリルは小さく笑った。

「いいじゃないですか、泣き虫でも。まだ子供なんですから」

「……もう六歳だ。子供じゃない」

拗ねたようにプイッとカイルがそっぽを向く。六歳はまだ十分子供だけどな……という言葉は呑みこんで「そうですね」と苦笑混じりに同意した。

その苦笑に、呑みこんだ言葉を察したのだろう。カイルはムッと口をへの字に曲げた。

「子供扱いするな」

「すみません。そんなつもりは――」

「どうせ子供扱いするなら、頭くらい撫でろ」

カイルの言葉を遮って、ぼそりとカイルが言った。その頬は赤く、こちらに向けている眼差しは拗ねた子供そのものだった。

ダリルはくすりと笑って、カイルの頭を優しく撫でた。こういったことに慣れていないのか、最初こそ居心地が悪そうにそわそわしていたカイルだったが、徐々にその頬は緩んでいった。

その変化にダリルのほうも心が温まり、自然と微笑みが口元に浮かんでいた。

＊＊＊＊

カイルの毒味係に任命されて一ヶ月ほど経った頃、カーティスが別邸に来るという報せをローマンから受けた。時期的な忙しさも落ち着いて時間ができたということらしい。

カーティスの訪問前日、使用人総出で屋敷を隅々まで掃除するために早めに起きたダリルは、ベッドの上でカーティスについて思いを巡らせた。

(噂では、真面目で厳格な人物で、敵に対しては容赦ない冷酷さを持ち、それゆえに呪われた公爵だと聞いたけど——)

先日、庭園で思わぬ形で対面したが、噂のような冷酷さは感じられなかった。だが、雇い主であることには変わりない。

(いつも以上に気を張って頑張らないと!)

ダリルは気合いを入れるために両頬をパチン!　と叩いてベッドから降り、身支度を始めた。

一日中、屋敷の掃除をしてヘトヘトになっていたダリルだったが、夕食を前にして目を輝かせた。

「わぁ、おいしそう!」

「別にいつもと変わらないだろう」

隣に座るカイルが大袈裟だなとでも言うように溜め息をつきながら、毒味用、もとい自分の嫌いな野菜を皿の上で選り分けている。

「今日は屋敷中をピカピカに掃除したので特別おいしそうに見えるんです」

「つまりいつもは手を抜いているということか」

「いえいえっ、そんなことは断じてありません！」

慌てて否定するダリルに、カイルがくすりと笑う。

「分かってるよ。ダリルが手抜きなんて、そんな器用なことできるはずないもん」

「……もしかして、馬鹿にしてます？」

「褒め言葉だ。はい、口開けて」

いつも通り毒味用のものをフォークに刺して、ダリルの口元に差し出す。

自分で食べられるので皿に移すだけでいいと前に言ってみたが、どうも手ずからあげたいらしい。

（ペットへの餌やりみたいな気持ちなのかな……。もしくは弟や妹がいないからお兄さんぶりたいのか）

どちらにせよ、カイルがこれを楽しんでいるようなので大人しく従う。

「どう？　毒は入ってそう？」

「いえ、とてもおいしいですよ」

「ならよかった」

そう言ってまた別の野菜をダリルの口へと運ぶ。その楽しげな様子に、前世で妹のおままごとに付き合っていたことを思い出し、顔を綻ばせた。

「――そういえば、明日ですね。カーティス様が来られるのは」

食事を終えたダリルは、ふとカイルの父、カーティスの来訪を話題に上げた。

母親の話は聞いたことはあったが、父親についてカイルの口から語られたことはまだなかった。だから少し気になってさり気なく訊いてみようと思ったが、カーティスの名前が出た途端、カイルの表情が少し曇った。

「……そうみたいだな」

ナプキンで口元を拭いながらカイルが答えるが、他人事《ひとごと》のように素っ気ない口振りだった。これはあまり深入りしないほうがよさそうだと、早々に話を切り上げることにした。

「とても厳格なお方だと聞いているので、少し緊張します。緊張のあまり、目の前で転ぶなんてことがないように気をつけないとですね」

冗談めかして笑い、そのまま話題を他のものにすり替えようとしたが、「大丈夫だ」と思いがけずカイルから言葉が返ってきた。

驚くダリルに、カイルは静かに微笑んで、続けた。

「お父様は確かに厳格な人だけど、一生懸命な人をすぐに怒ることはない。だから、緊張なんかしなくていい」

声は優しく柔らかで、そしてどこか誇らしげで、確かに父への尊敬の念が感じられた。

そのことに、ダリルは少しホッとした。先ほどの素っ気ない反応から、もしかすると父親のことを嫌っているのかもしれないと思ったが、とんだ邪推だったようだ。

「そう聞いて安心しました。お優しい方なんですね」

「別に優しいとまでは言ってない」

ふい、と顔を背けてややぶっきらぼうに言うカイルに、ダリルはくすりと笑った。

「明日、お会いするのが楽しみですね」

「……僕は会わない」

「え？」

驚いて目を丸くすると、カイルはフッと悲しげな自嘲めいた笑いを浮かべた。

「別邸に移り住んでから、お父様が僕の部屋を訪ねてくれたことは一度もない。きっと僕の顔を見たくないんだ」

その声があまりに寂しい諦観を滲《にじ》ませていたので、つい反射的に「そんなことありません」と言いかけそうになった。しかし、カーティスとほぼ面識のない自分が言っても空々しいだけだ。

ダリルは言葉をぐっと呑みこみ、俯《うつむ》いた。

「……そういえば、この間、ダリルに絵をあげると約束していたな。今から持って来るから選べ」

ダリルを気遣わせるのは本意ではないのだろう、話題を変えるように気丈な明るさを声に持たせてそう言うと、席を立ってクローゼットへ向かった。

「さぁ、好きなのを選べ」

カイルがベッドの上に絵を並べて言った。カイルの調子に合わせ、ダリルも先ほどの会話などなかったように振る舞うことにした。

「ありがとうございます。ふふ、どれも素敵で迷いますね」

絵を一枚一枚じっくりと見ながら悩むダリルだったが、ふと、あるひらめきが頭に浮かんだ。

「……あの、いただいた絵はどこに飾っても構いませんか？」

楽しげに絵を選んでいるカイルのほうを振り返って問う。

「もちろん、あげたらもうそれはダリルのものだ。好きにすればいい」

「ありがとうございます！」

快い返事に、ダリルは相好《そうごう》を崩した。

（よし、これで言質はとったぞ……！）

にやりと心の中で笑うダリルに、もちろんカイルは気づくはずもなかった。

＊＊＊＊

翌日、ダリルはローマンに事情を話して許可をもらうと、その足で街に向かった。

そして目当てのものを買うとすぐに屋敷に戻り、カーティスの来訪に備えて準備を始めた。

「……よしっ、これでいいな」

玄関ホールの壁に掛けた絵を見上げながら、ダリルは満足げに息を吐いた。

もちろんその絵は昨夜カイルからもらったものであり、今、それは繊細な装飾を施した額縁の中に収まっている。

（安物の額縁はどうかと思ったけど、カイル様の絵のおかげで様になってるな）

額縁は今日街で買ってきたものだが、ダリルの持ち金から出せる程度の金額である。もちろんダリルにとっては安い買い物ではなかったのだが、屋敷内の高価な装飾品に比べればタダも同然だった。

額縁のせいで、かえってカイルの絵を台無しにしてしまうのではないかという不安もあったが、杞憂だったようだ。

「素晴らしい絵ですね」

後ろからやってきたローマンが優しく話しかけてきた。

「カイル様が絵を描いていることは画材などを頼まれていたので知っていましたが、これほどまでの腕前とは」

しげしげと眺めながら感心するように呟くローマンに、ダリルは描いたのは自分でもないのに誇らしい気持ちになった。

「すごいですよね。せっかくですから、みんなに見えるところに飾りたくて」

その『みんな』というのはもちろんカーティスを含んでいる。いや、むしろ、カーティスに見てもらいたいというのが本心だった。

カーティスが息子のカイルにどれほどの愛情や関心があるかは分からないが、見る者の心を動かすこの絵ならば、足を止めて興味を持つかもしれない。

カーティスの書斎に続く廊下近くの壁に掛けたのも、そのためだ。

新入りの自分が直接カーティスにカイルへの気持ちを確かめるなど、そんな大それたことはできない。だが、カイルの絵に興味を示した、その事実だけは伝えることができる。

　言葉にはしないだろうが、きっとカイルも喜んでくれるに違いない。

「本当に、人の目に触れないところに仕舞っているのはもったいないくらいの作品です。素敵な提案をしてくれてダリルさんには感謝です。……カーティス様もきっと驚きになられるでしょう」

　ダリルの目論見《もくろみ》を見透かしたローマンが柔らかな微笑みを向けてくる。やはりこの人にはすべてお見通しか、とダリルは照れ笑いとも苦笑いともつかない表情で微笑み返した。

「驚かなかった時は、次は書斎の壁のど真ん中に飾ります」

「ふふ、それはまた別の意味で驚きそうですね」

　その様子を想像したのか、ローマンはくすくすと笑った。

　そうこうしている内に、あっという間に時が経ち、ついにカーティスが来訪する時間となった。

＊＊＊＊

「お帰りなさいませ。カーティス様」

　屋敷のほとんどの使用人が玄関ホールに並び、主であるカーティスを迎え入れる。

　皆、普段より身だしなみを小綺麗に整えており、顔はかすかに緊張を帯びていた。普段と変わりないのはローマンくらいである。

「お久しぶりでございます、カーティス様。お変わりはございませんか」

「ああ、変わりない。長い間、来られなくてすまなかったな。何か変わったことはあるか？」

「いえ、特に変わりはございません。カイル様もお元気ですよ」

カーティスのコートを受け取りながら、ローマンは口元を品よく和らげた。

そして書斎へと歩み始めた二人だったが、その途中、カーティスの足が止まった。

「……これは？」

目論見《もくろみ》通りカイルの絵を目に留めたカーティスに、ダリルは嬉しさのあまり思わず飛び跳ねそうになった。雷が落ちても動じなさそうな無表情がかすかに崩れた瞬間だった。

「カイル様が描かれたものです」

ローマンがすかさず答えた。その目元は優しく和らいでいた。

「カイルが描いたのか……」

絵のほうに真っ直ぐ向き直り、しげしげと見つめるその表情には、我が息子への関心が見て取れた。

（よしっ！　これでカイル様にこのことを報告できるぞ！）

願わくはそのままカイルの部屋へ行き、絵について褒めるなり何なりしてほしいところだが、一介の使用人であるダリルが主の親子関係に口出しするわけにはいかなかった。

せめてこの願いが何らかの形で叶いますように、とダリルは祈るような気持ちでカーティスの背中を見つめた。

「この絵はカイル様が使用人のダリルにあげたものですが、みんなにもぜひ見てほしいと彼がここに飾ったのです」

（えっ！）

まさか自分のことが話題に上がるなど夢にも思っていなかったダリルは、目を見開いた。素《す》っ頓《とん》狂《きょう》な声を寸前のところで呑みこんだのは、もはや奇跡に近かった。

ローマンは善意で言ったのだろうが、良くも悪くも目立たず、長くこの仕事を続けたいダリルにとっては、望ましくない展開だった。

カーティスがゆっくりとダリルのほうを振り返った。視線と視線が合った瞬間、緊張のあまり息が止まりそうだった。

「……君がここに飾ってくれたのか？」

責める風ではないのに淡々とした口調に、まるで尋問でもされているような心地になり、ダリルは目を泳がせた。

「あっ、はい、飾らせていただきました。も、もちろん、カイル様には許可をいただいています」

ダリルは先手を打つようにして言ったが、内心冷や冷やしていた。

確かにどこに飾ってもいいと許可は得たものの、玄関ホールの壁に飾ると知ったらカイルも頷きはしなかっただろう。それが分かっているからこそ後ろめたさを覚え、自分の言葉が余計に言い訳がましく聞こえた。

じっとこちらを見つめる目がまるでダリルの真意を見定めているかのようで、とてもではないが真っ直ぐ見返すことなどできなかった。

しかし射貫《いぬ》くような視線に反して、返ってきた言葉はあっさりしたものだった。

「そうか。ありがとう」

そう言うと、カーティスはダリルに背を向け、歩みを進めた。

相変わらず感情の読み取りにくい平坦な声だったが、少なくともそこに怒りは感じられなかった。

ダリルはとりあえずホッと胸を撫で下ろした。

しかし、「そうだ、ダリル君」と思い出したかのように言って、カーティスは足を止めて再び振り返った。

「手が空いたら書斎に来てくれ。君に話したいことがある」

「え？」

思いもよらない言葉に、目を丸くする。

（書斎に来てくれ？　話したいことがある？　え？　え？　えぇっ！）

予想外の展開に動揺が隠せなかった。

「都合が悪いか？」

無表情のまま問われ、慌てて首を横に振った。

「い、いえっ、とんでもございません！　すぐに参ります！」

「急がなくてもいい」

そう言うと、カーティスは踵《きびす》を返してまた歩き始めた。

遠のいていくその背中を見送りながら、ダリルは冷や汗が止まらなかった。

（な、なんで、呼び出し？　お、俺、何か悪いことした⁉）

しかしその絶叫に近い胸の内の問いは、もちろんカーティスに届くわけもなく、しばらくの間、ダリルは放心状態でその場に立ち尽くしていた。

カーティスの書斎に向かう間、ダリルは溜め息を何度も漏らし、その度に歩みを鈍らせた。

（わざわざ部屋に呼び出すってことは、何かあるんだよな……）

しかし、ダリルには思い当たる節がなかった。

決してローマンのように仕事ができる人間ではないが、しかしだからといって手を抜いたり、怠けたりということはなく、自分なりに一生懸命頑張ってきたつもりだ。幸いにも重大なミスをしたこともない。

（もしかして、退学とか勘当された経緯を聞かれるんだろうか……）

その可能性は十分にあり得た。使用人に気がかりな点があれば、主として見過ごせないのは当然だ。幼い息子の傍に置く使用人となればなおさらだろう。

しかし、できればその経緯は口にしたくなかった。やむを得ない事情があったにしても、悪役令息として行ってきたことについて話すのは気が進まない。

その上、そのやむを得ない事情は、やり直しの可能性を考えると人に話すことができない。そもそも、話したところで初対面の赤の他人が信じてくれるとは到底思えない。

憂鬱な気持ちがますます胸の内に重く立ちこめた。

（でも、ハウエル公爵家くらいの力があれば、そのくらいのことは調べていそうだけどな）

もしくは調べた上で、本人の口から確かめたいのか……

どちらにせよ、受け答えを少しでも間違えたら、最悪の場合、解雇されかねない。

（やっぱり、聞かれるとしたらそのことしかないよな……。他に思い当たることは――）

ない、と言い切ろうとしたところで、不意に心当たりが頭の中に浮かび、足を止めた。

（……もしかして、カイル様と一緒に食事してることについてとか？）

その可能性も否定できない。恐らく先ほどの絵の件のように、ローマンが悪意なく、むしろ善意でカーティスに伝えたのかもしれない。

ダリルは頭を抱えた。

カーティスは厳格な人物だと聞く。たとえカイルから半ば無理やり『毒味係』に任命されたとはいえ、我が子が使用人と一緒に食事をとっているとなれば、ハウエル公爵家当主として看過できないのかもしれない。

（カイル様から一緒に食べるように言われたとか弁解したら、もっと印象が悪くなりそうだしな……）

たとえそれが事実とはいえ、自分が言うと言い訳がましく聞こえるかもしれない。下手をすれば、カイルに責任をなすりつけていると受け取られる可能性すらある。

（……逃げたい！　全力で逃げ出したい……っ！）

キリキリと胃が痛くなる。しかし、逃げたらそれこそ解雇間違いなしである。

呼び出された理由が何にせよ、謝罪は不可避だ。せめて解雇という最悪な展開だけは回避できるよう、ダリルは頭の中で謝罪の練習をしながら、書斎へと歩みを進めた。

書斎の前に立ったダリルは、一呼吸置いて、そのドアをノックした。

「ダリルでございます。今、お時間よろしいでしょうか」

「ああ、構わない。入りなさい」

緊張で強張《こわば》る喉を必死に動かすと、ドアの向こうからカーティスの声が返ってきた。相変わらず感情の読めないその声に、ごくりと唾を飲みこんでからドアノブに手をかけた。

「失礼します」

部屋に入ると、カーティスは執務机でカリカリとペンを走らせていた。しかし、机の前まで来たダリルの顔を認めるとすぐに手を止め、ペンを置いた。

「呼び出してしまってすまない」

真っ直ぐダリルへ向けられたその顔は、これまでと変わらず無表情で、上に立つ者が見せる嫌な傲慢さがないかわりに、相手を気遣う愛想もなかった。

その無表情からは、部屋に呼び出した真意どころか上辺の感情さえ掴めない。ダリルはますます落ち着かなくなった。

「い、いえ、とんでもございません」

「それなら、よかった。呼び出したのは他でもない。君に話がある」

早速、本題へ移ろうとするその言葉に、心臓がドクン、とひときわ大きく拍動した。

「な、何でしょうか……？」

まるで喉元にナイフでも突きつけられているかのような緊張感に、その一言を絞り出すのがやっとだった。

声にそれだけ緊張が滲《にじ》み出れば、表情については言うまでもない。

カーティスはダリルの目をじっと見つめた。

「……そんなに緊張しなくてもいい」

思いがけずこちらを気遣うような言葉をかけられ、ダリルは目を丸くした。

カーティスは表情を変えないまま続けた。

「別に尋問するつもりなどない。もっと肩の力を抜いて、楽にしなさい」

カーティスの言葉に、ダリルは目を瞬《しばた》かせた。

声や表情こそ無感情であるが、その言葉に、ようやくカーティスが彼なりに自分を気遣っていることに気づいた。愛想笑い程度の笑みすら見せない男から楽にしていいと言われるのも変な話だが、おかげでダリルの緊張は幾分和らいだ。

「あ、ありがとうございます。気を遣わせてしまいまして申し訳ございません。ただ、部屋に呼ばれたのは何か私に至らない点があったのではないかと思いまして……」

まだ緊張の尾を引いたぎこちない笑みを浮かべながら答えると、カーティスは「ああ」とダリルの緊張の理由に納得したように呟いた。

「不安にさせたならすまなかった。君を叱るつもりで呼んだわけじゃない。むしろその逆だ」

「逆、ですか？」

目を丸くするダリルに、カーティスが頷き返す。

「ローマンから話は聞いている、カイルが君にとても懐いていると。それからよく笑顔を見せるようになったとも」

カーティスの目元に薄っすらと笑みの気配が漂う。瞬きをすれば吹き消えてしまいそうな小さな変化だが、これまでの鉄壁の無表情からすれば考えられない変化で、ダリルは驚きを禁じ得なかった。

しかしそれと同時に、カイルへの深い愛情を感じ取れて、安堵したのも確かだった。

「礼を伝えたかっただけなんだが、皆がいる前でひとりだけ褒めるのもあまりよくないからな。周りからいらぬ妬みを買うのは君の迷惑になると思って部屋に来てもらったのだが、かえって不安にさせてしまったようだ。すまなかった」

「い、いえいえっ、むしろこちらを気遣っていただいてありがたい限りです」

伏し目がちだが真摯に謝るカーティスに、ダリルはすっかり恐縮しきった。

（それにしても、噂と随分と違うな）

確かに真面目で厳格そうではあるが、噂のような冷酷さは微塵《みじん》も感じなかった。

息を呑む美しさに、感情の見えない表情や声、それらのせいで冷たい印象を受けたが、それは先入観に囚われた自分の勘違いだったようだ。

（少なくとも、カイル様のことを大事に思っているのは確かみたいだ）

そう確信できただけで、ダリルは満足だった。

「これからもカイルのことを頼む」

「は、はいっ、もちろんです！」

元気よく返事をするダリルに、カーティスは穏やかな眼差しを向けて頷いた。

「ありがとう。それと、ついでと言っては何だが、もうひとつ頼まれてほしい」

「はい、何でしょうか？」

ダリルは身を乗り出さん勢いで聞き返した。この時にはすっかり緊張も消え去っていた。

「あの絵についてだが――」

「……！」

ダリルはパッと目を輝かせた。

自分の企《くわだ》ては思った以上の成果を出したのではないかと期待に胸を膨らませた。

（これはもしかすると……！）

「カイルに、素晴らしかったと伝えてくれないか」

「……え？」

ダリルは目を見開く。それは少しも難しくない頼み事だったが、ダリルは思わず聞き返した。

「あの……、カーティス様からお伝えにならないのですか？」

同じ屋敷内にいるのだ。人づてよりも直接伝えたほうが喜ぶに決まっている。ダリルの問いは、誰もが反射的に抱く当然の疑問だった。

しかし、口にしてすぐにそれが出過ぎた真似《まね》だということに気づいた。こちらに向けられていた穏やかな眼差しが、気まずげに伏せられたからだ。

ダリルは慌てて頭を下げた。

「し、失礼しましたっ。た、ただ、私から伝えられるよりも、カーティス様に直接言われたほうが喜ぶと思って……」

謝りつつも、ダリルは控えめに意見した。

絵の感想をわざわざダリルに託すくらいだ。カイルに関しての意見なら、たとえ多少不躾《ぶしつけ》であっても耳を傾けてくれるのではないかと思ったのだ。

ドクドクと速まる鼓動を落ち着けるように唾を飲みこんで、カーティスの反応を待つ。

「……顔を上げなさい」

少しの間を置いて、静かな声でカーティスが言った。

声に抑揚はないものの、気分を害した様子もなかった。声の芯には、先ほどまで自分に向けられていた眼差しの穏やかさが漂っているように感じた。

だからダリルは不安や緊張に押し潰されることなく、顔を上げることができた。

カーティスは変わらず無表情だったが、どこかその瞳は悲しげで、自分の質問がひどく無神経なものだったのではないかと、今更ながら後悔の念が湧き上がった。

「君が謝る必要はない」

はっきりとした口調でカーティスは言った。ダリルを気遣ってというより、普遍的な真実を伝えるような口振りだった。

「君が言うことはもっともだ。普通の親子ならば誰もがそうするだろう。だが、私とカイルは違う」

声に薄っすらと影が落ち、淡々とした口調がかすかに揺らぐ。

「……君も知っているだろう？　カイルの痣《あざ》についての噂を」

一瞬、正直に答えるのを躊躇《ためら》ったが、知らないというのはあまりに不自然で白々しい。

ダリルは頷いた。

「はい、存じています」

「噂によると、あれは私が呪われているかららしい」

「そんな噂……、馬鹿げています」

苦々しく吐き捨てるようにして言ったダリルに軽く目を見開いたカーティスだったが、すぐに目元に微笑らしき表情を浮かべた。

「ありがとう。カイルが君に懐いた理由が何となく分かった気がする」

この時、初めてはっきりと彼の抱いている感情が分かった気がした。

瞳に浮かんだ優しい色と、過大評価とも言えるその言葉に、ダリルは嬉しさと恐れ多い気持ちでまごついた。

「い、いいえ、そんな、私は……」

「だが、呪いではないと完全には否定できないのが現状だ」

カーティスは机に肘をついて、その長い指を胸の前で組んだ。

「今もいろいろと調べているが、妻の死もカイルの痣《あざ》も未だに原因が分からない。つまり呪いではないとまだ断定できないということだ。私が原因ではないと断定できない状態でカイルに近づくのは危険だ。もしあれ以上、カイルの顔や体に痣《あざ》が広がれば、妻のような最期を迎えることになるかもしれない。……もう、私のせいで大事な人を失いたくないんだ」

まるで医学書を淡々と読み上げるような口調で私見を連ねるカーティスだったが、ぽつりと最後に呟いたその一言だけはかすかに震えていた。表情や声は冷静さを取り繕《つくろ》っていても、そこに含まれる痛切な悲嘆の響きはごまかしようがなかった。

それはひどくダリルの胸を締めつけた。なぜなら、その痛切な悲嘆に覚えがあったからだ。

（……同じだ。ネイトが死んだ時の俺と同じ気持ちだ）

自分のせいで大事な人が命を落とす。あの時は気が狂いそうなほど絶望し、自分さえいなければと自身の存在を徹底的に否定し恨み尽くした。

自分のせいで大事な人を失いたくないという気持ちは、やり直しで過去に戻ったダリルが心に誓った決意とまったく同じものだった。

ただ違うのは、ダリルはやり直しができ、カーティスは大事な人を失ったまま前に進まざるを得なかったことだ。

（俺はやり直すことができた。でも、この人は、俺のあの時の気持ちと同じものをずっと抱えたまま生きているんだ……）

　あの『絶望』という言葉では言い尽くせない心を蝕《むしば》む深い闇を味わったダリルには、カーティスの漏らした言葉が痛いほど分かった。

　だからこそ、未だにその深い闇と戦い続けているカーティスに心底感服し、同情した。

「……事情も知らず、余計な口出しをしてしまい申し訳ございませんでした」

　ダリルは改めて深く頭を下げて謝った。

「顔を上げなさい。さっきも言ったが、君が謝る必要はまったくもってない。君がカイルを思って言ったことはよく分かっている」

　抑揚のない声だが、自分を気遣っているのが伝わってくるから不思議だ。

　ダリルはゆっくりと顔を上げた。カーティスの目元には淡い微笑が浮かんでいた。

「勝手な話だが、これからもそうやってカイルに寄り添っていてくれ」

　まるで自分ができないことを託すような、切ない優しさが詰まったその言い方に、胸が苦しくなった。

（こんなにもカイル様のことを思っているのに……）

　それが本人にはまるで伝わっていない。

　カイルが父を恋しく思っているのも、カーティスが息子の身を案じて距離を置いているのも、どちらの気持ちも知ったからこそ、ダリルはこの状況が歯痒くて堪らなかった。

　だからだろう、余計な口出しを謝ったばかりだというのに、気づけば口が勝手に開いていた。

「で、では、カイル様の気持ちに寄り添う者として、ひとつ提案させてください」

「……何だ？」

この流れで提案をするなど思ってもいなかったのだろう。カーティスは少し驚きつつも、先を促した。

ダリルはぎゅっと小さく拳を握った。

「会うのがだめなら、手紙を書くのはどうでしょうか？」

「手紙？」

困惑したように眉根を寄せて聞き返すカーティスに、「はい」と明るく頷き返した。

「わざわざ自分のために相手が時間を割いて手紙を書いてくれるというのは嬉しいものですし、手書きの文字は温かみが感じられます。きっとカイル様もお喜びになると思いますよ」

手紙を受け取ったカイルを想像しながら嬉々として勧めるダリルだが、一方のカーティスは戸惑うように視線を机の上に落とした。

「……確かに喜ぶかもしれない。だが、恥ずかしい話、私は私事で手紙を書いたことがないんだ。だから一体何を書いていいのかよく分からない」

カーティスは指を組み替えながら、決まりが悪そうに言った。

これまで少しの隙もないほど完璧だったカーティスが見せた、どこかたどたどしい様子に、ダリルのほうも戸惑った。

「えっと、別に構える必要はないと思いますよ。最近あった面白かったこととか、驚いたこととか」

「面白かったこと、驚いたこと……」

ダリルの言葉を繰り返しながら顎に手を当てて考えるカーティスだったが、次には首を横に振った。

「だめだ。まったく思いつかない」

真っ直ぐ目を見て断言され、ダリルは困惑した。その目がどこか自分に助けを求めているようでもあったからだ。

「そ、そんなに真剣に考えなくても大丈夫ですよ。日常の何気ない出来事とか……」

「それはわざわざ手紙に書くほどのことなのか？」

至極真面目に聞き返すカーティスに、ダリルは胸の内で溜め息をついた。

(だめだ……、この人、真面目すぎる)

恐らく手紙といえば、仕事関係の報告など、明確な目的があるものしか書いたことがないのだろう。

身内、しかも息子宛ての手紙なのだ。もっと気楽に雑談のようなものでいいと説《と》いてやりたいところだが、生真面目な性格を考えるとそれも難しそうだった。下手をすれば、ダリルのほうが不真面目だと思われかねない。

ダリルは心の中でもう一度溜め息をついてから口を開いた。

「で、では、先ほど私に託した絵についての伝言を手紙に書くのはどうでしょうか？」

「なるほど……」

感心したように呟くと、カーティスはちらりと時計のほうへ目を遣った。

「ダリル君、まだ時間は大丈夫か」

「は、はい、大丈夫です」

ローマンからは戻るのはいつでもいいと言われていた。

「よければ、私に手紙の書き方を教えてくれないだろうか」

「えっ!?」

思いもよらない頼みにダリルは戸惑った。

「わ、私なんかでよろしいんですか……？」

「むしろ君以上の適任者はいない。カイルのこともよく知っているし、きっとあの子が喜ぶ手紙を書けるはずだ」

期待と確信がこめられた声で言われ、たじろいでしまう。

正直なところ、父からの手紙という時点で十分カイルは喜びそうだが、カーティスはそのことに気づいていないようだ。

じっと縋《すが》るような目に気圧《けお》されつつも、ダリルは小さく頷いた。

「分かりました。私でよければ……」

「ありがとう。助かるよ」

ダリルの了承にカーティスは安堵の吐息を漏らすような、淡い微笑を浮かべた。

それは呪いなどという言葉とは無縁の、優しい父親の笑みだった。

＊＊＊＊

「ダリル、ちょっと見てほしいものがある」

カーティスの来訪から数日後、おやつと紅茶を運んで来たダリルを待ち構えるようにして部屋のドアの近くに立っていたカイルが、難しい顔をして言った。

「どうしました？」

その眉間の皺《しわ》は不機嫌というより、当惑を濃く滲《にじ》ませていた。

「とりあえず、こっちへ来い」

急かすように腕を引くと、いつもの窓辺の席にダリルを座らせた。

「これを見てくれ」

テーブルの上に二枚の紙を並べる。一枚はハウエル公爵家の家紋が入った書類。もう一枚は、父、カーティスからの手紙だった。

ダリルはパッと表情を輝かせた。

「あ！　もしかしてカーティス様からのお手紙ですか！」

まるで我が事のようにダリルは喜んだ。

それも無理のない話だった。なぜなら、カーティスが屋敷に来たあの日、一緒にこの手紙を書いたからだ。

（無事に届いたようでよかった）

最初、カーティスは完成した手紙をダリルからカイルへ渡すように頼んできたのだが、ダリルはそれを断った。

自分に会うことなく手紙だけ残して帰ってしまえば、頭が回るカイルのことだ。手紙を書く時間があったのにどうして自分に直接会ってくれなかったのだろう……、と悪い方向へ勘ぐってしまいかねない。

なので、本邸に戻ってから手紙を出すことをカーティスに勧めた。忙しい中、自分のためにわざわざ手紙を書いてくれたと思ったほうが、カイルの喜びもひとしおだろう。

そう考えてのことだったのだが、なぜかカイルは浮かない顔をしていた。

「どうしました？　何か手紙に悪いことでも書かれていたんですか？」

一緒に手紙を書いたダリルとしては気になるところだった。今まで手紙のことなどまるで知らなかったように装いつつも、内心はドキドキだった。

「いや、そうじゃない。そうじゃないが、ただ……」

カイルは視線を床に落として、歯切れ悪く答える。

「ただ、どうしたんです？」

「いや、お父様が今まで手紙を書いてくれたことなんてないから、もしかしてこれは他の誰かに書かせたものじゃないかと思って……」

想像以上に疑り深いカイルに驚く。

（いや、でも、これまでずっと父親に避けられてると思ってたんだから、当然といえば当然か……）

しかしダリルの助言を受けながら、慣れない手紙を書くカーティスの姿を隣で見ていたダリルとしては、その疑いは悲しいものだった。

どうにかしてその疑いを払拭できないかと考えていると、「ダリルに頼みがある」と言って、カイルがルーペをずいっと差し出してきた。

「書類のお父様の文字と、その手紙の文字を見比べて、本当にお父様からの手紙なのか確かめてほしい」

「えっ⁉」

予想外の頼みに戸惑うダリルだったが、幼気な瞳にじっと縋《すが》るように見つめられては断れるはずもない。

とりあえず差し出されたルーペを受け取った。

「私は構いませんけど、でもこういうのはカイル様のほうが得意じゃありませんか？」

自分はお世辞にも注意深い人間とは言えない。弟のネイトから常々「兄さんは少し抜けてるから心配だ」と言われるほどだ。

一方、カイルはとても六歳の子供とは思えない賢さと冷静さを持っており、会話を交わす中で、その利発さに舌を巻くことも少なくない。

筆跡から同一人物か否かを確かめるという鋭い観察力を要することは、どう考えてもダリルよりカイルのほうが適任だった。

だがカイルはバツが悪そうに視線を逸らし、ぼそりと呟いた。

「僕じゃだめだ」

「どうしてですか？」

「……その手紙が本当にお父様の直筆であればいいと思って、きっと、正確な判断ができない」

ぼそぼそと苦い声でカイルが言う。その赤らんだ頬を見て、ダリルは柔らかく微笑んで頷いた。

「分かりました。では、私が確認させてもらいますね」

ダリルはルーペを構え、書類と手紙をじっくり見比べた。

本当は見比べるまでもなく、その手紙がカーティスからのものであることは分かっている。

だが、確固たる証拠を提示しなければ、この臆病な疑り深さを持つカイルを信じさせることはできないだろう。

ダリルは一文字一文字を丁寧にルーペ越しに見つめ、二つの筆跡の共通点を必死に探した。

その様子を隣で固唾《かたず》を呑んで見守っているカイルは、年齢相応の子供らしさがあり、そんな彼を視界の隅に認める度に、ダリルは微笑ましい気持ちになった。

十分に二つの筆跡を見比べてから、ダリルは静かにルーペを机に置いた。

「――カイル様、やはりこれはお父様の文字で間違いないようです」

「……！」

一瞬、パッと表情を明るくしたカイルだったが、すぐにそんな自分を戒めるように眉間に力をこめて「どうしてそう思う？」と聞き返してきた。

ダリルは待っていましたとばかりに、文書と手紙をスッとカイルの前に差し出した。

「まずこのスペルですが、バランスに癖があります。それと、このスペルも――」

二つの筆跡を見比べる中で気づいた分かりやすい共通点や文字の癖を、指さしながら説明していく。説明が進むに連れ、カイルの眉間から懐疑の色が引いていくのが見て取れた。

「……じゃあ、本当にお父様が書いた手紙で間違いないんだな？」

ダリルの説明を聞いて、カイルが最後の確認とばかりに訊いてきた。期待の中にまだ臆病な色をわずかに見せるその瞳に、ダリルはしっかりと頷き返した。

「ええ、もちろんです」

ダリルが力強く断言すると、カイルはまるで壊れ物に触れるかのような手つきでカーティスからの手紙を手に取った。

そして手紙の文字を再度辿《たど》ると、ぎゅっと手紙を抱きしめた。

そんなカイルにダリルは目尻を下げ、背中を優しく撫でた。かすかに震えを帯びたその背中に、今まで胸の奥に押し殺していたのだろう感情が溢れ出ているようだった。

「……ダリル」

しばらくして、不意にカイルが口を開いた。

「はい、なんでしょう？」

背中に手を添えたまま答えるダリルに、カイルがちらりと視線を遣る。

「……お前にあげたあの絵のことだけど、やっぱり返してもらっていいか？」

「え？」

思いがけず返却の要望を受け、目を丸くする。そんなダリルに、カイルはフイッと視線を逸らして言った。

「……せっかくお父様が褒めてくれたんだ。自分の手元に置いておきたい」

ぼそぼそと羞恥の滲《にじ》んだ小さな声で言うカイルの耳は真っ赤で、その表情は見なくても分かった。

そんなカイルにダリルまで嬉しい気持ちになり、満面の笑みを浮かべて頷いた。

「もちろんです！　私が責任を持って部屋まで運びますね」

お任せくださいとばかりにダリルはドンと胸を叩いた。

「いや、大事な絵だからローマンに運んでもらう」

しれっとひどい返しをするカイルに目を剝《む》く。

「ええっ！　そこは『任せたぞ』って言うところじゃないですか？」

「いや、ダリルは肝心なところで転んだりしそうだから」

「う……っ、完全に否定できないところが悔しい……」

ダリルが自分の不甲斐なさにうなだれると、カイルがくすくすと笑った。

「嘘だよ。ダリルに任せる」

そう言って、カイルは再び手紙に視線を落とした。その嬉しそうな横顔を見ながら、ダリルは持ってきた紅茶とおやつをカイルの邪魔にならないようにテーブルに並べた。

「……ありがとう、ダリル」

柔らかな声でカイルが呟くように言った。

「いえいえ、私は料理長が作ったものをただ運んでいるだけですから」

「そっちのことじゃない。……まぁ、いっか。ダリルらしい」

笑いを含んだ溜め息をつくと、カイルは紅茶を口に運んで、また手紙を読み始めた。

嬉しさを噛みしめるように何度も手紙を読み直すその様子に頬を緩めつつ、ダリルは静かに部屋を後にした。

もちろん玄関ホールに飾っているカイルの絵を取りに行くためだ。

＊＊＊＊

初めてカーティスからカイルに手紙が届いて以来、定期的に便りが来るようになった。

最初の何通かは、屋敷を訪れた際にカーティスがダリルを書斎に呼び、助言を得ながら書いていたのだが、ここ最近は本邸や出先で書いたものが届くようになった。

内容は分からないが、手紙を読むカイルの柔らかな表情を見る限り、ダリルの助けはもう不要のようだった。

(なんかおこがましいけど、教え子が無事ひとり立ちしたような気分だな。嬉しいような、誇らしいような……)

ダリルは掃除をしながら、時折、手紙を読むカイルの横顔を盗み見ては顔を綻ばせた。

これまで主人と使用人という立場でありながら、使用人でしかも年下である自分がカーティスに手紙の書き方を指導するという奇妙な関係にあったが、これでお役御免だ。

正直なところ、ダリルは少しホッとしていた。もちろん、手紙の書き方の指南役が苦痛だったわけではない。

カーティスはダリルの助言に異議を唱えたことは一度もなく、礼を言って素直に従った。言葉にこそしなかったが、信頼されているのが十分に伝わってきて誇らしくもあった。

だがその分、責任重大だと気を張っていたのも確かだ。

手紙の指南という役目がなくなることで、その信頼が薄れていくのは少し寂しくもあったが、肩の荷が下りたのも事実である。

(まぁ、俺の助言なしのカーティス様からの手紙のほうがカイル様も嬉しいだろうしな)

こうして二人の関係は主人と使用人というあるべき姿に戻った——はずだった。

一日の仕事を終えて自室に戻ったダリルは、長い溜め息をつきながらベッドに寝転がった。

少しだけ体を伸ばすつもりだったが、ベッドの柔らかさと一日分の疲労が絡み合って起き上がることができなかった。

ウトウトと心地よい眠気に微睡《まどろ》んでいたダリルだが、ドアをノックする音が聞こえて飛び起きた。

自分の部屋を訪ねて来る者など滅多にいないので、不思議に思いつつもドアを開けると、そこにはローマンが立っていた。そしてその手には小包みが携えられていた。

「お疲れのところ、すみません」

「いえいえ。どうしました？　もしかして、何かやり残していた仕事がありました？」

おずおずとダリルは訊いた。わざわざ部屋まで訪ねて来るとなると、まず思いついたのがそれだった。

しかし、ローマンは穏やかな表情で首を横に振った。

「いえ、大丈夫ですよ。今日もきっちり頑張ってくれました。私はこれを届けに来ただけです」

そう言って、手に持っている小包みをダリルに差し出した。

「これは……？」

ダリルは戸惑って、小包みとローマンの顔を交互に見ながら訊いた。

「カーティス様からダリルさんへお届け物です」

「えっ！」

思いもよらない言葉に目を瞠《みは》り、小包みを凝視した。

それは何の変哲もないもので、だからこそカーティスの意図が余計に分からなかった。

「なぜ私に送ってきたんでしょうか？」

「さぁ、私にも分かりません。ただカーティス様の性格から考えると、悪いものではないと思いますよ」

困惑するダリルを安心させるように、ローマンは優しく言った。

「きっと中に手紙も入っているでしょうから、まずは確認してみてはどうですか」

「そ、そうですね。ありがとうございます」

ダリルは包みを受け取り、ローマンの背中を見送ってからドアを閉めた。

（一体、何が入ってるんだろう……？）

ベッドに腰を下ろすと、ダリルは速まる鼓動をなだめながら小包みを開けた。

そこには手のひらに収まるほどの小瓶が入っていた。小瓶の中には液体が入っていたが、瓶自体が青に色づいており、液体の色までは分からなかった。

小瓶を指先で摘まんで揺らすと、中で液体がとろりと揺蕩《たゆた》った。

（全然、何か分かんないな。……もしかしてカイル様へのプレゼントとか？）

だが、それならばわざわざ自分宛てにする必要はない。

考えていてもきりがないので、ダリルはとりあえず同封されている手紙を読むことにした。

手紙の内容は、至って普通のものだった。ダリルの健康を気遣う文章から始まり、自分の近況――商談でオーデル王国の南部にあるエスターリという街を訪れていること、その土地の様子などが書き連ねられていたが、なかなか小瓶の中身や、手紙を送ってきた理由や、目的について触れる兆しがなかった。

ようやくそれが書かれていたのは最後のほうだった。

『これはエスターリで採れる木の実から抽出されたオイルで肌荒れに効くらしい。余計なお世話かとも思ったが、君の手の荒れが気になったので送っておく。塗っておきなさい』

ダリルは手紙から視線を浮かせ、自分の手を見た。

確かに、掃除の際に薬品を使うこともあるので指先はカサカサに乾燥している。一応、薬は塗っているが、安物のためか、それとも薬品を使う頻度に治りが追いつかないのか、いまいち効果が感じられないでいた。

しかし、目につくほどひどく荒れているわけではない。だから、カーティスがその手荒れに気づき、なおかつそれに対して贈り物をくれたことに驚いた。

ダリルはもう一度、手紙に目を通した。

淡々とした文章だが、不器用な優しさが言葉から滲《にじ》み出ているそれは、出会った当初に感じた、無表情の中に埋もれた温かな微笑みを思い出させた。

(塗っておきなさい、か……。ふふ、まるで母さんみたいだ)

現世の母親は幼くして亡くなったために記憶にないが、前世の母のことならよく憶えている。どんなに短く素っ気ない言葉や物言いであっても子供への愛情が溢れている、そんな母親の声が脳裏に蘇り、気づけば頬が緩んでいた。

もちろんカーティスには、赤の他人である使用人に対して子供に向けるような深い愛情はないだろうが、それでもそれに近しい温もりを確かに感じた。

(なんだか、くすぐったいな……)

生家では、実の父親は後妻の機嫌を窺《うかが》ってダリルをほとんど無視していたし、継母からは疎《うと》まれて冷遇されていた。

だからこうして年上の人間から心のこもった優しさを向けられるのは、少しこそばゆい気持ちだった。

だが、悪くはない。

ダリルは小瓶からオイルを手のひらにとろりと垂らすと、それを指先や手の甲に満遍なく広げた。

（——いい香りだ）

しっとりと潤った手に鼻先を近づけると、自然と口元が緩んだ。

その夜は優しい香りに包まれたおかげか、いつもより深く穏やかな眠りにつくことができた。

＊＊＊＊

オイルの礼を早く伝えたいダリルだったが、なかなかカーティスが屋敷を訪れる機会はなかった。

ローマンの話によると、また繁忙期と重なったようでなかなかこちらに出向けないらしい。少し残念に思ったが、公爵ともなれば忙しいのも無理のない話だ。

仕事に専念して次の来訪をゆっくり待とう。そう思っていたダリルのもとに、カーティスからまた手紙が届いた。

内容は以前と変わらず、他愛のない近況が書いてあるだけで、わざわざ手紙に綴《つづ》るほどのものではない。しかもそれが定期的に届くようになったので、ダリルは戸惑った。

もちろん自分を気にかけてくれるのは嬉しかったが、なぜ急に、カイルだけでなく自分にまで手紙を書くようになったのか、不思議でならなかった。

（もしかして手紙がマイブームとか？）

しかしあの真面目一辺倒なカーティスが何かにはまる姿など想像できなかった。仮にそうだとしても、送る相手は自分よりもっと適任の者がいるはずだ。

（とりあえず今度、オイルのお礼を言った時に訊いてみよう）

ダリルは手紙を読み終えると、棚に置いてある小箱にそれを入れた。

小箱にはこの屋敷に来てからこれまで、自分宛てに届いた手紙が入っている。そのほとんどはネイトからのものだった。

ダリルが家を出てから頻繁に手紙を書いてくれていたネイトだが、数ヶ月前からそれがパタリと止んだ。

もちろんそれは、兄への敬慕が薄れたわけでも、病に伏しているからでもない。

学園の生徒が手紙のやり取りをしていた外部の恋人と、駆け落ちしてしまったからだ。

これは貴族の子供を預かっている学園側としては大失態である。そのため、同じことを繰り返さないよう、外部との手紙のやり取りは両親の許可がある者に限定されてしまったのだ。

当然、疎《うと》ましい前妻の子に我が子が懐いているのが気に入らないネイトの母が、ダリルとの文通を許可するはずもなかった。

そうなると便りが来ることなどほとんどなくなり、ここ最近まで手紙入れの小箱は寂しげに棚の隅で眠っていた。

だから、こうして小箱の中身がまた増えるなど予想だにしていなかったダリルは、カーティスからの手紙を仕舞うたびについつい頬を綻ばせてしまうのだった。

（……一時の気まぐれだとしても、やっぱり嬉しいな）

定期的に送られてくるカーティスからの手紙に戸惑いつつも、来なくなったらそれはそれで寂しく思うだろう。

それは単なる使用人の自分が抱く感情としては贅沢なものなのかもしれないが……

（まぁ、来なくなっても何かを失うわけじゃない。今まで通りになるだけだ）

ダリルは自分に言い聞かせるように胸の中で呟きながら小箱の蓋を閉めた。そしてそれを棚に戻すと、ベッドに腰を下ろした。

寝る前にカーティスからもらったオイルを塗ろうとしてベッド横の棚に手を伸ばしかけたが、小瓶の中身を見てその手を止めた。

（……あと半分でなくなりそうだな）

カーティスがくれたオイルのおかげでだいぶ肌荒れはよくなった。きっとこれを使い切る頃には綺麗になっているに違いない。

だが、ダリルはこのオイルを使い切ってしまうことを、寂しく感じていた。

空になったオイルの小瓶と、埃を被って棚の隅で眠る手紙入れの小箱。その二つを想像すると、胸の底に寂しさが薄っすらと漂うのだ。

ダリルは少し考えてから再び腰を上げて棚に向かうと、小瓶を小箱に入れた。

もしカーティスからの手紙が来なくなったら、またこのオイルを使おう。穏やかな眠りへ優しく導いてくれるこの香りなら、胸の底の寂しさをまぎらわしてくれるに違いない。

ダリルはベッドに潜るとそのまま目を瞑った。いつもの優しいオイルの香りがなかったせいか、その日は眠りにつくまで、もどかしいほど時間が掛かった。

＊＊＊＊

カーティスが久しぶりに屋敷にやってきた日、ダリルは、近況報告のために書斎に向かったローマンが戻ってきたのを見計らって、部屋を訪ねた。

「先日は手荒れ用のオイルをありがとうございました」

執務机に座っているカーティスの前に立ち、ダリルはまずオイルの礼を伝えた。

「いや、礼は必要ない。君には世話になったからな」

愛想の欠片《かけら》も見せることなくカーティスが淡々と言う。

世話になったというのは恐らく手紙の件だろうが、それこそ礼など不要なことであり、ダリルは恐縮しきってブンブンと手を横に振った。

「いいえ、大したことはしていません」

「君には大したことはないかもしれないが、私は助かった。それで、手荒れの具合はどうだ？」

カーティスにじっと手を見つめられ、思わずダリルはサッと手を後ろに隠した。

「は、はい、お陰様で随分とよくなりました」

嘘である。

確かにオイルを毎日塗っていた時は順調に綺麗になっていたが、残り半分近くとなったところでなくなってしまうのが惜しくなり、あまり使わなくなった。

そのせいで肌の状態は振り出しに戻ってしまっている。

使わなくなった理由があまりに子供じみたものである上に、肌荒れを気にして贈ってくれたカーティスの親切心を裏切っている自覚もあり、なおさら手を見せることができなかった。

「そうか、それならよかった」

「はい、本当にありがとうございます」

「よければ、手を見せてくれないか？」

「え？」

思いもよらない言葉に目を丸くする。

「どれくらい効果があるものなのか見たい」

そう言ってカーティスが手を差し出した。

この会話の流れでまさか嫌だとは断れない。ダリルがおずおずと手を差し出すと、カーティスはその手を取ってじっと見つめた。

「……あまり効果がなかったようだな」

少し悲しげな声だったので、ダリルは一層後ろめたい気持ちになり、慌てて首を横に振った。

「効果がないなんてとんでもないです！　塗った翌日から効果がありました！　ただ、途中で使うのをやめてしまって……」

「もしかして肌に合わなかったのか？　もしくは香りが苦手だったとか……」

「いえっ、とんでもありません！　とてもいい香りで、とても気に入っています」

「じゃあ、どうして使うのをやめた？」

責める風ではなかったが、宝石のように美しい緋色の瞳にじっと見据えられてつい怯《ひる》んでしまう。

「えっと、それは……」

目を泳がせながら返答に迷うダリルだったが、正直に話すしかないと腹を括った。

「その……、すごくいい香りで、使い切ってしまうのがもったいないと思って……」

ぼそぼそと羞恥を滲《にじ》ませた声でダリルが白状すると、カーティスは少し目を見開いたが、すぐにその目尻を下げた。

「君は歳の割にしっかりしていると思っていたが、そういった子供っぽいところもあるのだな」

「す、すみません……」

「いや、謝ることはない。だが、オイルは毎日塗りなさい。これでは贈った意味がない」

「は、はい……」

もっともな言葉に恥じ入りながら肩をすぼめる。そんなダリルに、カーティスがかすかに笑った。

「心配しなくとも、また同じものを贈ろう。だから安心して使いなさい」

「えっ」

思いがけない言葉に顔を上げると、カーティスはいつもよりほんの少し柔らかな表情で頷き返した。

「君には私もカイルもお世話になっている。そのくらい当然だ」

「いえいえっ、とんでもないです！　あの、本当にお気遣いいただかなくて大丈夫です！」

これではまるで催促してしまったようだ。ダリルは慌てて首を横に振った。

「遠慮することはない。ただ私が贈りたいだけだ」

「いえ、ですが……」

「とにかく私は贈る。それを使うも使わないも、君次第だ」

そう言ってやや強引に話を切り上げようとしたカーティスだが、恐らく彼なりの気遣いなのだろう。

ダリルは苦笑して頷いた。

「ありがとうございます。それでは、ありがたく使わせていただきます」

「それはよかった。君次第とは言ったものの、捨てられるのはやはり悲しいからな」

「まさか！　捨てるはずがありませんよ。なんだかカーティス様にはいろいろといただいてばかりで申し訳ないです」

「いろいろ？　私はオイルしか贈っていないが？」

不思議そうにカーティスが首を傾げる。

「いや、手紙も送ってくれてるじゃありませんか」

「ああ、あれくらい別に大したことじゃない。……弟君の手紙の代わりにはならないだろうが、少しでも寂しさが紛れれば、と思って書いているだけだ」

カーティスのその言葉を聞いて、驚いた。

確かに以前「君は誰かと手紙のやり取りをよくするのか？」と訊かれ、ネイトと少し前まで文通をしていたこと、それが学園の規則でできなくなったことを話したのは覚えている。

しかし雑談程度に軽く話したくらいで、当の本人であるダリルすら忘れていた。だから、カーティスがそんな些細《ささい》な話を憶えていたことに驚くと同時に、少し嬉しくなった。

「すみません、なんだか気を遣わせてしまって……」

「別に気を遣ったわけじゃない。ただ、手紙が来なくなったと話していた君は少し寂しそうだったから、筆をとってみただけだ」

「そ、そうですか……」

カーティスに思わず筆をとらせるほど寂しそうな顔をしていたのかと思うと、ひどく恥ずかしかった。

「……迷惑だっただろうか」

ちらりとこちらを窺《うかが》う視線は、カーティスにしては珍しく気弱なもので、ダリルは慌てて首を横に振った。

「と、とんでもないですっ。すごく嬉しかったです！」

気持ちをこめすぎたせいか、語気が強くなってしまい、ダリルはハッとして肩をすぼめた。そんなダリルに、カーティスの口元が淡く綻んだ。

「それならよかった。では、今後も出させてもらおう」

「あ、ありがとうございます。……あの」

ダリルはおずおずと口を開いた。

「何だ？」

「その……、もしよければ、私も返事を書かせていただいてもよいですか……？」

厚かましい申し出だろうかと思いつつも、ダリルは訊かずにはいられなかった。

手紙をもらった時からずっと考えていたことだ。

もらうだけもらって返事を出さないのは失礼ではないか。しかし、自分が返事を出すことは、かえって迷惑になるのではないか……

とりあえず、オイルの件の礼を直接伝える時に訊いてみようと思っていたのだが、ダリルの申し入れに目を丸くしているカーティスに、慌てて弁解するように言い加えた。

「も、もちろん、返事が不要であれば大丈夫ですっ。いつもいただいてばかりで申し訳ないなと思って……。でも、考えてみれば私から返事が来ても嬉しくもなんともありませんよね、はは、ははは……っ」

ダリルは気まずさと自分の厚かましさを誤魔化すように自虐的に笑った。

しかしカーティスは、そんな弱気な自嘲を吹き飛ばすように真っ直ぐな声で「そんなことはない」と言った。

「君からの手紙からは学びが多そうだ。実はここのところ、カイルへの手紙も書く内容に行き詰まっていたところだ。迷惑でなければ、ぜひお願いしたい」

思いがけずやや食い気味に言い募られ、少したじろいだダリルだったが、その生真面目さに思わず笑みが零れた。

「そう言っていただけて恐縮です。私なんかの手紙で参考になるか分かりませんが、ぜひ書かせてください」

「ああ、頼りにしている」

そう言って、カーティスは握手をするようにぎゅっと力をこめてダリルの手を握り直した。

その力に自分への揺るぎない信頼を感じて、ダリルは誇らしい気持ちと恐れ多い気持ちとで、ぎこちなく頬を緩めた。

後日、ダリルのもとに、オイルと返信用の便箋が届いた。

どこまでも真面目な人だなと苦笑しつつも、ダリルは早速その夜、手紙をしたためた。

もちろん、荒れた手には、言いつけ通りしっかりとオイルを塗って……。

＊＊＊＊

「ダリルはこれまで誰かと付き合ったことはあるか？」

「へ？」

カーティスと文通らしきことを始めてしばらく経った夕食時、何の脈絡もなくカイルにそう問われ、思わず間の抜けた声が漏れた。

口調はさりげないものだったが、こちらをじっと見る目はどんな些細《ささい》な変化も見逃さないというような鋭さがあった。

少し迷ったが、子供に悪影響を及ぼすような爛《ただ》れた恋愛でもないので正直に話すことにした。

「そうですねぇ、一応婚約者はいましたが、相手に好きな人ができたので別れました」

「ふぅん」

自分で訊いておきながら、カイルは興味なさそうに素っ気ない声で相槌を打って、ナイフとフォークを置いた。

「やけにあっさりしているな。まるで他人事《ひとごと》だ」

他人事《ひとごと》、と言われ、確かにその通りだと思った。

なにせ、定められた脚本をなぞるような人生だったのだ。自分の人生でありながら、そう思ってしまうのは仕方のないことだった。

「まぁ親同士が勝手に決めたものでしたので」

ダリルは苦笑しながら答えた。

「じゃあ、相手のことは好きじゃなかったんだな」

「ええ、そうですね」

むしろ妹の理想が詰めこまれたアルフレッドには、妹の彼氏としてふさわしいか見極めるような、兄の厳しい目を向けていたところがあった。当然、恋愛感情など抱くはずもなかった。

「でも長く婚約していれば、少しは情も湧いたんじゃないか」

「いえ、まったく」

なおも確認するカイルに、ダリルは朗らかに笑いながらきっぱりと否定した。

アルフレッドの高慢さには、兄として妹の男の趣味を憂いたほどだ。親愛の情すら湧かなかった。

「じゃあ本当に相手のことは何とも思ってなかったんだな」

「ええ、そうですよ」

「……ちなみに、今、好きな人はいるのか？」

「えっ⁉」

さらに踏みこんだ質問をしてくるカイルにダリルは戸惑った。

自分などの恋愛事情を探る意図がまるで分からなかった。もちろん単なる雑談の可能性もあるが、それにしてはカイルの目は真剣だった。

困惑しつつも、ダリルはとりあえず正直に答えることにした。

「いえ、いませんよ。急にどうしたんですか？」

「いや、別に。……ただ、ダリルがお父様と再婚してくれたらいいのになって思っただけ」

「えぇ⁉」

思いもよらない返答に、ダリルは目を剝《む》いた。

何かの冗談かと思ったが、こちらに向けられる眼差しは至極真面目で切実だった。

「ど、どうして、私とカーティス様の再婚を望むんですか？」

「……だって、そうすればお父様も僕と会ってくれるかもしれないじゃないか」

ぽつり、と小さな声でカイルが答えた。

「お父様が僕と会うのを避けているのは分かってる。こんな不吉で不気味な痣《あざ》、見たくないに決まってる……」

そう言って、カイルは自身の痣《あざ》にそっと触れた。

「誰もお父様の考えに口出しはできない。でも夫婦なら、そういうことも遠慮なく言い合えたりするものだろう？　ダリルは僕の味方だから、もし夫婦になったら『カイルに会ってあげたらどうか』ってお父様を説得してくれそうだなと思って。……もちろん分かってるよ。これは自分勝手な妄想で、あり得るはずがないってことも。でも……っ」

痣《あざ》に触れていた手を下ろして、膝の上でぎゅっと拳を握る。

「手紙はくれても顔を見せには来てくれないお父様のことを思うと、やっぱり不安なんだ。だから、こんなあり得ない妄想をしてしまう……」

カイルは悲しげに目を伏せた。痛切な響きを帯びたその言葉に、ダリルは胸が痛くなった。

ダリルのほうを見ないまま、カイルはフッと口元に嘲笑を浮かべた。

「手紙だけでも嬉しかったのに、だんだんそれだけじゃ足りなくなって、今度は顔を見せてほしいと思ってしまった。……僕は自分で思った以上に欲張りな人間みたいだ」

顔を上げておどけるように言うカイルだが、それが一層ダリルの胸を締めつけた。

いっそのことカーティスの気持ち——痣《あざ》の原因が呪いではないと断定できない今、自分がカイルに近づくのは危険だとの考えから、あえてカイルと距離を置いていること、そして自分のせいで大切な人をもう失いたくないと思っていること——をカーティスに代わってすべて伝えてしまいたかった。しかしカイルの痣《あざ》が理由で会うのを避けていることには変わりない。

たとえそこに深い親心があるとしても、言葉を間違えればカイルの心を傷つけかねない。

ダリルは口の先まで出かかった言葉を苦い気持ちでぐっと呑みこんだ。

そして言葉を変えて再び口を開いた。

「……カイル様、それは欲張りでも何でもありません。普通のことです。私だって仕事に就けただけでありがたかったのに、いつの間にか『ずっとここで働けたら』と願ってしまいました。——しかしっ、図々しいのも百も承知で言います。これはよく言えば向上心でもあるのです！」

突然、拳に力を入れて力説し始めたダリルに、カイルが目をパチパチと瞬《しばたた》かせる。

「こ、向上心？」

「そうです、向上心です！」

当惑気味のカイルに、強く頷き返した。

「ずっとここで働くために、私は日々の仕事を頑張ろうと思い、仕事に一層打ちこみました。前に進むために向上心は必要不可欠、むしろ向上心がなくては何も始まりません！」

やや強引な論理だが、その強い主張にカイルはすっかり圧倒されている。

　ダリルは顔から力を抜き、カイルに微笑みかけた。

「手紙をもらうまでのカイル様は、きっとこんな風にお父様に会いたいなんて言うことはなかったと思います。子供として父親に会いたいという自然な気持ち、それを自覚できたのは大きな前進ですよ。自分の想いを認識できているかどうかって、意外と大きな差だと思うんです」

　たとえ会いに来るかどうかはカーティス次第だとしても、だ。

「会いたいという気持ちを自覚してれば、手紙の返信にそれとなく会いに来てほしい、顔を見たいって気持ちを書けますし、少なくともその気持ちを自覚してないよりは、カーティス様に会える可能性は高くなると、私は思いますよ。ですから、欲張り上等です！」

　拳をぐっと強く握って締め括ると、目を瞠《みは》っていたカイルがしばらくしてぷっと小さく噴き出した。

「ふふっ、言ってることはめちゃくちゃなのに、反論できないや。きっと、ダリルには一生敵わないんだろうな」

　一生敵わないと言いつつも、その顔は嬉しそうだった。悲しげな影が消えたその顔に、ダリルは安堵した。

　だが、自分の言葉はその場しのぎの慰めにしかならない。

　カイルの心から顔の痣《あざ》に対する切ない劣等感を取り除くには、父であるカーティスがカイルに会いに来る必要がある。

　しかし、使用人の立場である自分がカーティスに物申すことはできない。仮にできる立場だとしても、カーティスの『もう大事な人を自分のせいで失いたくない』という気持ちを知っているので、強くは言えないだろう。

何もできない自分が歯痒くて、ダリルは密かに拳をぎゅっと握りしめた。

（欲張りなのは俺も一緒だ……）

カーティスに手紙を書くのはどうかと勧めて、その結果、カイルは喜んだ。それが嬉しくて、ついまた自分に何かできることはないかと思ってしまった。

しかし実際は、稚拙なその場しのぎでカイルの気持ちを紛らわせることしかできない。二人の互いを想う気持ちを知っている分、それが余計にもどかしく、ダリルは自分の無力さを痛感するばかりだった。

＊＊＊＊

久しぶりにカーティスが屋敷を訪れた日、ダリルは書斎に呼ばれた。

思いがけない呼び出しに戸惑いつつも書斎に向かうと、挨拶も早々に、ソファに座るように促された。どうやら手短に終わる話ではないようだ。

ダリルは緊張した面持ちで居住まいを正した。

「すまない、いつも急に呼び出して」

向かいのソファに腰を下ろしながら謝るカーティスに、ダリルは慌てて首を横に振った。

「いいえっ、とんでもございません。私でよければいつでも呼んでください」

「そうか、それは心強い」

真顔の口元にかすかに笑みを浮かべ、カーティスはすぐに本題に入った。

「呼んだのは他でもない。君に頼みたいことがある」

「私に……、ということはカイル様に関することですね」

この屋敷で一番信頼を置いているローマンではなく、自分に話が来るということは、つまりそういうことだろう。予想通り、カーティスは頷いた。

「察しがよくて助かる。その通りだ。少し先の話だが、私はカイルを王立のアリシア学園に入学させたいと思っている」

「え……っ」

思いもよらない話に、ダリルは驚いた。

確かに将来ハウエル公爵家を継ぐ我が子を、王国の貴族の子が集まるアリシア学園に通わせたいと思うのは当然のことだ。

しかし屋敷に引きこもり、依然としてダリルとローマン以外の人間とは会おうとしないカイルに、それを求めるのは酷だと思った。

ダリルの胸の内を見透かすように、カーティスは言葉をつけ加えた。

「もちろん、カイルの気持ちを尊重するつもりだ。無理強いはしない」

カーティスの言葉に安堵して胸を撫で下ろす。

もしカーティスが命じれば、カイルはどんなに嫌でも学園に入学をせざるを得ないだろう。しかもアリシア学園は全寮制だ。自分が傍にいることはできない。心を閉ざし、学園で孤立し、思い悩むカイルを想像しただけでダリルは胸が苦しくなった。

だから入学を強制するつもりはないとの言葉に、心底ホッとした。

「恐らく今は顔の痣《あざ》を気にして入学を拒むだろう。そのためにも、入学までの間に痣《あざ》を消す方法を見つけるつもりだ」

淡々と話しているカーティスだが、その顔には疲労の影が見られた。恐らく、ここ最近忙しかったのは執務だけではないのだろう。

入学まであと二年もない。焦るのも当然だった。

「だが、もし痣《あざ》が消えたとしても、入学できる学力がなければ意味がない。アリシア学園を志望する子供たちには入学前から家庭教師をつけるのが普通だ」

「確かにそうですね」

自分も入学前に家庭教師をつけられ、その厳しい指導に毎日半泣き状態だったことを思い出し、ダリルは苦笑した。

「そこで、君に頼みがある。――カイルの家庭教師を引き受けてくれないだろうか」

「えっ！」

思いもよらない頼みに、ダリルは驚きの声を上げた。

「わ、私なんかでいいんですか？」

「君以上の適任者を私は知らない」

真顔で断言され、思わず怯《ひる》んだ。

確かにどんなに優秀な家庭教師でも、まずカイルが会うことを拒否するだろう。その点ではダリルは適任ではあるが、カイルの入学が懸かっていると思うとやはり荷が重い。

「えっと、お言葉はすごく嬉しいんですが、そんな大役が私なんかに務まるかどうか……。それにカイル様は賢いですから家庭教師なんていらない気もします」

「ローマンの話によると、カイルは本こそたくさん読んでいるらしいが、その知識には偏りがあるようだ。私としては、入学の基礎学力を養うためにも広い知識を身につけてほしいところだ」

控えめに辞退の姿勢を見せるダリルだったが、すかさずカーティスに理路整然とした言葉を返され、すっかり逃げ場を失ってしまった。

「それに、君は以前、アリシア学園に在籍していただろう？」

ドキッと心臓が跳ね上がった。

雇い主として使用人の経歴を知っているのは当然だろうが、それでも退学処分の身としては、やましい事実を指摘されたようで動揺せずにはいられなかった。

幸いにも、カーティスの声音には事実確認以上のものは含まれておらず、非難する気配がまったくないのが救いだった。

そのおかげで、おずおずとではあるが、妙な間を置くことなく答えることができた。

「は、はい、そうですが……」

「気分を害するかもしれないが、在籍中の成績を調べさせてもらった。成績も良く、真面目に勉学に励んでいたと聞いている。真面目なことはいいことだ。だから、カイルの家庭教師として申し分ない、と私は判断した」

そう言って、カーティスは長い脚を組み直した。

退学になったことも、その経緯も、成績を調べた際に耳にしなかったはずはないだろうに、カーティスはそのことに少しも触れなかった。それどころか、好意的に評価している。

ダリルにはそれがありがたく、純粋に嬉しかった。

「これらを踏まえて君にカイルの家庭教師をお願いしたいが、どうだろうか？　もちろん、入学の合否の責任を君に押しつけるつもりはない。だから、気負わずに引き受けてほしい」

真っ直ぐにダリルの目を見て、カーティスが再度頼んできた。

出会ったばかりの頃であれば、この真面目すぎるがゆえの無表情に冷たい圧を感じて怯《ひる》んでいたところだが、今はその真摯な眼差しを正面から受け取ることができる。

こちらの不安を取り去ろうとする言葉選びには誠実さを感じたし、何より自分に信頼を寄せてくれているのが嬉しい。

ここまで言ってもらって断る理由などどこにもない。

ダリルは微笑んで頷いた。

「分かりました。私でお役に立てるなら――」

ぜひ、と快諾の言葉を返しかけたダリルだったが、途中でハッとその唇の動きを止めた。

（待てよ。これは交渉のチャンスじゃないか……？）

脳裏によぎったカイルの痛切な表情に、ある考えが閃いた。

もちろん、誠実な態度で頼み事をするカーティスに交渉を持ちかけるのは、少し気が引けた。

だが、その場しのぎの慰めしかできない自分への不甲斐なさと、互いを想い合いながらすれ違う二人の関係に対するもどかしさが、その躊躇《ためら》う背中を押した。

「……ぜひ、お引き受けしたいと思います」

「そうか、ありが――」

「ただし」

かすかに安堵の色を見せたカーティスを遮るようにして、ダリルは語調をやや強めて言った。

「じょ、条件がありますっ」

「条件？」

ダリルから条件を提示されるなど、予想だにしていなかったのだろう。カーティスは少し困惑気味に眉根を寄せた。

「もしかして、報酬の件か？　それなら心配することはない。当然、給料に特別手当を上乗せするつもりだ」

「い、いえいえっ、とんでもないです！」

ダリルは慌ててブンブンと手を横に振った。

「こんなへっぽこ家庭教師で手当なんてもらったら申し訳ないです！」

「じゃあ条件とは何だ？」

不思議そうに首を傾げるカーティスにハッとして、ダリルは仕切り直すように咳払いをし、改めて口を開いた。

「私が家庭教師を引き受ける代わりに、カイル様に顔を見せてあげてくださいっ」

ダリルが提示した条件に、カーティスは目を見開いた。しかしすぐに暗い面持ちになって目を伏せ、静かに首を横に振った。

「……すまないが、その条件を呑むわけにはいかない」

不躾《ぶしつけ》な条件を咎めることなく、むしろ申し訳なさそうに断るカーティス。それでもダリルは食い下がった。

「い、一回だけでもいいんですっ。カイル様もとても会いたがっています」

必死に言い募るダリルに、カーティスは困ったように目を逸らして黙りこんだ。

そんなカーティスを見て少し迷ったが、ここまで言っておいて後には引けなかった。ダリルは言葉を続けた。

「……差し出がましいのは承知ですが、カイル様はすごく不安なようです。カーティス様が会いに来てくれないのは自分の顔の痣《あざ》のせいじゃないかと……」

そこで言葉を切ると、ダリルは祈るような気持ちでカーティスをじっと見つめ、その唇が動くのを待った。

しばらくの沈黙の後、ダリルの眼差しに耐えきれなくなったかのように、カーティスはその重い口を開いた。

「……前にも言ったが、カイルの痣《あざ》が私と無関係であると証明できない限り、会うつもりはない。これはあの子のためだ」

「分かっています。カーティス様がカイル様のことを大事に想っていて、だから会わないという選択をとっていることも。……でもっ、だからこそ、カイル様に会ってほしいです」

震える声で言いながら、ダリルは膝の上でぎゅっと拳を握りしめた。

自分が分を超えたことをしているのは、重々承知だ。カイルだってこんなことは望んでいないだろう。

だが、こんなにも悲しいすれ違いを、ダリルは見て見ぬふりなどできなかった。

痛々しいくらい強く握ったダリルの拳を見つめていたカーティスだったが、小さく息を吐いて首を横に振った。

「すまないが、その頼みは聞き入れることはできない。……私のせいで、もう大事な家族を失いたくないんだ」

抑揚のない口調だが、その呟きには悲痛な心の叫びがありありと感じられた。

自分のせいでもう大事な家族を失いたくない——その気持ちは、弟を自分のせいで死なせてしまったダリルには痛いほど分かった。

だからこそ、暗にもうこれ以上踏みこまないでくれと懇願にも近い声で胸の内を吐露されても、カーティスを放っておけなかった。

「……でも、それは、カーティス様のせいじゃありません」

気づけば、震える声でそう言っていた。

カーティスが視線を浮かせ、暗い眼差しをこちらに向ける。

その目から感情を読み取ることはできなかった。安易な慰めに怒っているようでもあったし、まだ食い下がってくるしつこさにうんざりしているようでもあった。

それでもダリルは震える唇を叱咤して続けた。

「もしたとえ、あの痣《あざ》がカーティス様にかけられた呪いだとしても、それは呪いをかけた人が悪いわけで、カーティス様のせいではありません」

なんて幼稚な言い草だろう。こんな言葉でカーティスが納得するわけない。しかし、言葉は溢れて止まらなかった。

「それなのに、どうして、カーティス様が全部を背負わないといけないんですか……っ。そんなの、おかしいです。理不尽だ……っ」

言いながら涙がボロボロと零れて、膝の上で握った拳の上に落ちた。

しかし、これはカーティスだけを思っての涙ではない。かつてネイトの亡骸《なきがら》を抱えながら自責の念と絶望で押し潰されそうになった自分へのものでもあった。

幸いにも自分はやり直すことができ、その地獄から抜け出すことができた。だが、目の前のカーティスはまだその地獄にいるのだ。

だからこそ、他人事《ひとごと》に思えなかった。『私のせいで』と悲しげに自分を責めるカーティスを否定せずにはいられなかった。なのに、こみ上げてくる嗚咽《おえつ》のせいで話すこともままならない。

そんなダリルに、カーティスはその無表情を珍しく崩し、目を見開いて困惑の表情を浮かべていた。

「だ、大丈夫か？」

そして気遣わしげに言いながらカーティスがハンカチを差し出す。

ダリルはそれを受け取ると、目元の涙をゴシゴシと拭った。ハンカチから漂う優しい香りに、心が次第に落ち着いた。

「す、すみません……、見苦しいところをお見せして……」

嗚咽《おえつ》が引いたところでダリルが謝ると、カーティスの頬に安堵の色が淡く滲《にじ》んだ。

「いや、気にすることはない。私こそ気を遣わせるようなことを言ってすまなかった」

「いえっ、違います」

ダリルは慌てて首を横に振った。

「これは、気遣いとか同情とかじゃなくて、何というか、……私情です」

「私情？」

眉を上げるカーティスに、ダリルは頷き返した。

「実は私も自分のせいで大切な人を失ったと自分を責めた時期があって……。だからカーティス様を見ていたらそんな自分を思い出して、変に熱くなってしまったんです」

「そうだったのか……。それはすまなかった。君の事情も知らずに自分のことばかり……」

カーティスが恥じ入るように目を伏せたので、ダリルは慌てた。

「いえいえっ、私が勝手に自分と重ね合わせてしまっただけで、むしろ、見当違いな押しつけをしてしまって、本当にすみませんでしたっ」

冷静になって自分の言葉を思い返すと恥ずかしくなり、ダリルは顔を赤くしながら謝った。

そんなダリルをじっと見つめていたカーティスが、ぽつりと口を開いた。

「……妻の死やカイルの痣《あざ》について、多くの者から『貴方のせいではない』と言われてきた。もちろん上辺だけの輩《やから》もいたが、私を思って心から言ってくれる人もいた。その気持ちは嬉しかったし、ありがたかったが、その言葉が心に響くかは、また別問題だ」

カーティスは目を閉じて、そっと息を吐いた。

「どれだけ『貴方のせいではない』と真摯に言われても、どうしてもそうは思えなかった。……でも、君の言葉は違った」

そう言ってゆっくりと目を開けると、赤い瞳を真っ直ぐダリルへ向けた。

「きっと、同じ辛さを乗り越えた君の言葉だからこそ、胸の奥にまで届いたんだろうな。……すごいな、君は」

深い感慨をこめた声でそう言われ、ドキッと胸が弾んだ。

柔らかく微笑むその眼差しには尊敬の念がありありと感じられた。それがあまりにも恐れ多く、ダリルは頭を横に振った。

「全然、すごくなんかないですっ。私はただ運良く逃れられただけで……、今でもまだ戦っているカーティス様のほうがよっぽどすごいですし、尊敬していますっ」

雇い主に対する媚びやお世辞などではなく、本心だった。

必死に言い募るダリルを見て、カーティスは優しく目を細めた。

「……ありがとう」

穏やかな声でそう言うと、カーティスはおもむろに腰を上げた。

「そのままでは目が腫れてしまうだろう。氷袋をもらって来るからここで待っていなさい」

「えっ！　いえいえ、いいですよ！　お気になさらず！」

雇い主であるカーティスにそこまでさせるわけにはいかない。ダリルは手首を激しく横に振った。

「そうはいかない。そんな真っ赤な目をした君を見たらカイルも心配するだろう。……隣にいる私に泣かされたんじゃないかと疑われては困る」

「……え？」

「目の赤みが引いたら君を家庭教師としてカイルに紹介したいが、一緒に来てくれないだろうか？」

「もちろん！　喜んで！」

ダリルが嬉しさのあまり思わず立ち上がると、カーティスの顔が綻んだ。

「いい返事を聞けてよかった。それじゃあ、すぐ戻るから待っていてくれ」

「あ、氷袋なら自分で……」

「いいから。座って待っていなさい」

カーティスは、腰を浮かせたダリルを柔らかく制して部屋を後にした。

後を追うべきか迷ったが、カーティスの厚意を無下にするのも失礼だと思い、ダリルは再びソファに腰を下ろした。

そこでようやくこれまで体中に張り詰めていた緊張が一気に解けた。

（まさか俺の不躾《ぶしつけ》な要求が通るとは……）

ソファの背にもたれ、深く息を吐く。

思い返すと、自分の言動は使用人の枠を優に超えたものだった。もし相手が寛大なカーティスでなければ不興を買っていただろうし、下手をすると屋敷から追い出されていた。

自分が実は危ない橋を渡っていたことに今更ながら気づき、ダリルは肝が冷えた。

（でも、カイル様に会う気持ちになったようでよかった）

部屋を訪ねてきたカーティスに、カイルがどんな表情を見せるだろうかと考える。

（ふふ、それにしても『隣にいる私に泣かされたんじゃないかと疑われては困る』って、よっぽどカイル様に嫌われたくないんだな）

カーティスの言葉を思い出し、ダリルは微笑ましさにくすりと笑ってしまう。

それは世間で噂されている冷酷無慈悲な人物像とはまるで違った。

（やっぱり噂なんか当てにならないな。だからきっと呪いのことだって——）

悪意ある人間が無責任に広めたでまかせに違いない、……そうであってほしいと祈るような気持ちで、ダリルはそっと目を瞑った。

カーティスが持ってきてくれた氷袋をしばらく目元に当てた後、二人はカイルの部屋に向かった。目の赤みは幾分引いたものの、誰の目から見ても泣いていたのは明らかだった。

気を遣ったカーティスから、また日を改めようかと提案されたが、せっかくカイルに会う気持ちになったのだ、ダリルはこの機会を逃したくなかった。

（それに、一秒でも早くカイル様に会わせてあげたいしな）

赤い目に関しては、厨房で玉ねぎを大量に切ったせいだということにした。

部屋に着くまでの間、ダリルは会った際に話の種になればと思い、最近のカイルの様子をいろいろと話した。

ローマンの報告と重複しているところが多々あるだろうに、カーティスは丁寧に耳を傾けていた。

もちろん表情豊かな反応を見せたり、話を広げる質問を投げかけたりすることはなかったが、それでも真剣に聞いていることは十分に伝わってきた。

程なくして、カイルの部屋の前に着いた。

一歩前に出たカーティスが、ドアに向かって拳を持ち上げる。

だが、その表情を見て、思わずダリルは声をかけた。

「だ、大丈夫ですか……？」

カーティスの拳はか細く震えており、青白くなった顔は引き攣っていた。

それが久しぶりに我が子に会う緊張からくるものではないことは明らかで、もっと深刻な、恐怖にも近い感情が見て取れた。

「大丈夫だ。すまない、気を遣わせてしまって」

気丈に言うカーティスだが、どう見ても大丈夫そうには見えなかった。

「具合が悪いなら、また別の日にしましょうか?」

顔色の悪さが体調不良によるものではないとは分かっていたが、あえてダリルはそう訊いた。カイルに会わせたい気持ちはもちろんあるが、それはカーティスに無理をさせてまでするべきことではない。

しかし、カーティスは首を横に振った。

「いや、その必要はない。……情けない姿を見せてすまない。つい、妻のことを思い出してしまって」

額に手を当てて、細く息を吐くカーティスを見て、ダリルは彼の妻の死に際についての噂を思い出した。

愛する妻の悲惨な死を目の当たりにしているのだ。妻と同じ痣《あざ》を顔に持つ息子と会う際に、その暗澹《あんたん》たる記憶が蘇るのは至極当然のことだ。

カイルに会わせたい一心で配慮に欠けていた自分が無性に恥ずかしくなり、ダリルは俯《うつむ》いた。

(そりゃあ辛いに決まってるよな。なのに、俺は……)

ダリルは苦い気持ちでぎゅっと拳を握りしめた。

(とりあえず何か理由をつけて今日は一旦、引こう)

気を取り直して、ダリルは顔を上げた。

するとカーティスが持ち上げた拳をかすかに動かした。恐らくドアを叩くつもりだろう。だが彼の顔色は依然として悪く、無理をしているのは明らかだ。とっさにダリルはその拳をぎゅっと両手で包みこみ、動きを封じた。

カーティスが驚いて目を見開く。その顔に、ダリルはハッとした。

（や、やばい……！　俺は何してんだ！）

無意識の行動に狼狽《うろた》えつつも、しかしここで引くわけにいかない、とダリルは握った両手にさらに力をこめた。

「あ、あのっ、——私の手、スベスベになってませんか！」

「……え？」

きょとんとするカーティス。勢いに任せて出てきた苦し紛れの言葉に、ダリルは心の中で頭を抱えた。

（スベスベって何だよ……！　気持ち悪すぎるだろ……！）

本当はカーティスに無理をさせたくないがための行動だったが、年下の、しかも使用人に諭されるような真似《まね》をされては、主として立つ瀬がないだろう。そう思って無理やり捻り出した言葉だったが、やはり苦しかった。

しかし、ここまで来てはもう引けない。ダリルは半分自棄《やけ》になって続けた。

「カ、カーティス様が贈ってくれた薬のおかげですっかり手の荒れもよくなりました！　心なしか指先の冷えもよくなってきたような気がしますし、本当に、ありがとうございますっ」

最初はダリルの話の脈絡のなさや声の勢いに当惑した様子のカーティスだったが、それがダリルなりの気遣いなのだと気づいたのだろう、徐々に戸惑いの表情が消えていった。

「……そうか、効果があったようでよかった」

そう言って、カーティスはおもむろに、もう片方の手をダリルの手の上に重ねた。

「カ、カーティス様？」

「本当だ。肌荒れがなくなっている。……触れていて安心する肌触りだ」

笑みを湛《たた》え、安堵の吐息のように呟くと、カーティスはそっと目を瞑った。まるで干したてのシーツに顔をうずめるような表情だった。

そんな安らかな表情に戸惑っていると、ドアがカチャ、と開いた。

「……ダリル、いるのか？」

恐らくダリルの声が部屋の中にまで聞こえたのだろう。ドアの隙間からカイルが顔を出した。

ダリルの来訪に頬を緩めていたカイルだったが、カーティスの姿を認めた途端、これまでに見たことのないほど目を丸くして固まった。

「え？　ど、どうして、お父様が……？　というか、その手……、え？　えぇっ！」

ダリルとカーティス、そして重なった手を交互に見てすっかり混乱しきった様子のカイルを前にして、二人は慌てて手を離した。

「い、いや、これは、私の手荒れの状態を見てもらっていたというか……」

「そ、そうだ。決してやましい意味ではなく……」

後ろめたいことなどないのに、二人は混乱しているカイルにつられてしどろもどろになる。

「そ、それより！　カーティス様から大事なお話があるようです！」

声に勢いをつけて、ダリルはやや強引に話題を変えた。

「大事な話……？」

カイルが不安げにカーティスのほうを見上げる。

久しぶりの父の来訪で『大事な話』となれば、悪い風に考えてしまうのも無理はない。

自分の言い方が悪かったと焦ったダリルは、誤解のないように言葉を足そうと口を開きかけたが、その必要はなかった。

「久しぶりだな、カイル」

ダリルより早くカーティスがカイルに話しかけた。

「は、はいっ、お久しぶりです……！」

緊張と戸惑いで顔を強張《こわば》らせつつも、カイルは背筋を伸ばしてカーティスに向き直った。

カーティスは床に膝をつくと、真正面からカイルの顔を見据えた。

「……しばらく会いに来られず、すまなかった。随分と、大きくなったんだな」

穏やかな表情で目を細めながら、彼はカイルの頭を優しく撫でた。

その行動が思いもよらないものだったのだろう。カイルは次第に目を潤ませ、唇をぎゅっと噛みしめた。

「……っ、会いたかった、です、お父様」

涙が溢れると同時に、カイルの口から言葉が零れた。

その幼気な声と涙を抱きとめるようにして、カーティスはカイルの背中に腕を回した。それは、力強く、優しい父の抱擁であった。

感動の再会にダリルも目を潤ませ、傍らでその様子を微笑ましく見守っていると、不意にカイルと目が合った。

そこでダリルの存在を思い出したのか、カイルは慌ててカーティスの腕の中から体を離し、目元をゴシゴシと拭った。

「だ、大事な話があるんですよね？　よければ、中に入ってください」

仕切り直すようにして取り澄ましたカイルだが、その目元はまだ赤い。

ダリルとカーティスはどちらともなく目を見合わせて、くすりと笑った。


「それで、大事な話とは何でしょうか？」

カーティスが自分の向かいに座ると、カイルは神妙な顔つきで本題に入るように促した。父の優しい抱擁に一度は安堵したカイルだが、『大事な話』という意味深な言葉にまだ不安が拭えないようだった。

「ああ、その話だが、実は――」

そう言って、カーティスは傍らに立つダリルにちらりと目配せしてから、再びカイルの目を真っ直ぐに見つめた。

「カイルにもそろそろ家庭教師をつけようと思っていて……」

家庭教師、という言葉に、カイルの眉間にかすかに皺《しわ》が寄る。それだけでカイルの心の内が手に取るように分かったのだろう、カーティスは安心させるように言葉を継いだ。

「もちろん、外から人を呼ぶつもりはない。ここにいるダリル君に頼むつもりだ」

「え！　ダリルに？」

その言葉を聞くや否や、カイルは驚いた顔でダリルの顔を見る。その表情を見て、ダリルは苦笑しながら頷き、一歩前に出た。

「はい。至らない点も多々あると思いますが、誠心誠意頑張らせていただきます」

「ダリル君はあのアリシア学園に在籍していて、成績も優秀だったんだ」

「へぇ、ダリルが成績優秀……」

意外そうに呟かれ、ダリルは恥ずかしくなった。

「いや、そんな成績優秀というわけでは……。で、でも、できる限り頑張りますので、どうぞよろしくお願いします！」

やる気だけはあることを示すように、ダリルは勢いよく頭を下げた。

「それでは、挨拶も終わりましたし、私はここで失礼します」

目的は果たした。後は親子水入らずゆっくり話したいだろうと、気を利かせてその場を立ち去ろうとしたダリルだったが、両手首をそれぞれカーティスとカイルに掴まれてしまった。

「あ、あの、どうかされました……？」

ダリルが首を傾げる。

「ま、まだ、話は終わってないだろう！」

怒ったように言うカイルの声と顔は、明らかに狼狽しきっている。子供が親にしがみつくような幼気な力で、ダリルの手首を掴んでいた。

「ああ、その通りだ。まだ終わっていない。そうだ、教える科目などについて話を詰めよう」

カイルのように狼狽の色は滲《にじ》ませてはいないものの、今しがた思いついたようなことを言って引き止めるカーティスも、その手の力を緩める気配はなかった。

「いや、あの、でも……」

ここは久しぶりに親子団らんの時間を過ごすべきでは……と言いかけたが、両者から向けられる、縋《すが》りつくような視線に言葉を呑みこんだ。

「そうですね。私も教える準備をするために、ぜひ話を詰めたいです」

ダリルが観念して笑ってそう言うと、緊張した空気がホッと緩み、二人とも掴んだ手を離した。

「そうそう、ちゃんと準備するにはまずいろいろと決めることが大事だ」

言いながら腰を横にずらして、カイルが隣をぽんぽんと叩く。どうやらここに座れと言っているようだ。

そんな素直じゃないが分かりやすいカイルに小さく笑って、ダリルはカイルの横に腰を下ろした。

その後もダリルが二人の会話にさり気なく助け舟を出すことで、親子団らんの時間は穏やかに過ぎていったのだった。

＊＊＊＊

カーティスがカイルの部屋を訪ねてから数週間、明らかにカイルの様子が変わった。

「カイル様、すごいです！　満点です！」

採点を終えたダリルは、隣に座っているカイルに全問正解の答案用紙を返した。

「さすがですね」

「当然だ。こんな簡単な問題」

何でもないように答えつつも、ダリルに褒められるのは満更でもないらしく、嬉しそうに頬を緩めている。

「本当にカイル様は優秀ですよ。私なんかが教える必要なんてないくらいです」

家庭教師代として給料に結構な金額を上乗せしてくれているのが申し訳なく感じてそう言うと、カイルがムッと鼻頭に皺《しわ》を寄せた。

「そんなこと言って、もしかして家庭教師を辞めるつもりじゃないだろうな。そんなことしたら、勉強放棄してダリルもお父様も困らせてやるからな」

「い、いえいえっ、そんなつもりはありませんよ！」

ダリルは慌てて否定する。するとそれを見たカイルは小さく噴き出した。

「嘘だよ、嘘。ダリルはともかく、お父様を困らせたりはしないよ」

「いや、できれば私も困らせないようにしてほしいんですけど……」

そう言って口を尖らせつつも、カーティスのことを気軽に話題にするようになったことが、ダリルは嬉しかった。

「でも、もっとレベルの高い先生から教わりたくなったら、遠慮なく言ってくださいね」

「別に教える人間の頭が良かろうと悪かろうと僕には関係ない。結局は勉強する人間の理解力と意欲の問題だからな」

無用の気遣いだと言わんばかりに澄ました顔で言うカイルの言葉に、ダリルは確かにと苦笑する。

「……それに、ダリルが褒めてくれないんじゃ勉強する意味がないし」

「え？」

聞き逃した小さな呟きを聞き返すも、カイルは「何でもないよ」と素っ気なく言ってそっぽを向いた。

「それより勉強を進めてよ。……お父様にまた『進みが早いな』って褒めてもらうんだ」

褒めてくれたカーティスの言葉を反芻《はんすう》するように言いながら、カイルは目元を和らげた。

大人びた口調や考え方は変わらないものの、カーティスと会うようになってから、カイルはこうした年相応の子供らしい表情を見せることが多くなった。

その表情は幸せに満ちていて、見ているほうまで幸せな気持ちになる。それは顔の痣《あざ》ですら、かすませるほどだった。

（というか、本当に痣《あざ》が薄くなっているような……）

ダリルは気づかれないよう、ちらりとカイルの顔を盗み見た。

最初はカイルの表情が明るくなったからそう見えているだけかと思っていたが、やはり少しずつ薄くなっているような気がした。

しかし写真の技術がないこの世界では、それを客観的に証明するのは難しい。自分の思い違いである可能性も十分に高く、繊細な話題であるがゆえに本人はもちろん、ローマンやカーティスにも言えなかった。

だが、それがダリルの思い違いでないことは、すぐに明らかとなった。

＊＊＊＊

カイルの家庭教師を初めてからひとつ増えた仕事、それはカーティスへの報告だった。報告と言っても堅苦しいものではなく、勉強の進み具合と普段の様子を伝えるくらいだ。幸いにもカイルは賢く、勉強の進みもいいため、言葉を選ぶ気苦労もない。

その日もいつも通り、書斎の執務机に座るカーティスに、勉強の進捗状況について報告をしていた。

「――以上です」

「報告ありがとう。……ところで、もう気づいているかもしれないが、医者によるとカイルの痣《あざ》の状態がよくなっているようだ」

報告を終えると、カーティスがいつもと変わらぬ淡々とした口調で、しかしどこか嬉しそうに言った。

「ほ、本当ですか！」

嬉しい報告に思わず声が弾む。そんなダリルの様子に、カーティスが小さく笑いを零した。

「ああ、本当だ。痣《あざ》の濃淡についての記録からしても、明らかに改善が見られているそうだ。医者が言うには恐らく、カイルに笑顔が増えたからではないかということだ」

「笑顔、ですか？」

痣《あざ》の改善と笑顔がどう関係しているのかいまいちピンとせず、ダリルは首を傾げた。

「ああ、そうだ。あの痣《あざ》が呪いによるものだとすれば、痣《あざ》にはかなりの呪い、つまり負の感情がこめられていると考えられる。それを相殺するには正反対のもの、つまり正の感情が必要となる。もちろん呪術については解明されていないことが多く、これはあくまで仮説だ。だが、私は今のカイルを見ているとその仮説は正しいと思う」

カイルの笑みを思い出しているのだろう、瞳が優しい色を帯びる。

この親子は瞳の色こそ違えど、それぞれが互いの話をする時の目はそっくりだ。

（相思相愛ってやつだな）

見ていて、微笑ましい気持ちで胸がいっぱいになった。

「これもすべて君のおかげだ。よければ礼をさせてほしい」

「えっ？」

思いもよらない言葉に目を見開いた。

「な、なんでそこで私が出てくるんですか？」

どう考えても笑顔が増えたのは、カーティスがカイルに会いに来始めてからだ。

しかし、カーティスはそう思っていないようだった。

「当然だろう。君がこの屋敷に来てからカイルは変わった。あの子の笑顔を引き出したのも君だ。親としていくら感謝してもしきれないくらいだ」

あまりにも恐れ多い過大評価に、ダリルは激しく首を横に振った。

「いえいえっ、笑顔が増えたのはカーティス様のおかげですよ！　痣《あざ》が薄くなったのもカーティス様がカイル様に会うようになってからですし」

ただでさえ、自分の未熟な授業で高い手当をもらっているのが心苦しいのに、これで覚えのない礼までされるなど、恐れ多いことこの上ない。

あくまでカイルの笑顔はカーティスによるものだとダリルが主張すると、カーティスは柔らかな溜め息をついた。

「では百歩譲って、カイルの痣《あざ》の改善は私があの子に会うようになったからということにしよう。……だとしても、やはりそれも君のおかげだ」

「どうしてですか？」

一歩たりとも譲ってくれてないじゃないですか！　という突っこみはかろうじて呑みこんだ。

「当然だ。君がいなければ、私はカイルに手紙を書くこともなかったし、会うこともなかった」

カーティスは執務机に肘をつき、組んだその手の上に顎を乗せた。

「呪いがあの子をこれ以上蝕《むしば》むのを恐れて、痣《あざ》の原因究明をすることだけが私ができることだと思いこんで、あの子に会うことはなかった。それが呪いを解くのに一番遠い行為だとも知らずに……。思い返すと、我ながら恥ずかしい」

目を伏せて自嘲するカーティスだったが、次に視線を上げてダリルを強い眼差しで見つめた。

「君にとっては何でもないことだったかもしれないが、呪いが私のせいではないと自分のことのように泣いて言ってくれたことも、震える手を握ってくれたことも、私にはすべてがありがたく、救われたんだ」

カーティスはそう言って組んだ手を解くと、あの日のダリルの手の感触を思い出すようにして、ぎゅっと自分の手を握りしめた。

「君にはいくら感謝しても足りないくらいだ。――本当にありがとう」

まるで神聖なものを仰ぎ見るように言われ、最初こそ恐れ多い気持ちだったが、心の奥にまで染みこんでくる温かな感謝の言葉が嬉しくないはずがない。

「そんな風に言っていただき光栄です。救われたなんて言われたのは初めてです」

「君は自分自身を過小評価しすぎだ。カイルもきっと私と同じくらい君に感謝しているし、救われたと思っているに違いない。だからカイルの分も含めて君にきちんと礼がしたい。ほしいものがあれば遠慮なく言ってくれ」

(う……っ)

話がまた礼の件に戻り、ダリルは言葉に詰まった。

カーティスが感謝していることは十分に分かったが、それでもやはり自分のしたことが礼をされるほどのものとはダリルには思えなかった。

かと言って、カーティスの厚意を無下にするわけにもいかない。無難に何かほしいものを言えればいいのだが、特段ほしいものも思いつかなかった。

（服も別に仕事着と外出用どっちもあるし、本はまだ読んでないのもあるし……。あ！　そうだ！）

ある考えがダリルの頭にひらめいた。

「あの、ひとつ質問なのですが……」

「何だ？」

「お礼は物でなくてもいいですか？」

「ああ、もちろん構わない」

カーティスの返答に、ダリルは顔を綻ばせた。

「では、願いはひとつです。――私をハウエル公爵家で五十年ほど雇ってください」

ダリルの言葉が予想外のものだったのだろう、カーティスは目を見開いた。

「……それは本気か？」

「はい、本気です」

困惑気味に問い返すカーティスに、ダリルは力強く頷く。

その様子を見たカーティスは戸惑いの表情を浮かべた。

「私は君に礼をしたいと言ったのだが……」

「身寄りのない私にとっては、老後まで確約された雇用が何よりのお礼です」

本気であることを示すようにダリルはやや語気を強めて答えた。

その真剣な目に、それが遠慮から来る冗談などではなく本心なのだと悟ったのだろう、カーティスは額に手を当て、溜め息をついた。

「……君は無欲すぎる。そこが君の美徳でもあるが、悪い人間にいいように利用されないか心配だ」

「え？」

深刻そうな声で言われてしまったダリルは戸惑った。

（なんかすごく心配されてる……！　というか、五十年の雇用を要求する人間を無欲とは呼ばない気が……）

決して自分は無欲だと言われるような純粋な人間ではない。むしろ礼をしたいというカーティスの厚意につけこむような形で長期雇用の確約を要求する自分は、無欲の対局にいるような気さえする。

戸惑うダリルを余所《よそ》に、カーティスは額に当てた手を下ろして強く頷いた。

「分かった。君の雇用については保障しよう。そのことが君を守ることに繋がるだろう」

至極真面目に言うカーティスの表情は、使命感に満ちてさえいた。

「は、はぁ、どうも、ありがとうございます……」

望み通り長期の雇用が確約されたというのに、ダリルの気持ちは複雑だった。

（なんか俺、カーティス様の中で保護対象みたいな感じになってないか……？）

カーティスとは年齢差はあるものの、ダリルは十八で子供扱いされる歳ではない。

もちろん不愉快なわけではないが、雇用主であるカーティスに心配されるのはなんだか申し訳なく、恥ずかしくもあった。

「だが、これでは礼をした気がしない。だから他にほしいものを考えておいてくれ」

「いえ、私はここで雇っていただくだけで十分――」

「急がなくていい。五十年もあるんだ。ゆっくり考えなさい」

ダリルの遠慮を優しく諭すように遮って、カーティスが言った。ダリルは頬を緩めた。

「ありがとうございます。そうですね、五十年ありますもんね。それではお言葉に甘えてゆっくり考えさせていただきます」

「ああ、楽しみにしている」

五十年という言葉に少しの揺らぎも見せず、真っ直ぐダリルに視線を向けるカーティス。

たとえ五十年後、ダリルがこの時の約束を持ち出したとしても、カーティスは決して嫌な顔をしないだろう。むしろやれやれやっと決まったかとばかりに優しい溜め息をついて、約束を果たしそうな気がした。

それ以降、ダリルはふとした時にほしいものを考えるようになったが、これといって思いつかなかった。

だが、それは当然のことだった。勘当され、頼れる大人がいないダリルにとって、この決して違えられることがないと信頼できるカーティスとの約束こそが何よりもほしいものであり、それはもうカーティスとの約束によって満たされたのだ。

その約束の心強さを実感するために、ほしいものを考える時間を楽しんでいると言っても過言ではなかった。

まるでもらったプレゼントを開封せずに大事に仕舞い、時々それを取り出してはその感触を楽しみ、また仕舞う、といったような感じだ。

それは、ふと先のことを考えて心細くなる夜に、優しく心強い温もりを胸に灯してくれた。

＊＊＊＊

ようやく家庭教師が板につき始めた頃、新たな問題がダリルを悩ませるようになった。

「何かあったのか？」

切りのいいところで勉強を一旦やめ、ローマンが持ってきた紅茶とクッキーを口に運びながら休憩をとっていると、カイルがこちらを覗うような視線を向けながら訊いてきた。

「え？」

不意の質問に、ダリルは目を瞬《しばたた》かせた。

「急にどうしたのですか？」

「いや、最近、なんか元気ないなと思って……」

心配していることを悟られるのが恥ずかしいのか、下を向いてぼそぼそとバツが悪そうに言う。

不器用な優しさに微笑ましさを覚えると同時に、その鋭さに感心する。自分ではいつもと変わらないように装っていたが、カイルにはお見通しのようだった。

だが、今、ダリルの頭を悩ませていることは完全に私事であり、子供とはいえ、屋敷の主に話すようなことではない。なので、ダリルは曖昧に笑って誤魔化すことにした。

「気にかけてくださってありがとうございます。少し風邪気味で本調子でないだけです。ですから、どうぞ気にしないでください」

「ふぅん……、とても風邪気味の人間の食欲とは思えないけど」

空になったダリルの皿をちらりと見るカイルに、ダリルは目を泳がせた。

「いや、これは……」

「僕を甘く見るな。体の不調かどうかくらいは見ればすぐに分かる」

カイルは目を尖らせ、フンと鼻を鳴らした。

「最近は溜め息も多いし、上の空なことも増えてきた。誰が見ても悩みがあることは明らかだ」

「すごい観察眼ですね。私のことをよく見てらっしゃる」

素直に感心して言うと、途端、カイルの顔が赤くなった。

「か、勘違いするなっ。いつも見てるわけじゃないっ。ただ、これみよがしに何度も何度も溜め息をつくから気になっただけだ」

「そ、そんなに溜め息を……」

子供を心配させるほどの数の溜め息を零していたのかと思うと、恥ずかしくなった。

「それはすみませんでした……」

「べ、別に謝らなくていい。……で？　何をそんなに悩んでるんだ？」

肩をすぼめて謝るダリルに、カイルはずいっと顔を近づけ、話を本題に戻した。

「い、いえ、大したことじゃないので……」

「大したことじゃないなら言ってもいいだろう。それとも、子供の僕には話す気にならないのか？」

むくれた声で言われ、慌てて手を横に振った。

「いえいえっ、そういう意味ではありません」

「じゃあ、話せ」

「いや、でも……」

「いいから、は・な・せ」

口ごもるダリルだったが、カイルの声と目の圧に負け、渋々口を開いた。

「実は少し前から、父から手紙が届くようになって……」

「父親から手紙？　確か絶縁状態だと前に聞いたが……」

「ええ、そうです」

「なら、よかったじゃないか。何を悩んでいる。さては、どう返事をしていいのか分からないのか」

半分からかうようにしてカイルが言う。父親からの手紙は嬉しいものであると信じて疑わない目が眩しく、ダリルは一瞬、次の言葉に迷った。

「……まぁそうですね、確かにどう返事をしていいか迷っています。なにせ、縁談を持ちかけられているもので」

「はぁ？」

ダリルの言葉に、カイルは目を白黒させた。

「縁談ってどういうことだよ！」

やや取り乱した様子で音を立てて机を叩くカイルに、ダリルのほうも慌てた。

「い、いや、言葉の通り、結婚の話が来ていまして……」

恐らく、アルフレッドとの婚約破棄の話を聞きつけた貴族から縁談話が持ちこまれたのだろう。

（婚約破棄になった時はすごい剣幕で、『このコッド家の恥さらしが！』とか怒鳴り散らしていたのにな……）

縁談を持ちかける手紙の内容は、勘当した時のことなど綺麗さっぱり忘れたかのように優しく、労《いたわ》りの言葉がつらつらと並べられていた。その露骨な手のひら返しにはさすがに苦笑が漏れた。

「相手はどこのどいつだ？」

キッと厳しい目で詰め寄られ、ダリルはたじろいだ。

「えっと……、相手はグラスター公爵家の長男で、数ヶ月前に夫人が亡くなったとのことで、後妻を探しているようです」

「歳は？」

「えっと、確か三十二になると言っていたような……」

「三十二？」

カイルは目を丸くした。

「三十二ってダリルと十以上も離れてるじゃないか！　そんな相手を妻として迎えようとするなんて、変態的な趣味でもあるんじゃないのか」

そう言うカイルの表情と声にグラスター公爵への侮蔑《ぶべつ》をありありと感じ、ダリルは苦笑した。

「まぁ、貴族の結婚では十以上歳が離れていることも珍しいことではありませんから」

「……なんだよ、そいつのことをかばうのか。まさか、その縁談、満更でもないとか？」

「え？」

じとりとした睨みと共に寄越された思いもよらない言葉に、ダリルは目を瞬《しばたた》かせた。

「その反応、まさか図星か？」

「いやいや、違いますよ」

とんでもない早とちりをされ、慌てて首を横に振る。

「ただ、グラスター公爵自身は悪い人ではなさそうなので、変態呼ばわりされるのが気の毒で……」

「会ったことがあるのか？」

「ええ、パーティーで何度か」

挨拶程度の会話しか交わしたことがないが、穏やかで物腰が柔らかく、少なくとも他の高慢な貴族よりはいい印象を受けたのは確かだ。

「……じゃあ、もしそいつが本気でダリルのことを好きで真剣に求婚してきたら、結婚を考えるのか」

「え？」

考えてもみなかった可能性に驚く。

「うーん、そうですね。相手が真剣なら、こちらも誠実な対応をするのが礼儀かなとは思います」

「……やだ」

ぼそりと小さく弱々しい声が、俯《うつむ》くカイルの口から零れた。

「え？」

よく聞こえず聞き返すと、カイルが勢いよく顔を上げた。

「ダリルが結婚して、この屋敷からいなくなるのは嫌だと言ったんだ……っ」

涙目で見上げながら震える声でカイルが言った。その手は縋《すが》るようにダリルのシャツをぎゅっと握りしめていた。怯《おび》えすら感じられる弱々しい訴えに、カイルがなぜこれほどまでにダリルの縁談に反対の姿勢を見せたのかがようやく分かった。

ダリルは安心させるように、カイルの潤んだ瞳に優しく微笑みかけた。

「大丈夫ですよ。私はカイル様の家庭教師という重大な役目を仰せつかっているんですよ？　それを投げ出して結婚なんてするわけないじゃないですか」

「それはそうだけど……」

「それともカイル様には私がそんな無責任な奴に見えるんですか？」

「そんなわけないだろっ」

わざと意地悪な質問をすると、カイルは語気を強めて否定した。そんなカイルにダリルはくすりと笑う。

「それならよかったです」

「……じゃあ、本当にそいつとは結婚する気はないんだな？」

ちらりと控えめな視線を向けながら念を押すようにカイルが確認する。ダリルは力強く頷いた。

「もちろんです。私は今のところ、生涯独身を貫くつもりなので」

ダリルは胸をドンと叩いた。

カイルを安心させるために言ったのだが、当の本人は複雑な表情を浮かべていた。

「……ずっと結婚しないつもりか？」

「ええ、いろいろと面倒なので」

きっぱりと言い切ると、さらにカイルの表情が渋いものになった。

「……確かに面倒なこともあるだろうが、悪いことばかりじゃないと思うぞ。温かい家庭というのもいいものだ」

「まぁ、確かにそうですね」

急に結婚を推奨し始めたカイルに首を傾げながら、とりあえず曖昧に頷く。そんないまいちピンときていないダリルに焦れたように、カイルがやや語気を強めて言った。

「要するに、生涯ずっと独身を貫く必要はないってことだ。身近にいい人がいるかもしれないし」

ちらっとこちらの反応を窺《うかが》うような視線を寄越され、きょとんとするダリルだったが、すぐにその言葉の意図に気づいてハッとした。

(こ、これは、もしかして気を遣われている……?)

確かに自分が結婚に反対したせいで相手が生涯独身を貫くなどと言い出したら、慌てるのも無理はない。

ダリルは急いで言葉を継いだ。

「そ、そうですね！　いい人が現れればぜひ結婚したいと思います！」

なので、もし自分が生涯独身であろうとそれはカイル様のせいではありません……！　という気持ちをこめてダリルは言った。

「……もしかしたら、いい人はすでに現れてるかもよ」

「え？　どういう意味ですか？」

「別に深い意味はない。まぁ、つまり、しばらくは僕の家庭教師に専念しろということだ」

「はいっ、もちろんです！　それでは休憩も十分にできましたし、勉強を再開しましょう！」

カイルの言葉通り家庭教師の仕事に専念する姿勢を見せるように、ダリルは張り切って本を開いた。

＊＊＊＊

「ダリル君」

いつも通り、勉強の進捗とカイルの様子をつつがなく報告したダリルが、書斎を後にしようとした時だった。執務机に座っているカーティスに背を向けると同時に、呼び止められた。

「はい、何でしょう？」

返事をして、カーティスのほうへ向き直る。だがカーティスは、なぜかダリルと目が合うとすっと視線を逸らした。そして、少し逡巡《しゅんじゅん》して、再びダリルのほうへ視線を遣り、口を開いた。

「……最近、困っていること、困っていることはないか？」

「困っていること、ですか？」

「ああ、そうだ」

思いがけない質問をするカーティスに、ダリルは首を傾げた。

カイルについては今し方報告したばかりで、困っていることがあればその時に話す。もっとも、今まで困ったことなどなかったが……

（あ、もしかして、俺があまりにもカイル様のことを褒めてばかりだから、あえて訊いているのかも）

決して雇い主への遠慮や社交辞令ではなく、事実を伝えているだけだが、褒めてばかりのダリルに遠慮や忖度《そんたく》を感じたのかもしれない。

ダリルはカーティスを真っ直ぐ見て口を開いた。

「ご安心ください。カイル様は本当に優秀で、理解力も高く、勉強の進み具合も順調です。困っていることなど何ひとつありません」

微笑みを浮かべてきっぱりとそう言い切ると、カーティスはなぜか少し困ったように眉尻を下げた。そして、小さな溜め息と共に「……回りくどい言い方をしてしまったな」と呟いた。

「困っていることというのは、カイルではなく、君のことだ」

「わ、私ですか？」

「ああ、そうだ」

思いもよらない言葉に、目を丸くして自分を指さす。

じっと正面から見据えられ、ダリルは思わずたじろいだ。

「い、いえ、私は特に困ったことは何も……」

ないと言いかけて、縁談の件が頭をよぎった。

一度、丁重に断りの手紙を出したが、それでもしつこく父親から手紙が届くのだ。

だが、まさかこんなことをカーティスに相談するわけにもいかない。しかも『ハウエル公爵家にいては、いつかお前も呪われてしまうかもしれない』と心配を装って縁談を勧めてくるのだ。この縁談をどうにかして推し進めたいという必死さが見え透いた、薄っぺらで不躾《ぶしつけ》な言葉だった。

カーティスやカイルの苦悩や人柄も知らずに、よくもそんなことが言えたものだと、毎度のことながらその文面には怒りを覚える。

「……また回りくどい真似《まね》をしてしまったな」

カーティスは自分自身に呆れるようにして溜め息をついて、机に肘をついた。

「単刀直入に聞く。君に縁談が来ていると聞いたのだが、それは本当か？」

まさかカーティスに縁談のことを知られているとは夢にも思わず、ダリルは目を見開いた。

「ど、どうしてそのことを……？」

「カイルから聞いた」

彼の答えに合点がいく。

「気にかけてくださってありがとうございます。ですが、縁談については断っているので安心してください。カイル様の家庭教師を投げ出すようなことはいたしません」

父親としては、息子の家庭教師に途中で辞められては困るのだろう。しかもカイルには痣《あざ》の件がある。現状、ダリル以外の人間を家庭教師として雇うのは難しい。

しかしそう答えても、カーティスの表情は晴れなかった。

「いや、その点については君を信頼しているのだが……」

珍しく口ごもるカーティスに、ダリルは首を傾げた。

「何か他に気になることでも？」

「いや、別に気になるわけではない。ただ――」

ちらりと、カーティスにしてはやや弱腰の視線を向けられる。

「君がもしカイルの家庭教師でなければ、その縁談を受けていたのかと思って……」

とつとつと、ダリルに問うというより、自問自答に近いおぼろげな調子でカーティスが言った。

そんな曖昧な調子なので、ダリルのほうも言葉の意図を図りかねた。だがどんな状況であれ、父親から勧められる縁談を自分が受け入れるとは考えにくく、とりあえず首を横に振った。

「いいえ、たぶんそれはないと思います。私は父から勘当された身ですから。正直なところ、あまり関わりたくないのが本音です」

苦笑交じりに本心を打ち明けると、カーティスの目元が心持ち緩んだ気がした。

「そうか。それならよかった。……いや、勘当されたのによかったとは不謹慎だったな。すまない」

申し訳なさそうに謝られ、ダリルは慌てた。

「いえいえ、まったく気にしていません。むしろ家を出られてよかったくらいに思っているので」

「……縁談については断ったと言っていたが、ご両親はそれで納得したのか？」

気遣わしげに問われ、少し迷ったが正直に答えた。

「まだ納得はしてないようで手紙もしつこく来ますが、しばらくは無視して様子を見ます」

これ以上カーティスに気を遣わせないよう、あえて軽い調子でダリルは答えた。すると、カーティスは顎に手を当て、しばらく黙りこんでいた。

「……差し出がましいようだが」

そう前置きして、カーティスが顔を上げた。

「もし君が困っているようなら、私が雇い主としてご両親に話をつけようか。もしくは相手に縁談を取り下げるよう頼むか」

「えっ！」

　思いもよらない提案に驚くダリルだったが、すぐに首を横に振った。

「いえいえっ、そんなことのためにカーティス様の手を煩わせるわけにはいきません！」

「別に構わない。それよりも君がここに残ることのほうが重要だ」

　真顔で言われ、ダリルはたじろいだ。

「お、お気持ちはありがたいですが、本当に大丈夫ですので……」

　確かに相手がハウエル公爵家当主であるカーティスであれば、父親は一も二もなくそれに従うだろう。しかしあの性格を考えると、後になって、ハウエル公爵に脅された、などと触れ回る可能性は大いにある。

　カーティスにはいろいろとよくしてもらっているのに、彼の手を煩わせるだけでなく、家名の評判まで落とすようなことになれば、まさに恩を仇で返すというものだ。ダリルとしてはそれだけは避けたかった。

「……分かった。君がそう言うなら無理強いはしない」

　何かしら事情があることを察したのだろう。カーティスは少しも気分を害した様子もなく引き下がった。せっかくの厚意を無下にして申し訳ない気持ちもあったが、その反応にホッと胸を撫で下ろした。

「ありがとうございます。せっかくお気遣いいただいたのに、申し訳ございません」

「いや、気にすることはない。私も人の家庭の事情に口出しするなど、不躾《ぶしつけ》な真似《まね》をしてしまってすまない」

「いえいえ、とんでもないですっ。私なんかのことを気にかけてくださってすごく嬉しかったです」

それは紛れもない本心だった。

カーティスにとっては、カイルが部屋に入れることを許可する貴重な使用人であるダリルを手放したくないだけかもしれない。だが、それでも両親に話をつけようかと自ら提案するほどダリルの抱える問題について真摯に考えてくれたことが、単純に嬉しかった。

満面に柔らかな笑みを浮かべるダリルに、カーティスはなぜかたじろぐように視線を逸らした。

「いや、別に大したことは何もしていない。カイルが手紙で君の縁談のことをひどく心配していたから、それで……」

どこか言い訳するような調子でカーティスが言った。

「なるほど、じゃあさっきの提案もカイル様から頼まれたのですね」

カーティスらしからぬ踏み入った提案に合点がいった。

「……いや、違う」

小さい声で否定すると、カーティスは口元を片手で覆い、溜め息をついた。その頬はかすかに赤くなっていた。

「君の両親に話をつけようとしたのも、相手に縁談を取り下げさせようとしたのも、全部私の考えだ。……よくよく考えれば確かに大人気ない、いかにも子供が言いそうな考えだな」

恥じ入るようなカーティスに、ダリルは慌てて首を横に振った。

「いえっ、別に子供っぽい考えだと思って言ったわけではなく、カイル様の頼みだからわざわざこうして提案してくれたんだなと思って、本当に決して大人気ないとかそんなことは思ってません！」

本心なのに言葉を尽くせば尽くすほど、自分の失言を弁解するような白々しさが増してしまう。

（ああっ、俺のバカ……！　どうしてこううまく言えないのだろう……！）

心の中で自分の至らなさを嘆く。

「……カイルだけじゃない」

「え？」

カーティスの口から零れた言葉に目を丸くする。

「君にこの屋敷を出て行ってほしくないと思っているのはカイルだけではない、ということだ。だから私もつい、大人気ない提案をしてしまった」

声に羞恥の色を滲《にじ》ませつつも、真っ直ぐダリルの目を見てカーティスが言う。その言葉には、お世辞や嘘偽りの類は少しも感じられなかった。

思いもよらない言葉に、ダリルの胸に甘い戸惑いが生じる。

（俺の縁談を気にかけてくれたのも、てっきりカイル様のことを思ってとばかり……）

父親として息子が悲しむ事態を防ごうとするのは当然であり、ダリルの望まない縁談について、いろいろと働きかけようとするのもカイルを想う親心からで、そこにカーティスの私情はないものだと思っていた。

だからこそ、思いもよらないカーティスの気持ちに戸惑ったが、同時に嬉しくもあった。

「ありがとうございます。こんな私でも必要としていただけるなんて光栄です」

「『こんな私でも』ではなく、君だからこそ必要としているんだ。前にも言ったが、君は自分自身を過小評価しすぎだ。その上、全部自分で抱えこもうとして……、見ていて心配になる」

カーティスはまるで痛ましいものでも見るようにダリルを見つめる。それは通りすがりに置いて行くような軽い憐憫《れんびん》ではなく、心に寄り添うような温もりを感じられるものだった。

（全部自分で抱えこむか……。確かにそうだな）

そう言われて過去を振り返り、自分の悪い癖に気づかされた。

しかし、それは仕方ないことでもあった。なにせ、前世の記憶を持っているのだ。この世界、いや、物語における自分の役割も、悪役令息として迎える結末も、父親が自分に愛情がないことも、義母に疎《うと》ましく思われていることも、揺るがざる事実としてすべてが分かっていた。

その上、物語の流れにそぐわない言動をすればやり直しを強要されるといった特殊な状況にあるのは、自分ひとりだけだったのだ。そんな荒唐無稽な話を他人にできるわけなかった。

しかも、唯一このやり直しについて話した弟のネイトは非業の死を遂げてしまった。

（誰かを頼るなんて、できるわけがなかった……）

だから、自分でどうにかするしかない――

もう誰も巻きこまず、悪役令息の役目を全うし、第二の人生を歩むと決めた時、そんな諦観混じりの決意が胸に芽生えた。

それは悪役令息という役割から解放されてもなお、ダリルの意識下にまで根付いていた。

「……すみません、心配をかけてしまって」

思いがけず気づかされた自分の悪い癖に動揺しつつ、ダリルはとりあえず謝った。

「いや、別に謝ることじゃない。……ただ、困ったことがあったら私を頼ってほしい」

「え？」

「君は私やカイルにとって恩人と言っても過言ではない。だから君が困っているならできる限りのことをしたいと思っている。もちろん、私なんかでよければ、だが」

珍しく自分を卑下するような物言いをしたので、ダリルは思わず「とんでもないです！」と声を上げた。

「それこそ過小評価ですよ。カーティス様が力になってくれるなんて、そんな心強いことはありません！　困った時はぜひ頼らせてください」

拳にぐっと力をこめてダリルは強く言い切った。カーティスが自分のことを気にかけてくれることが嬉しくて、ついつい顔中に笑みが広がる。

そんなダリルにカーティスは表情を和らげた。

「それならよかった。君が私を頼ってくれることを楽しみにしているよ。……いや、君が困った時の話だから楽しみにしては悪いな」

カーティスが真面目な顔で呟く。その様子がおかしくてダリルは思わず小さく笑った。

「ふふ、楽しみにしてくださるなら、こちらも頼りやすいです」

少なくとも何かあった時は相談してみようという気になれた。

それは繰り返される物語のやり直しのせいで、何もかも自分の中に抱えこんでいたダリルにとって、大きな前進であった。

＊＊＊＊

カーティスが縁談の話題に触れた日以降も、相変わらず父親からの手紙は届いた。

そのしつこさにうんざりしているダリルだったが、縁談よりも大事なイベントが差し迫っており、正直、それどころではなかった。

大事なイベント――それはカイルの誕生日である。

しかも今年はカーティスがやって来るのだ。言葉にはしないものの、日に日に浮き立つ気持ちが強くなっているのがカイルの表情からも見て取れた。

長らく部屋に引きこもっていたカイルだが、顔の痣《あざ》が薄くなってきたこともあり、以前のように人と顔を合わせるのを強く拒絶することはなくなった。少なくとも、屋敷の使用人に顔を見せるのに抵抗はなくなっているようだ。

だから今年の誕生日は、広間を使って盛大に行うことになった。

もちろん外部の人間は呼ばないが、それでも自室に引きこもっていたカイルからすれば大きな進歩だ。そんなカイルにダリルだけでなく、他の使用人たちも心なしか浮き立っており、素敵な誕生日パーティーにしようと皆の心がひとつになっていた。

広間を中心とした屋敷の大掃除に、庭木の剪定、料理の試作など、することは山ほどあった。

使用人たちが慌ただしく準備に取りかかる中、ダリルはその日、馬車に揺られて王都アルデラに向かっていた。もちろん誕生日のパーティーに使う品の買い出しのため……ではない。

ダリルは自分の向かいに座るカーティスにちらりと視線を遣った。

乗り慣れない豪奢《ごうしゃ》な馬車にそわそわするダリルとは違い、長い脚を組んで悠然と窓の外を眺めている。その優雅な居住まいは、車内のきらびやかな装飾とも相まって思わず見惚れるほどだった。

（それに比べて俺は……）

ダリルは溜め息混じりの視線を自分の服に落とす。

カーティスの買い物の付き添いということで、一応、自分の持っているもので一番いい服を着てきたが、カーティスのものと比べるとひどく貧相で、その差は素人目でも明らかだった。

しかも、しばらく着ていなかった間に背が伸びたようで袖や裾の長さがわずかに短く、不格好さは否めない。

他の服があればすぐにでもそれに着替えたかったが、残念ながら、手持ちの服は着古した普段着ばかりで、それならば寸足らずの外着のほうがまだマシだった。

幸いにも立っている分には、よっぽど相手がじろじろと足元を見なければ気づかない程度の裾の短さで、袖についても後ろで手を組んでいれば少なくとも主人であるカーティスにはバレることはないだろうと踏んでいたのだが……

ちらり、と足元に視線を落とす。当たり前だが、座ればさらにズボンの裾は上がるものだ。

（なんだか貧乏くさくて恥ずかしいな……）

自分の不格好さに肩をすぼめて俯《うつむ》いていると、

「今日はすまなかった」

「えっ」

いきなり謝られ、ダリルは顔を上げた。

（なんで、謝ったんだろう？　ま、まさか『そんな不格好なズボンしかないのに買い物の付き添いを命じてすまなかった』という意味とか……？）

ズボンの裾のことで頭がいっぱいだったダリルは、カーティスの言葉をネガティブに捉え、恥ずかしさと情けなさですっかり狼狽していた。しかし、そうではなかった。

「急な頼みにもかかわらずこうして付き合ってもらって感謝している」

カーティスの言葉にホッと胸を撫で下ろす。どうやら、この不格好な服については触れないでいてくれるようだ。

「いいえ、私でお役に立てるなら光栄です」

「君がいなければ、私は途方に暮れていたよ。プレゼント選びというのはどうも苦手でね。叔母にはプレゼント選びのセンスが壊滅的だとまで言われたよ」

その時のことを思い出したのか、渋い顔で溜め息をつく。

「カイルも、もう七歳になる。好みもはっきりしているだろう。君は誰よりもカイルをよく知っている。だからぜひ、助言をもらいたい」

カーティスからの信頼は嬉しくもあるが同時にプレッシャーも感じ、ダリルはぎこちなく笑って答えた。

「助言と言うほど私もプレゼントのセンスがあるわけではないですが、少しでも参考になれば幸いです」

「相変わらず謙虚だな。君が一緒に選んでくれるだけで私には十分に心強い」

カーティスはそう言って、かすかに笑んで真っ直ぐダリルを見つめる。少しも揺らぐ様子のない信頼に『これは責任重大だ……！』とダリルは気を引き締め直した。


王都アルデラに着いた二人と、もうひとりの付き添いの使用人オリバー——本邸から来た護衛専門の従者らしく体格もよく寡黙な青年——は、まず洋服屋に足を運んだ。

普通の洋服屋でないことは豪奢《ごうしゃ》な店構えからよく分かった。恐らく貴族御用達の店なのだろう。

勘当はされたものの、一応はコッド侯爵家長男のダリルだが、侯爵といっても貴族の端くれのようなコッド家には無縁の店であり、入口前で怯《ひる》んで思わず足を止めた。

もちろんそんなダリルの心境など知るよしもないカーティスはスタスタと店に入って行ったので、ダリルも慌ててその後ろを追った。

「カーティス様、本日はお越しいただき、誠にありがとうございます」

店の支配人の男が数人の店員を連れ、恭《うやうや》しくカーティスに挨拶をした。

「本来ならば私たちが出向くところを、こうしてわざわざ足を運んでいただけるなんて恐縮の至りです」

「いや、今日は息子への誕生日プレゼントを選びに来たからな。屋敷に来られては困るのだ。それに今日は他にも用事があるからな」

（え？　プレゼント選び以外にも用事があったのか？）

思いがけない言葉にダリルはカーティスを見た。

カーティスからはプレゼント選びのことしか聞いていない。

一体どんな用事だろうかと首を傾げるダリルを置いて、店主とカーティスの話は進む。

「そういえばカイル様のお誕生日がもうすぐでしたね。おめでとうございます。それでは腕によりをかけて、お眼鏡にかなう服を準備させていただきます」

「ああ、頼む」

「ところで、服のサイズについてですが、おおよその目安などはございますでしょうか。もしあれば、よりご子息様に合ったものを準備できるのですが……」

店主が言いにくそうに訊ねる。

「それについては問題ない。ダリル君」

「はっ、はい！」

突然名前を呼ばれ、ダリルは驚いて思わず背筋を伸ばした。

「君に頼みがある」

「な、何でしょうか？」

まさかカイルの体のサイズを教えてくれとでも言うのだろうか、と内心ドキドキした。いくらいつも傍にいるとはいえ、体のサイズまでは把握していない。

しかし、カーティスの頼みは思いもよらないものだった。

「君の体を少し貸してもらえないだろうか？」

「え？」

予想外の申し出にダリルは目を丸くした。

「私の体、ですか……？」

「ああ、そうだ。私より君の身長のほうがカイルに近い。君とカイルの身長差を含めて対比すれば、おおよそのサイズが分かるだろう」

「なるほど、そういうことですか。もちろん私の体でよければいくらでも貸しますよ」

「ありがとう。助かる」

軽く微笑んでそう言って、カーティスは店主のほうへ向き直った。

「それでは彼の採寸を頼む」

「はい、お任せください」

店主はそう答えると、後ろに控えていた店員たちに目配せをした。

「それではダリル様、こちらへ」

店員たちがダリルを別室へ案内する。

別室へ向かう途中、カーティスが店主に何やら耳打ちして小さな紙を渡すのが視界の端に見えた。

何を話しているのだろうと最初は不思議に思ったが、店員たちに目まぐるしい勢いで隅々まで採寸されているうちにすっかり忘れてしまっていた。


採寸を終えてカーティスのもとに戻ると、しばらくして店主がやってきた。

「採寸で大体のサイズは分かりました。服のデザインについてはいかがいたしましょうか？　ゼロから完全なオーダーメイドもできますし、既製服にアレンジすることも可能です」

「そうだな……」

顎に手を当ててカーティスが考えこむ。

「誕生日プレゼントだから、やはりオーダーメイドがいいか……。だが、これといってデザインも思いつかないな……」

「大体のイメージを伝えていただければ、こちらでデザインを考えて提案させていただきますよ」

「ありがとう。ただ、イメージという曖昧なものを考えるのは苦手でな。……ダリル君、君はどう思う？」

「わ、私ですか？」

急に話を振られて戸惑ったが、今日は助言係として付き添っているのだ。ダリルは考えた。

確かにデザインからオーダーメイドすれば、この世に一着だけの品となり、特別感がある。誕生日プレゼントにはうってつけだ。

だが、カーティスが言う通り、デザインはもちろん、イメージなどの抽象的なものを考えるのも彼の性格を考えると難しい。

助言するにしてもイメージという曖昧なものへのアドバイスは、互いにすれ違いが起きそうだ。誕生日までの日数を考えると、そういった無駄なすれ違いは避けたいところだった。

「そうですね……、完全なオーダーメイドにも惹かれますが、カーティス様が私からの助言を必要としてくれるのなら、実物があったほうがお互いにイメージもしやすいと思うので、店内にある服を選んでそれをアレンジしてもらったほうがいいような気がします」

「なるほど。確かにそうだな」

カーティスは頷くと、店主に向き直って「それじゃあ店内の服を見させてもらう」と言った。

「かしこまりました。もしよろしければ、今、社交界で流行《はや》りのものなどもお持ちできますが、いかがでしょう？」

「ああ、頼んだ」

こうしてカーティスとダリルは店主からのアドバイスも聞きながら、カイルに似合いそうな服を選んだ。数が多い上にどれもデザインが洗練されているのでひどく迷ったが、ようやく数枚に絞ることができた。

それらをいい具合にアレンジしたものを店員が絵に描いて提案してくれたので、そこから先は難なく決めることができた。

（よかった。何事もなく決まって）

プレゼント選びにおいてカーティスから過大に信頼されて緊張していたダリルは、ようやく肩の荷が下りた気分だった。

（まぁ、なんだかほとんど俺の意見みたいになってしまったけど……）

叔母にプレゼント選びのセンスは壊滅的と言われたほどだ。自信がないのだろう、カーティスはたびたびダリルに意見を求めた。

しかもその意見をそのまま受け入れるので、最初は躊躇《ためら》いがちだったダリルもつい嬉しくなりアドバイスの範疇を超えた私見を述べることもしばしばだった。

（出過ぎた真似《まね》をしすぎたかもしれないなぁ……）

自分の言動を思い返して心の中で反省していると、カーティスが不意に口を開いた。

「デザインについてひとつ、注文を追加してもいいだろうか」

（お！）

カーティスの言葉にダリルは瞳を輝かせた。自分の意見を多く取り入れすぎている気がしてカイルに申し訳なく思っていたので、カーティスの意見が加えられるのは喜ばしいことだった。

「はい、もちろんでございます。どのようなデザインでしょう？」

店主がにこやかに頷いて訊ねる。

「この上着の後ろ側だが……」

台の上に置いてある、店員が描いたデザイン案を指さしながらカーティスが言った。

「大きくうさぎの絵の刺繍を入れることは可能だろうか？」

「……え？」

その場にいたダリル、店主、店員、カーティス以外の誰もがその注文に目を剥《む》いた。

格調高いデザインのその服に、うさぎの刺繍が似合わないのは、素人のダリルからしても一目瞭然だった。

「大きい刺繍は難しいだろうか？」

「い、いえ、そういうわけではないのですが……」

ズレた質問をするカーティスに店主が口ごもる。

店主の気持ちはよく分かった。ハウエル侯爵家当主であるカーティスの意見をそう簡単に否定はできないが、服を売ることを生業《なりわい》としている洋服屋店主として、その野暮ったいデザインを取り入れるのはプライドが許さない……。その心の葛藤が手にとるように分かった。

「いや、背中だとカイルが着た時に見えないな。やはり前のほうがいいか。右と左の胸元に一匹ずつ刺繍をあしらうことは可能だろうか？」

「も、もちろん、できますが……」

明らかな改悪に狼狽の色が店主の顔に浮かび始めた。真顔で言われては意見しにくいだろう。

（ここは、俺が一肌脱ぐしかない……！）

それは不憫な店主のためでもあったが、一番はカイルとカーティスのためだ。

（せっかくのカーティス様からのプレゼントなのに、カイル様をがっかりさせたくない……！）

プレゼントの服を広げて複雑な表情を見せるカイルと、それを見て自分のプレゼント選びが失敗したことを悟って落ちこむカーティス……、想像しただけで胸が痛くなる。

「あの、どうしてうさぎの刺繍を……？」

ダリルは否定の意味合いが含まれないように細心の注意を払いながら、控えめに訊ねた。

すると、当然のことのようにカーティスが答えた。

「子供は可愛いものが好きだろう？」

確かに子供は可愛いものが好きだ。しかし、カイルはもう七歳になる男の子だ。さらに他の年齢の子に比べて大人びているのだから、うさぎの刺繍で喜ぶとは到底思えない。

だが、カーティスなりにカイルのことを考えてのアイディアなのだ。そう簡単に否定するのも憚《はばか》られた。

「なるほど……。でも、どうしてうさぎなんですか？」

妙にうさぎに固執している気がして不思議に思って訊くと、カーティスは一拍ほど間を置いて口を開いた。

「……昔、家族で出かけた先で野うさぎを見つけたんだ。その時、カイルが大はしゃぎで追いかけていてな。捕まえて連れて帰ると聞かなくて、あの時は私も妻も困ったものだ」

その時を思い出したように困った顔で笑うカーティス。愛おしい記憶を語るその横顔は優しく、それでいて切なげだった。きっと、妻も健在で幸福だった家族の時間がそこにあるからだろう。

「……それは素敵な思い出ですね」

うさぎにこめられた想いを考えると、カーティスの意見を否定するのはますます躊躇《ためら》われた。しかし、カーティスはダリルを信頼してプレゼント選びの付き添いを命じたのだ。カイルが喜ばないプレゼントになるのを推し進めるわけにはいかなかった。それでは、自分がついて来た意味がない。

ダリルは意を決して口を開いた。

「確かに子供は可愛いものは好きですが、カイル様はもう七歳になりますし、大人びていますので、カイル様には少し可愛らしすぎるかもしれません」

「そうか……」

気分を害した様子はなかったが、少し悲しげな表情を目元に漂わせるカーティスに、ダリルはすかさず続けた。

「ですが、プレゼントに思い出をこめるのはとても素敵なアイディアだと思います。なので、裏地に小さくメッセージとうさぎの絵を刺繍で添えるというのはどうでしょう？」

「裏地に？」

「はい」

ダリルは微笑みを浮かべて頷いた。

「プレゼントをもらった時には気づかなくても、きっとカイル様ならそれを見つけると思います。ひとつのプレゼントで喜びが二回も味わえるなんて、素敵じゃないですか」

それを見つけた時のカイルの嬉しそうな顔が容易に想像できた。

「なるほど」

顎に手を当てて感心したように頷くと、カーティスは店主のほうへ顔を向けた。

「今言ったように、裏地にそういった刺繍を施すことはできるか？」

「もちろんでございます」

これまでの歯切れの悪さが嘘のように、店主が明るく答えた。野暮ったいデザインを商品に取り入れる事態を避けられ、安堵しているようでもあった。

こうして無事にデザインも決まり、服は後日、本邸に届けられることとなった。

なので手ぶらで店を出るはずだったが、なぜかオリバーが見知らぬ箱を持っていた。

「あれ？　何か別の服を買われたのですか？」

「ああ」

他の服を見ている素振りがなかったのでカーティスの返答に少し驚いたが、もしかすると自分が採寸している間に見て回っていたのかもしれない。

「それでは私が持ちますよ。オリバーさんは護衛がありますし」

何かあった時に両手が塞がっていないほうがいいだろうと、気遣いのつもりでダリルはオリバーに手を差し出した。

「いや、君は持たなくていい。君がそれを持っては意味がないからな」

カーティスがそう言ったので、ダリルは戸惑いつつもその手をおろした。

(どういう意味だろう？　……もしかして、俺が持って転びでもしたら困るってことだろうか)

もちろんカーティスがそんな意地の悪いことを思う人間でないのは分かっている。

だが、ダリルという手ぶらの使用人がいるにもかかわらず、護衛のオリバーに荷物を持たせる理由が他に思いつかなかった。

服のデザインを決める際にたびたび意見を求められたので、つい信頼されていると錯覚していたが、そうでもなかったのだな……、とダリルは少しだけ切なくなった。

その後、靴屋でも買い物をしたが、そこでも荷物を持たせてもらえなかった。


「少し遅くなったが、これから昼食をとろうと思うのだが……」

買い物を終えて馬車に乗ると、カーティスが言った。その言葉にダリルの目がパッと輝く。

「分かりました。では私が馬車に残って荷物番をしますので、どうぞゆっくり召し上がってきてください」

お任せくださいと言わんばかりに胸を叩くダリルだったが、カーティスは首を横に振った。

「いや、荷物番は御者《ぎょしゃ》のティールに任せる。彼は御者《ぎょしゃ》としても優秀だが、腕っぷしも強いからな」

「そうですか……」

しゅん、と肩を落とすダリルに、カーティスが首を傾げる。

「どうした？　馬車に残っていたいのか？　もしかしてそれほどまでに疲れているのか？」

「い、いえっ、そういう意味ではありません。ただ自分は腕力がないので、お役に立てずに申し訳ないなと……」

苦笑交じりに本音を漏らすと、カーティスが目を見開いた。

「何を言っている。君が一緒に来てくれて大助かりだ。私ひとりだけだったらこんなにもスムーズに決められなかったし、決まったとしてもプレゼントを渡すまでずっと不安だったに違いない」

真面目に返され、戸惑うダリル。しかし、嘘偽りを感じない誠実で力強いその物言いに、自然と頬が緩んだ。

「そう言っていただき、ありがとうございます」

「いや、礼を言うのはこっちだ。昼食も今日のお礼にと思ったのだが、どうだろう？」

「えっ、そんな、いいですよ。使用人として当然のことをしたまでです」

慌ててブンブンと顔の前で手を横に振ると、カーティスがフッと目を細めた。

「では、使用人として、私の食事に付き合ってくれないか。主人の食事に付き合う、それなら使用人として当然のことだろう？」

カーティスの言葉に、遠慮の言葉が口先でぐっと詰まる。こう言われては断れるはずもない。

やや強引だがこちらを気遣っての言葉選びに、ダリルは淡く微笑んだ。

「ありがとうございます。それでは、ありがたくご一緒させていただきます」

「ああ、そうしてくれ」

ダリルの返事に、カーティスは安堵したように目元を和らげた。

到着したレストランは緩やかな坂を登った先にあり、街を一望できる景色のいい場所だった。

馬車から降り、カーティスの後にダリルとオリバーが続く。なぜかオリバーは先ほど買ったいくつかの荷物を抱えており、ダリルは首を傾げた。

(なんで持って降りるんだろう?)

馬車には御者《ぎょしゃ》のティールが残っており、他の荷物は彼に任せているのに、なぜそれだけ持って降りるのか不思議だった。しかし、その謎はすぐに解けた。

「カーティス様、お越しくださり、誠にありがとうございます」

きらびやかな玄関ホールに足を踏み入れると、店の支配人である中年の男と数人の店員が出迎えた。

どこの店に行っても店主がわざわざ挨拶に来るとは、さすがハウエル公爵家だと毎度のことながら感心する。

「食事の前に、着替えの部屋をひとつ準備してほしい」

カーティスの言葉に、ようやくオリバーが馬車から持って降りた荷物の意味が分かった。

(なるほど、買ったばかりの服に着替えたいんだな!)

プレゼント選びの際は意見や要望を積極的に言わなかったから、てっきりおしゃれには無頓着だと思っていたので少し意外だった。

(ふふ、買った服にすぐに袖を通したいなんて、なんだかちょっと可愛いなぁ)

失礼なことは承知だが、それでも微笑ましく思い、胸の中でこっそりと笑う。

「ええ、もちろん準備いたします」

「それならよかった」

「ご案内いたします」

そう言って店員のひとりが前に出ると、カーティスはオリバーのほうを振り向いた。

「では、頼んだぞ。オリバー」

「はい。――それでは、ダリルさん、こちらへ」

「え？」

突然オリバーに手を引かれ、ダリルは目を丸くした。

「え？　なんで、私が……？」

「当然です。ダリルさんが着替えるのですから」

「ええっ！」

驚いてカーティスのほうを振り返ると「先に上で待っている」とだけ言って、そのまま背を向けて遠ざかってしまった。

「さぁ、行きますよ」

オリバーが当惑するダリルを半ば強引に引っ張り、そのままドレッシングルームへ連行したのだった。

オリバーが馬車から持って降りた靴と服に着替えたダリルは、店員の案内のもと、カーティスの待つ部屋へと向かった。

レストランと言っていたが、案内されたのはホテルの一室のような広い個室で、カーティスは窓辺の席に座っていた。

「カーティス様、ダリルさんを連れて参りました」

オリバーの言葉に、窓の外を眺めていたカーティスが顔をこちらに向けた。ダリルの姿を認めると、カーティスはゆったりと微笑んだ。

「よかった、よく似合ってる。サイズはどうだ？」

「はい、ちょうどいいです。これまで着てきたどの服よりも着心地がいいくらいです」

決して媚びへつらいの大袈裟な言葉ではなく、本心だった。

上質な生地を使っているのだろう。軽く柔らかで、いつまでも着ていたくなるほどだ。

着心地もさることながら、デザインもダリルの好みだった。膝丈まであるコートと中に着たベストに施された刺繍は金糸や銀糸を使っているが、過剰に華美になっておらず、洗練された優美さがそこにはあった。

「それはよかった。本当は君の好きなデザインを選んでもらいたかったが、それだと君は絶対に遠慮するだろうから、店主に頼んで似合いそうなものを選んでもらったんだ」

「もしかして、私に採寸を頼んだのもこのためだったんですか？」

「ああ、正直に頼めば君は必ず断ると思ったから、カイルの採寸を口実にさせてもらった。カイルのサイズは事前にローマンに調べてもらっていたんだ」

そこでようやく、カーティスが採寸の際に店主に耳打ちしながら小さな紙を渡していた理由が分かった。

（なるほど、あの紙にカイル様のサイズが書かれていたんだな）

自分の性格を考慮した先回りの気遣いに、ダリルはすっかり恐縮した。

「こんな素敵な服を買ってくださった上に気を遣わせてしまい、なんだか申し訳ないです」

「いや、君が申し訳なく思う必要は少しもない。単に私がカイルのことについて一度しっかりとした形で礼をしたかっただけだ。だから君にそんな顔をされては、服を贈った意味がないのだが……」

カーティスの言葉にハッとして、ダリルは慌てて頭を下げた。

「す、すみませんっ、せっかく素敵なプレゼントをいただいたのに、お礼も言わずに。あのっ、本当にありがとうございます！　すごく嬉しいです！　大事に着させてもらいます！」

両拳を握りしめながら声に力をこめて感謝の気持ちを言い募ると、カーティスの目元に淡い笑みが浮かんだ。

「喜んでもらえてよかった。……長く立たせたままですまなかった。食事にしよう」

カーティスはそう言って、視線で座るように促した。

運ばれてきた食事は、どれも野菜やソースで綺麗に彩られ、細部に至るまで料理人のこだわりが感じられた。それだけ見た目にこだわっているのだ、味については言わずもがなである。

（お、おいしすぎる……！）

あまりのおいしさに頬が落ちる、ということをこれでもかというほど実感できる料理だった。

（こんな高級料理、たぶん最初で最後だろうからゆっくり味わって食べよう）

ひと口ずつ噛みしめるように食べていると、不意にカーティスが小さく笑みを漏らした。

「ど、どうしました？」

もしかして作法がおかしかっただろうか、と少し心配になって訊く。

「いや、深い意味はないが、君があまりにもおいしそうに食べるからつい……」

そう言ってダリルの顔を見ると、また小さく笑った。

「すまない。人の顔を見て笑うなんて失礼だな」

カーティスは謝って、仕切り直すように咳払いをした。

「ただ、さっき店で私にいろいろと助言してくれた時はあんなにもしっかりとしていて頼もしかったのに、今は子供のように無邪気な顔をしているから、なんだか微笑ましい気持ちになったんだ」

柔らかな笑いを含んだ声で言われ、ダリルは恥ずかしさから肩をすぼめた。

「す、すみません、あまりにもおいしくて、つい間抜けな顔をさらしてしまいました……」

「謝ることはない。むしろ喜んでくれて嬉しいよ。この食事が礼になったようで何よりだ」

「私はただプレゼント選びに時々口を挟んだだけですよ。むしろお礼をもらいすぎなくらいです」

自分のしたことが目の前の高級料理とは釣り合っていない気がして、申し訳ない気持ちで苦笑するダリルに、カーティスは首を横に緩く振った。

「いや、これでは足りないくらいだ。うさぎの刺繍についても、君が言ってくれなければ、自分の案がカイルの歳に合っていないことに気づかなかった」

「ははは……」

それについては曖昧に笑うのみだった。

（いや、年齢に関係なくあのデザインはちょっとな……）

もちろんそのことには触れなかった。

「おまけにいい代替案まで考えてくれて、本当に助かった」

「いえいえ、あれはカーティス様の案と素敵な思い出を聞いたから出たものですよ」

謙遜ではなく、本心からの言葉だった。

在りし日の思い出を語る優しくも切ない彼の横顔を見たからこそ、どうにかしてうさぎの刺繍を入れられないものかと必死に考えて、思いついたのだ。

「それにしてもいい話を聞けました。『うさぎを連れて帰りたい』なんて、そんな子供らしいことを言って親を困らせる姿、今の大人びたカイル様からは想像できませんから」

その微笑ましさにダリルは目元を綻ばせた。

「私が口を滑らせたことは黙っておいてくれ。カイルが知ったら、私を嫌うかもしれない」

あり得ないことを真面目に言うカーティスに、ダリルはくすりと笑って頷いた。

「カイル様がカーティス様を嫌うことは絶対にないと思いますけど、分かりました。絶対に言いません」

「ありがとう、助かるよ」

面目なさそうに言って、カーティスはグラスを口に運んだ。

そこでダリルは気になっていたことを訊いた。

「ところで、うさぎは連れて帰ったんですか？」

何ら不自然ではない、話の流れからして当然の質問だった。だが、もう二度と戻らない幸せな家族との思い出に、自分が踏みこんでもいいのかという躊躇《ためら》いもあった。

しかし、それは杞憂だった。カーティスはグラスを置くと、目をかすかに細めて口を開いた。

「いや、連れて帰らなかった」

カーティスは特に気分を害した様子もなく答えた。むしろその声は、懐かしい思い出話ができて嬉しそうですらあった。

「へぇ、そうなんですね。でも、大変だったでしょう。子供って言い出したらきかないですもんね」

「ああ、そうだな。大変だった。私が代わりにうさぎの毛皮でできた首巻きを買ってやると言ったんだが、ますます泣いてしまってな」

「ははは、なんだかその場面が想像できます」

恐らく野うさぎを捕らえて帰るより容易《たやす》く手に入りやすいという理由の他にも、首巻きのほうが実用的だとか、カーティスなりの考えがあっての提案だったのだろう。

もちろん、生きて動いている野うさぎを飼いたいという子供の無邪気な願いとは正反対の案であり、受け入れられるはずがない。

うさぎを連れて帰りたいと駄々をこねるカイルも新鮮で微笑ましいが、息子を思いやりながらも少しズレた提案をする相変わらずのカーティスにも心が和んだ。

「それで、その後はどうしたんですか？」

「見かねた妻が、その場でうさぎの絵を描いてくれたんだ」

テーブルに視線を落としてカーティスが言った。まるでそこにかつて妻が描いたうさぎの絵があるかのような、優しい眼差しだった。

「素晴らしい出来だった。今にも動き出しそうなくらいで、しかもそれをスラスラと何枚も描くんだ。いつの間にか、カイルはその絵に夢中になっていた」

思い出を語るカーティスの声があまりにも温かいものだったので、紙に筆を走らせるカーティスの妻や、その手元を興味津々に覗きこむ幼いカイルが簡単に想像できた。

それは人を優しい気持ちにさせるものだった。きっとこの気持ちは、当時のカーティスが胸に抱いた感情と同じものだろうと、なぜか根拠もなしに確信できた。

「カイル様の絵のうまさは奥様譲りなんですね」

「ああ、あの二人は絵を通じて繋がっていたように感じる。妻もカイルも素晴らしい才能の持ち主だ」

どこか誇らしげに言うカーティスに、ダリルは目元を緩めた。

「素敵な話です。私もなんだか家族がほしくなりました」

「君は結婚したいのか？」

意外そうに訊かれ、ダリルは小さく笑った。

「そんなに意外ですか？」

「いや、すまない。別に失礼な意味ではなく、我が家で五十年雇ってほしいというくらいだからてっきり結婚願望はないのかと思っていた」

確かにダリル自身には強い結婚願望はなく、ローマンのように独身を貫き、仕事の腕を磨いていくストイックな姿に憧れている。

だが、カーティスの話を聞いていると、結婚して家族を持つのも悪くないのかもしれない、と思えたのだ。それほどまでに、カーティスの声や表情は柔らかく心地いいものだった。

「そうですね、仰る通り結婚願望はほとんどありませんでしたが、カーティス様のお話を聞いていたら、家族っていいなと思ったんです」

「そうか……。そう言ってもらえると、私も嬉しい限りだ」

カーティスはそう言うと、グラスを口へ運んだ。

嬉しい限りだと言いつつも、その声はどこか浮かない色をしており、ダリルは首を傾げた。

もしかすると気づかずに何か失礼なことでも言っただろうかと自分の言葉を思い返していると、カーティスがグラスを置いて言葉を継いだ。

「君のような優しくて真面目な人が人生の伴侶なら、相手は幸せだろうな。子供も好きそうだし、温かい家庭が容易に想像できる」

「えっ」

思ってもみない方向から唐突に褒められ、顔が赤くなった。

「い、いえいえっ、そんなことありませんよ。そもそも恋愛すらまだまともにしていませんから、結婚なんてまだまだ先の話です」

「恋愛せずとも結婚はできる。私も妻とはそうだった」

意外な言葉に目を丸くする。

だが考えてみれば、ハウエル公爵家の当主となる身分なのだ、恋愛感情のない政略結婚であることは十分に考えられた。

ただ、亡き妻との思い出を話す穏やかなカーティスの表情から、たとえ夫婦間に恋愛感情はなくともそれを凌ぐ温かな感情があったことは確かだろうと思えた。

「すまない、私のことは別にどうでもいいな。そういえば、縁談の件はどうなった？　ご両親は諦めてくれたか」

自分のことを話しすぎたと思ったのか、カーティスが話題を変えた。

ダリルは苦く笑って、首を横に振った。

「いえ、まだ諦めていないようです」

「そうか……。ここまで返事がなければ察しそうなものだがな」

「それが、相手のほうが返事は気長に待つと仰っているようで……」

カーティスの言う通り、ここまで返事がなければ、普通なら相手側から縁談はなかったことにと話がきそうなものだが、グラスター公爵はダリルの返答をいくらでも待つつもりでいるらしい。

その寛大さは父親の諦めの悪さと焦りに拍車をかけ、手紙が寄越される頻度も増えてきている。

もちろん、ダリルは何度か丁重に断りの手紙を送っているが、よほどこの縁談にコッド家の未来を賭けているのか、ダリルの意思はグラスター公爵には伝えていないようだった。

身勝手な父親はともかく、縁談を受ける意思など微塵《みじん》もないのに、ここまで待たせてはグラスター公爵に悪い。

いっそのこと、カーティスに間に入ってもらいグラスター公爵に断りの手紙を送ろうかとも考えたが、やはり家庭の事情にカーティスを巻きこむのはどうも気が引けた。

「父には断りの手紙を送っているんですけどね。自分に都合の悪い話は頭に入らないようです」

「それは厄介だな。……やはり、私から話をつけようか」

父親のしつこさに辟易して肩をすくめるダリルに、カーティスが気遣わしげに提案してきた。

「いいえ、カーティス様のお手を煩わせるなんてとんでもないです」と口の先まで反射的に出かけた言葉を、ぐっと呑みこむ。

以前『困ったことがあったら私を頼ってほしい』と言われたことを思い出したからだ。

「ありがとうございます。ですが家族の問題ですので、もう一度だけ、私から父に話してみます。……ただ、もしそれでも父が話を聞き入れない時は、カーティス様のお力をお借りしてもよろしいでしょうか？」

おずおずとダリルが訊くと、カーティスは目尻を下げて頷いた。

「ああ、もちろんだ。その時は遠慮なく言ってくれ」

心なしか嬉しそうな声に、ダリルはホッと頬を緩めた。

まるで恐る恐る助けを求めて伸ばした手を力強く握り返してもらったようで、誰かを頼れるということはこんなにも心強いのかと驚くと同時に、胸に温かな安らぎを覚えた。

「……本当にありがとうございます」

「別に礼を言われるようなことはしていないぞ」

不思議そうに首を傾げるカーティスに、ダリルは『いえ、確かにしてくれました。頼れる人がいるという心強さを、あなたは教えてくれました』と胸の中で呟き、微笑んだ。


食事を終え、後はデザートが運ばれて来るのを待つだけというところで、ダリルはトイレのために部屋を出た。

レストランの中は広く、ひとりであれば確実に迷子になっていそうだったが、部屋に控えていた男性店員のひとりがついてきて案内してくれたおかげで事なきを得た。

「それにしても、どれも綺麗なものばかりですね」

トイレから部屋に戻る間、廊下に飾られた絵画や壺をしげしげと見ながら、案内役の男性店員に話しかけた。

「そう言っていただけて光栄です。ここに来られるお客様は高貴な方ばかりですので、食事以外のものでも楽しんでいただければと思って置いているのです」

店員は上品な笑みを浮かべ、飾ってある美術品について丁寧に説明をしてくれた。

（絵画もいっぱいあるし、カイル様にぜひ来てほしいな）

そんなことを思いながら店員の説明を聞いていると、背後から自分の名前を呼ぶ声がした。

「ダリル君……？」

振り返ると、そこには亜麻色《あまいろ》の髪に翠眼《すいがん》を持つ男——縁談の相手であるグラスター公爵が立っていた。

「グラスター公爵……」

目を見開いてその名前を呟く。

グラスター公爵も最初は驚いていたが、すぐに相好《そうごう》を崩して歩み寄ってきた。

「やぁ、久しぶりだね」

「お、お久しぶりです……」

柔和《にゅうわ》な笑みを浮かべて話しかけて来るグラスター公爵に戸惑いつつ、ダリルはとりあえず挨拶を返した。あまりに突然のことで戸惑っていると、向こうから口を開いた。

「まさかこんなところで会えるなんて思ってもいなかったから驚いたよ。ご両親からはしばらく郊外を旅していると聞いていていたから」

「は、はぁ……」

初耳だった。恐らく父親が適当にでっち上げた嘘だろう。

「……やっぱり、アルフレッド君とのことがよほどショックだったんだね」

「え？」

気遣わしげに言われた言葉に目を剝《む》く。

「いや、別にアルフレッドのことは――」

「無理はしなくていい。辛い時は辛いと言っていいんだよ」

見当違いな気遣いと言葉に遮られ、ダリルはたじろいだ。

（いや、本当にアルフレッドのことは何とも思っていないし、やっと婚約解消できて清々したんだけどな……）

アルフレッドに未練があるという不愉快な誤解を解こうと口を開きかけたが、またしてもそれをグラスター公爵が遮った。

「君の父上、コッド侯爵から話は聞いているよ。アルフレッド君とは子供の頃から婚約関係にあったのに、突然それを横から奪われるなんて、君の悲しみは計り知れない……」

悲しげな表情で同情するようにグラスター公爵が言うのを聞いて、なるほどと納得がいった。

恐らく、すぐに縁談について返事ができないのは、アルフレッドに婚約破棄されたショックから立ち直れずにいるせいだという嘘を、父親から吹きこまれたのだろう。

「本当は君が傷心旅行から帰ってきて、心が落ち着いたところで改めて会いに行こうと思っていたんだが、もう我慢ができない」

そう言うと、グラスター公爵はダリルの手をぎゅっと両手で包みこみ、真正面から迫ってきた。

「ダリル君、ずっと君が好きだった。君は私の運命の人だ。結婚をしてくれ」

「えっ」

突然の告白に、ダリルは目を瞠《みは》った。一瞬、自分の聞き間違いか何かではないかと思ったが、こちらの瞳の奥まで貫くような真っ直ぐな眼差しに、嘘は感じられなかった。

「う、運命の人だなんて、そんな大袈裟な……」

唇の端にかろうじて笑みを引っかけて、真剣な告白を無難にいなそうと試みたが無駄だった。

「大袈裟じゃない。私は本気だ」

一層、語気を強めて顔を近づけてくるグラスター公爵に思わずたじろぐ。

「初めて会った時、ひと目見て分かった。君が運命の人だと……。だが、すでに君には婚約者がいたし、私にも妻がいた」

グラスター公爵は悲しげに目を伏せたが、すぐに視線を戻してダリルを見据えた。

「だから、君とアルフレッド君との婚約が解消したと聞いた時、私は嬉しくて堪らなかった。しかも私は今、独り身だ。もう私たちの運命を阻むものは何もない」

まるで舞台の上の台詞のような手振り口振りで、持論を力説するグラスター公爵。運命という仰々しい言い回しとも相まって、爛々《らんらん》と輝く瞳に歪《いびつ》な熱を感じた。

「君が婚約を解消したことも、私の妻が先立ったことも、すべて運命のように思えるよ」

うっとりと言った彼の言葉に、ダリルは眉根を寄せた。

独りよがりな運命論に自分の婚約解消が組みこまれるのは別に構わない。ただ、たとえ政略結婚だったとしても、妻の死がまるで好都合だったという言い方には、軽蔑に近い感情が湧き上がった。

それは優しく切ない表情で亡き妻の話をするカーティスを見た後だったからかもしれない。

「……申し訳ございませんが、私は今、任されている大事な仕事があるので、結婚は当分の間考えていません」

するりとグラスター公爵の両手から手を抜いて、ダリルは丁寧に、しかしきっぱりとした口調で言った。

まさか断られるなど、夢にも思っていなかったのだろう。グラスター公爵はダリルの返事に目を丸くしてしばらく固まっていたが、すぐに困惑を取り繕《つくろ》うような笑みを浮かべた。

「君は真面目で仕事熱心なんだね。そういうところも素敵だ。だけど、仕事なら君の代わりはいくらでもいるだろう？　何なら私が代わりを探してきてあげよう」

善意に見せかけた身勝手な提案に、ダリルはますます眉間に皺《しわ》を寄せた。

確かに自分は使用人としても家庭教師としてもまだまだ未熟であり、自分より優れた人はいくらでもいるだろう。だがそれでも、カーティスやカイルは自分を信頼して任せてくれているのだ。それは、今のダリルにとって誇りでもあった。

だから、グラスター公爵の言葉は不愉快でしかなかった。

「いえ、結構です」

「おや、怒らせてしまったかな。ごめん、謝るよ」

ムッとしたダリルのやや冷たい返答に、グラスター公爵がおどけるようにして言った。

「でも別に君を貶めようと思って言ったわけじゃないんだ。事実、仕事において自分の代わりはいくらでもいる。でも、私の運命の人の代わりはいない。――君ひとりだけなんだ」

甘い微笑みを浮かべそう言うと、グラスター公爵はダリルの腕を引いて強引に抱き寄せた。突然のことに目を見開くダリルの耳元に、はぁ、と陶然とした生ぬるい吐息が吹きかかった。

「あぁ、なんていい匂いなんだろう。こんなにも甘美な匂いがするのは君以外にいない。ようやく君を私だけのものにできる」

うなじを指先でするりと撫でられ、背中に鳥肌が広がった。

助けを求めるように案内役の店員に視線を遣るが、グラスター公爵も客なのだ、店員も困惑の表情で目の前のやり取りを見守ることしかできないでいた。

もう頼れるのは自分だけだと、ダリルはグラスター公爵の一方的な愛に怯《ひる》む心を奮い立たせた。

「あ、あのっ、さっきも言いましたが、私には大事な仕事があって、結婚は当分するつもりはありません」

「ふふ、まだそんな意地悪を言うのかい？　ひどいなぁ。……じゃあその大事な仕事がなくなれば、問題はないということだね？」

甘い声のまま不穏なことを言うグラスター公爵に、サッと血の気が引いた。その声には、このまま仕事を理由に断り続ければ今の言葉を実行に移しかねないと思わせる剣呑《けんのん》さがあった。

どう断るべきか、そもそも相手にこちらの意思を聞き入れる気はないのではないか……

そう考えあぐねていると、突然体を後ろに引かれ、グラスター公爵から引き剥がされた。

驚いて背後を振り仰ぐと、そこには険しい表情をしたカーティスが立っていた。

「私の連れに何か用ですか？　グラスター公爵」

言葉こそ丁寧だが、その眼光は心臓を貫かんばかりに鋭く、これにはグラスター公爵も後ずさった。

「ハ、ハウエル公爵、なぜここに……？　それにダリル君が連れとは……」

すっかり気が動転した様子で、グラスター公爵はダリルとカーティスを交互に見る。

「彼は我が家の使用人で、日頃の礼を兼ねて食事に連れてきたのですよ」

「あ、ああ、なるほど……」

連れという言葉に恋人のような甘い関係を勘ぐったのだろう。カーティスの返答にグラスター公爵がホッと表情を緩めた。

「それならちょうどよかった」

「何がですか」

「いや、実は今し方、ダリル君に結婚の申し出をしたのですが、真面目な彼は仕事があるのでしばらくは結婚できないと言っているんですよ。そこで私が彼の仕事を引き継ぐ代わりを用意しようと思っていまして」

「彼の代わり……？」

カーティスの眉が不機嫌にぴくりと動いた。

一瞬、その動きに怯《ひる》んだグラスター公爵だったが、すぐに言葉を継いだ。

「ええ、彼の代わりです。私の屋敷の使用人でよければ優秀な者を彼と引き換えにそちらへ——」

「残念ですが」

グラスター公爵の話を、やや語気を強めてカーティスが遮った。

「世界中のどこを探しても彼の代わりはいません。ですので、お引き取りください」

そう強く言うと、カーティスはダリルの肩を掴んで自分のほうへぐっと引き寄せた。

まるでダリルは渡さないとでも言うようなその手の強さに、グラスター公爵はもちろん、ダリルも驚いて戸惑った。

（世界中どこを探してもって、いや、それはさすがに大袈裟な……）

買いかぶりなカーティスの言葉に心の中で突っこみつつも、嬉しさに頬が赤くなるのを止めることはできなかった。

「い、いや、しかし、ダリル君とのことは、彼の父であるコッド侯爵とも話がついているのですよ」

気圧《けお》されながらもしつこく食い下がるグラスター公爵に、カーティスは冷たく目を細めた。

「そうですか。それでは、一度コッド侯爵も呼んで三人で話し合いましょう。——ただし彼を我が家から奪うというのは、ハウエル公爵家を敵に回すことになるのをお忘れなく」

一層鋭さを帯びた目に睨まれ、グラスター公爵は顔を青くして竦み上がった。

同じ公爵とは言え、ハウエル公爵家は王族に次ぐ権力を有する貴族の最上位に位置する存在である。彼を敵に回すのは賢明な判断とは言えない。

俯《うつむ》いて黙りこんだグラスター公爵を認めると、カーティスはダリルの肩を抱いたまま踵《きびす》を返した。

「もし、彼との縁談を破談にするのであれば、ぜひ貴方からその旨をコッド侯爵にお伝えください。それでは失礼します」

そう言い残すと、カーティスはそのまま歩き始めた。ダリルは思いもよらない展開に当惑しながら、カーティスの横顔と俯《うつむ》いたままのグラスター公爵を交互に見遣った。

あれだけしつこかったのが嘘のように、グラスター公爵が追って来る気配は微塵《みじん》もなかった。

そしてダリルを連れて歩みを進めるカーティスは、無表情でありながらどこか怒っているようだった。そんな不機嫌さが表情のみならず、少し速い足取りからも感じられた。

廊下の角を曲がってしばらくすると、カーティスは足を止めてスッと体を離した。

「……すまない。勝手なことをして」

まさか謝られるとは思っていなかったダリルは、慌てて首を横に振った。

「何を言っているんですか。むしろこちらがご迷惑をおかけして、本当に申し訳ございません。でも、助かりました。抱きつかれた時は本当にどうしようかと思って……」

姿が見えなくなったことでようやく体の強張《こわば》りが抜け、ホッと肩で息を吐いた。

「……大丈夫か？　何か他に嫌なことはされてないか」

眉根を寄せて気遣わしげにカーティスが訊いてきたので、ダリルは小さく笑って首を横に振った。

「大丈夫です。心配してくださってありがとうございます」

「それならよかったが、やはりオリバーをつけるべきだったな」

「いえいえっ、オリバーさんはカーティス様の護衛ですから、私につけてはもったいないですよ」

まるで自分の判断を悔いるように言ったので、ダリルは慌てて手を横に振って否定した。

「だが、私のほうでもう少し注意を払うべきだった」

「大丈夫ですよ。それに私みたいな者に、あんな熱烈アプローチをしてくる人なんてそういませんから」

事実、グラスター公爵のようにダリルに迫って来る者など、これまでただのひとりもいなかった。

しかし軽い調子で断言するダリルに、カーティスは眉間に皺《しわ》を寄せた。

「君は、もっと自分の魅力を自覚したほうがいい」

「え……」

思いがけない言葉に目を丸くする。カーティスは真面目な調子で続けた。

「君の謙虚さは美徳でもあるが、自覚がなければ警戒もできない。その調子ではひとりで外に出すのは不安だ。私がいつも君の傍にいられればいいのだが――」

カーティスはハッとした様子で言葉を切り、口元に手を当てた。

なぜ途中を言葉が途切れたのか分からず、ダリルは首を傾げた。カーティスはホッとしたような表情を見せると、咳払いをして仕切り直した。

「まぁ、我が家にいる限り、そういったことはこちらで未然に防ぐようにしよう。それよりデザートがまだだったな。部屋に戻るとしようか」

「はいっ」

デザートという言葉に思わず声が弾む。

そんな素直な反応に、カーティスは微笑ましげに目を細め、また歩みを進めた。

この一件以来、父親から手紙が来ることはなくなった。恐らくグラスター公爵が縁談を取り下げたのだろう。

そのことにホッとしつつも、ダリルは、あの執着じみた求愛を見せたグラスター公爵を引かせたカーティスに、改めてハウエル公爵家のすごさを実感した。

＊＊＊＊

ついに、カイルの誕生日パーティー当日となった。

夜にカーティスがやって来るということで、西の空に傾く夕日に急かされるように、屋敷内は誕生日パーティーの最終準備で慌ただしい空気が漂っていた。

当然、屋敷で一番の新人であるダリルは他の者以上に動き回らなくてはならないのだが、その時、ダリルは自室で着替えて鏡の前で髪を整えていた。もちろん、人の目を盗んでさぼっているわけではない。

「ダリルさん、準備はできましたか？」

ノックした後、ローマンがドア越しに訊ねてきた。

「は、はい、できました」

　ダリルは慌てて鏡の前から立ち上がり、ドアを開けた。

　先日カーティスに買ってもらった服を着て出てきたダリルを見て、ローマンはにこりと微笑んだ。

「ふふ、よくお似合いですね」

「ありがとうございます。せっかくのカイル様の誕生日パーティーですから、いいものを着させていただきました。本当にカーティス様には感謝です」

　もしカーティスが贈ってくれたこの服がなかったら、自分はあの丈の合っていないみすぼらしい格好で参加する羽目になっていただろう。そう思うと苦い笑いが漏れた。

「そう言ってもらえてカーティス様もお喜びになると思います。さぁ、準備もできましたので、どうぞ広間へお越しください」

「……ローマンさん、今更ですが、本当にいいんでしょうか」

「何がです？」

「だって、他の皆さんは働いているのに、私だけが誕生日パーティーに参加するなんて、なんだか皆さんに悪いです……」

　カイルに招待されたからとはいえ、他の使用人たちがあくせくと働いている中、自分だけが座って優雅に食事をするのは申し訳ない気がした。しかし、ローマンは微笑んで首を横に振った。

「そんなことはありません。カイル様たっての願いです。それを私たちに対する遠慮で断られてはそれこそ困ります」

　からかうようにしてローマンが言ったので、ダリルは慌てて手を横に振った。

「いえっ、別に皆さんを理由に断ろうとか、そういうことは思ってなくて、ただ、一番下っ端の私だけが参加するのは他の人からしたら面白くないだろうなと思いまして……」

「それについても大丈夫です。他の使用人たちもダリルさんには一目置いているのですよ」

「え？」

思いがけない言葉に目を丸くするダリルに、ローマンはくすりと笑って続けた。

「当然ですよ。なにせあのカイル様の心を開いて、ついには私たちの前に顔を見せるようにまでさせたのですから。もちろん私も、そんなダリルさんに一目置いている内のひとりです」

ローマンの目元に浮かぶ笑みを見れば、それが大袈裟なお世辞や嫌みではなく、心からの言葉であることは明白だった。だからこそ、ダリルはすっかり恐縮しきってしまった。

「そ、そんな、たまたまカイル様が私を気に入ってくれただけですよ」

「ふふ、その謙虚さがまたカイル様の心を射止めたのでしょうね。とにかく、今日は私たちのことは気にせず、カイル様の誕生日をお祝いすることに専念してください」

「は、はいっ、頑張ります！」

元気よく答えて姿勢を正したダリルに、ローマンは「期待していますよ」と小さく笑った。

夕日が沈むより少し前にカーティスが屋敷にやってきて、すぐに広間で誕生日パーティーが始まった。

パーティーと言っても、カーティスとダリル、そして主役のカイルの三人だけである。

それでも運ばれて来る料理はどれも豪勢で、普段は大人びているカイルだが、いつもと違う特別な雰囲気に少し浮き立っているようにも見えた。もちろんそれは豪華な食事だけでなく、誕生日という特別な日を大好きな父と過ごせることが大きいだろう。

年相応の子供らしい表情を見せるカイルに、使用人たちも微笑ましげに目を細めていた。

食事を終えて歓談もそこそこに、カーティスは使用人にプレゼントを持って来させた。

「カイル、誕生日おめでとう」

誕生日プレゼントの入った箱をカーティスが差し出すと、カイルの目が一層子供らしく輝いた。

「ありがとうございます、お父様」

受け取ったプレゼントを大事そうにぎゅっと抱きしめるカイルに、カーティスもホッとしたように目元を緩めた。

「よかったら、ここで開けてもいいですか？」

おずおずとカイルが訊ねると、カーティスは「もちろんだ」と頷いた。

「ありがとうございます……っ」

弾む心が見えるような手つきで箱を開けるカイルを、ダリルは内心ドキドキしながら見ていた。

（絶対に大丈夫だとは思うけど、自分も一緒に選んだってこともあって緊張する……！）

そんなダリルに反して、カーティスは少しも緊張していないようだった。泰然とした様子でカイルを見つめるその表情には、プレゼントに対する自信が窺《うかが》えた。

「うわぁ……！」

箱から取り出した服を持って広げ、カイルが感嘆の声を漏らした。

「すごくおしゃれな服ですね。お父様、ありがとうございます」

「礼ならダリル君に言ってくれ。彼にはいろいろとアドバイスしてもらったんだ」

まさか自分の関与を明かされるとは思ってもいなかったダリルは、思わずブンブンと慌てて手を横に振った。

「い、いえいえっ、私はただ横から口を挟んだだけで、選んだのはカーティス様ですから」

ダリルの言葉を聞いてカイルが目を丸くした。

「え？　横から口を挟んだって、もしかして一緒にプレゼントを買いに行ったのか……？」

「あ、はい、そうですが……」

ダリルが答えると、カイルはなぜか上機嫌な様子で笑みを浮かべた。

「ふぅん、それってつまりデートってこと？」

「デ、デート？」

思いがけない言葉に、ダリルは目を白黒させた。カーティスも驚いた様子で目を見開いている。

「と、とんでもございません！　カーティス様と私がデートだなんて滅相もありません！」

ダリルは慌てて否定した。

「で、出かけたと言っても、護衛のオリバーさんも一緒にいましたし、私は荷物持ち兼アドバイザーみたいな感じでついて行っただけですよ」

実際のところ荷物は持たせてもらえなかったが、この際そんなことはどうでもいい。大事なのは、カーティスと出かけたのは私的な親交ではなく、あくまで仕事と伝えることだ。

カーティスとの買い物に、カイルが勘ぐるような意味合いのものは微塵《みじん》もないのだ、と言外に述べる。

「本当に僕へのプレゼントを買っただけ？」

「ええ、そうですよ。カイル様のプレゼント選びをしただけです。ね？　カーティス様」

まだ疑いの残る眼差しを向けられ、ダリルは助け舟を求めるようにしてカーティスへ話を振った。

「ああ、そうだ。カイルへのプレゼントを選んだ後、お礼の食事をして帰っただけだ」

「買い物をした後に食事って……、それって完全にデートだ」

「いえ、ですから、私たちはそんな関係ではなく……」

にやにやと口元を緩ませて嬉しそうに断言するカイルに、顔を赤くしながら弁明するダリルだったが、その言葉は彼の耳には届いていないようだった。

「――これは好都合だ」

「え？　それってどういう――」

「お父様」

意味深に呟いたカイルの言葉の意味を聞き返すダリルを遮って、カイルはカーティスに向き直った。

「どうした？」

「今日はお父様に相談したいことがあります」

居住まいを正し、やや緊張した表情でそう切り出したカイルに、カーティスは少し驚きつつも頷いて「分かった。話してみなさい」と優しい声で先を促した。

「ありがとうございます。……実は今後の誕生日プレゼントについてなのですが、今日すべてもらうことはできないでしょうか」

「え？」

思いもよらない相談に、カーティスはもちろん傍で聞いていたダリルも目を丸くした。

「今日で全部とは、どういうことだ……？」

「今から僕が言うお願いを叶えてくれたら、来年以降、僕の誕生日プレゼントはいらないということです」

困惑の表情を浮かべていたカーティスだったが、真剣に話すカイルに並々ならぬ覚悟を感じたのだろう、フッと表情を和らげた。

「つまり、一生分の誕生日プレゼントをかけたおねだりということか。どういうお願いか気になるな。言ってみなさい」

「はい……っ。あ、あの、僕……」

カイルは緊張のためか一度言い淀んで俯《うつむ》いたが、すぐに意を決したように勢いよく顔を上げた。

「あ、新しいお母様がほしいですっ」

決死の覚悟と言わんばかりの勢いで放ったそのお願いに、カーティスもダリルもびっくりして動きを止めてしまった。そんな反応は想定済みなのだろう、カイルは言葉を続けた。

「お父様は僕がアリシア学園に進学することを望んでいますよね？　もちろんそのことに不服はありません。ただ、アリシア学園は全寮制で卒業してこの家に戻って来る頃には、母親に甘えられる歳はとうに過ぎています。ですから学園に入る前の間だけでも、母親に甘えられる時間がほしいのです」

一気に話すと、カイルは一度グラスの水を口に運んだ。

「……自分がどれだけ自分勝手でむちゃくちゃなことを言っているかは分かっています。だけど、だからこそ、このお願いは本気です」

カイルはカーティスに強い意志を込めた視線を向けた。カーティスはしばし圧倒されていた。しかし、しばらくすると自身の動揺を鎮めるように深く息を吐いた。

「……カイル、私はお前の望みなら何でも叶えてやりたいし、できる限りのことはしたいと思っている。ただ、新しい母親となると、それは難しい」

一言一言に誠実さが感じられる声で、カーティスはカイルを諭し始めた。

「婚姻関係を結ぶということは人生において重大なことだ。それを母親役がほしいからという理由で求婚するのは相手に失礼だし、私もそんな不誠実なことはしたくない」

はっきりと自分の意思を伝えつつも、諭すその声は優しく、カイルのお願いを無下に否定する冷たさは少しも感じられなかった。

ハウエル公爵家くらいの権力や財力があれば、母親役を前提とした結婚であろうと飛びつく者はいくらでもいそうだし、もしいなくてもその権力をもってすれば母親役の人間を準備することなど容易だろう。なのに、カーティスはそういった手段を取ろうとは考えていないようだった。

（きっとそんな選択肢、この人の頭の中にはないんだろうな）

そんなカーティスの真面目さと誠実さがいかにも彼らしく、ダリルは微笑ましい気持ちになった。

「それに、私はあまり人に好意を持たれるタイプの人間ではないからな。社交パーティーでも避けられて、遠巻きにジロジロと見られるだけだ」

（いや、たぶん、それはカーティス様があまりに高嶺《たかね》の花すぎて近寄れないだけなんじゃ……）

もちろんハウエル公爵家には呪いの噂があるため、避けている人間も中にはいるだろう。だが、それを差し引いてもカーティスの容貌は美しく、彼に淡い恋心を抱く人間が少なくないことは想像できる。当の本人はそのことにまったく気づいていないようだし、さして興味もなさそうだった。

「そういう意味でお前の望みを聞き入れるのは難しい。だからカイルには悪いが――」

「お父様、ひとつ勘違いをしているようですが、僕がほしい母親はもう決まっています」

珍しくカーティスの言葉を遮ると、カイルはダリルのほうに一度だけちらりと視線を遣り、またカーティスに向き直った。

「お父様、僕のためにダリルと再婚してください」

「……え？」

カーティスもダリルも、再び固まってしまった。あまりに突拍子もないお願いに、理解が追いつかなかったのだ。

新しい母親、再婚……。そこまでは何の引っ掛かりもなく理解できる。だが、そこに自分の名前が落とされると、たちまち頭の中に混乱の渦が巻き起こり、半ばそれに呑みこまれそうな状態になった。

「ちょっ、ちょっと、待ってください！」

堪らず立ち上がり、ダリルは声を上げた。

「カイル様、本気ですか？　私が新しい母親だなんて、そんな、普通に考えておかしいですよ！　そもそも私は男ですよ？　一度冷静になって考えてくださいっ」

「僕は至って冷静だ。むしろ、ダリルが水でも飲んで落ち着いたほうがいいんじゃないか」

落ち着き払ったカイルに言われると、確かにどう見ても冷静でないのは自分のほうだと気づき、ダリルは顔を赤くしながら腰を下ろした。

そしてカイルに言われた通り、水を一杯飲んでから、また口を開いた。

「す、すみません、少し取り乱してしまいました。ですが、どうして私なのでしょうか……？　母性を求めるなら私より適任の者はこの世にごまんといると思いますが……」

謙遜などではなく、本心からの言葉だった。

どう考えても子供を育てたこともない未婚の男である自分より、温かな母性に溢れる人はいくらでもいる。わざわざ自分を指名する意味が分からなかった。

しかしカイルはそんなことも分からないのかとでも言うように、溜め息をついた。

「確かに母親らしさを求めるならダリルより適任者はいっぱいいるだろうな。だが、この僕が、馴れ馴れしく母親面してくる見知らぬ人間をそう簡単に受け入れると思うか？」

「う……っ」

胸を張って言うことではないが、確かにその通りだと言葉に詰まる。

「僕が入学するまであと一年しかない。それなら僕が心を開いているダリルが一番適任だ」

「いや、でも……」

「それに、このまま未婚だったらまた縁談がくるだろう。お父様と再婚すればその心配もなくなる」

「い、いや、縁談くらい自分で断りますよっ」

ダリルは慌ててブンブンと手を横に振った。縁談除けのために雇い主であるカーティスを利用するなど、あまりにも恐れ多い。

ダリルとカイルの二人が話している間、考えこむように顎に手を当て、視線をテーブルに落としていたカーティスが不意に口を開いた。

「……まぁ、確かに縁談については一理あるが」

そう言ってカーティスは視線を上げてカイルのほうを見た。

（いや、一理もないと思いますよ……）

子供の意見を否定しない教育方針かもしれないが、さすがに心の中で突っこみを入れる。

もちろん心の声など聞こえるはずもなく、カーティスはカイルに視線を据えたまま言葉を続けた。

「だがさっきも言ったように、結婚というのは人生において重大なことだ。それを恩のあるダリル君に強いるのは、あまりに無礼極まりない」

「……っ」

かすかに厳しさを帯びた声で、カーティスがカイルをたしなめる。その声に一瞬怯《ひる》んだカイルだったが、すぐにダリルのほうに向き直って縋《すが》るような目で訴えかけてきた。

「ダリルは嫌なのか？」

「え？」

「だからっ、僕の親になることが……、お父様と結婚することが嫌なのか聞いてるんだ！」

「えぇっ」

直球すぎる質問にダリルは困惑した。ここで否定しなければカイルの願いを聞き入れてしまうことになるが、本人たちがいる前ではあまりに憚《はばか》られる。

返答に窮していると、カーティスが見かねて助け舟を出した。

「カイル、駄々をこねるのはやめなさい。ダリル君の立場を考えれば答えに困ることくらい、お前にも分かるだろう」

「……っ」

眉間に皺《しわ》を寄せて苦言を呈するカーティスを見上げたカイルは、口の端をぎゅっと結んで俯《うつむ》く。

気まずい沈黙にダリルがおろおろしていると、カイルが小さく口を開いた。

「……じゃあ僕、行きません」

ボソリとカイルが呟いた。

「え？」

強い意志を感じる小さい声に当惑しながら聞き返すと、カイルが勢いよく顔を上げた。

「再婚しないなら、僕はアリシア学園に行きませんっ」

強い口調で宣言したその言葉に、ダリルはもちろん、カーティスもかすかに動揺の色を浮かべた。

「カイル、それはどういう意味だ」

「言葉の通りです。二人が再婚しないなら僕は学園には行かず、ずっと屋敷にこもっています」

「何を言ってるんだ。悪い冗談はよしなさい」

「僕は本気ですっ」

そう言い切ると、カイルはガタッと椅子を鳴らして立ち上がった。

「とにかく二人で話してください。僕は部屋で待っていますからっ」

そう言うと、カーティスが呼び止める声も振り払って広間を出ていった。

その後訪れた沈黙に、ダリルはただただ狼狽《うろた》えるばかりだった。

(二人で話してくださいって、そんな丸投げされてもどうしたらいいんだ……!)

残された無理難題にダリルは頭を抱えた。

「ダリル君」

「はっ、はい!」

思わず大きな声で返事をする。そんな動揺を隠せないでいるダリルに、カーティスはひとつ息を置いて続けた。

「……とりあえず一緒に私の部屋に来てくれ。ここで話すのは憚《はばか》られる」

困惑している周囲の使用人たちをちらりと見てカーティスが言った。確かに人前でする話ではないだろう。ダリルは「分かりました」と頷いた。

ダリルの返答を聞くなり、カーティスは立ち上がってローマンのほうを振り返った。

「ローマン、すまないが私の部屋に紅茶を持ってきてくれ」

「かしこまりました」

ローマンがスッと頭を下げると、カーティスはそのまま広間を後にした。ダリルも慌ててその後を追った。


書斎に着くと、カーティスは執務机に、ダリルはその傍のソファに腰を下ろした。

気まずい沈黙に、自分から何か話すべきか、それとも雇い主であるカーティスが口を開くのを待つべきなのか迷っていると、ローマンが紅茶を持ってきた。

気まずい沈黙を紛らわすそれに、ダリルは心底感謝した。

「——カイルのわがままに巻きこんでしまってすまない」

紅茶を口に運び、その温かな香りに少しだけ心が緩んだところで、カーティスが口を開いた。

その顔は子のわがままに振り回される親そのもので、すっかり弱りきっており、同情せずにはいられなかった。

「いえいえっ、私は大丈夫ですよ。むしろカーティス様こそ、これからカイル様を説得しなければならないんですから大変でしょう……」

カーティスに対して強い尊敬の念を持つカイルは、滅多に駄々をこねるような真似《まね》はしない。むしろ今回のお願いは年齢相応の子供らしいわがままだ。

だからこそ、その意志がどんなに固いものかは容易に想像ができた。

「ああ、正直なところ、カイルを説得できるか自信がない」

額に手を当てて溜め息をつくカーティスは、いつになく弱気だった。

「確かにカイル様の意志は固そうでしたしね……」

「あんなに強情なカイルは初めて見た気がする」

机に肘をつき、困惑した表情を見せるカーティス。いや、普段からわりと強情なところはありますよ……と思ったが、その言葉は胸の内に留めた。

尊敬する父親であることはもちろんだが、少し前まで自分は父に疎《うと》まれていると思いこんでいたのだ。子供らしいわがままなど言えなかったのも頷ける。

だから、今回の件はある意味いい兆候とも言えるだろう。親の顔色を窺《うかが》うことなく子供がわがままをぶつけられるのは健全なことだ。

全力で応援したいところだが、そのお願いが自分とカーティスの結婚となれば話は別だ。

（カーティス様ほど社会的な立場が高い人となると、そう簡単に再婚とはいかないだろうしな……）

しかも相手が自分のような家から勘当された使用人となればなおさらだ。ハウエル公爵家当主の伴侶には、それ相応の家柄を求めるのは当然だろう。

正直なところ、この話が丸く収まるのならば、そしてカイルが満足するなら、入学までなら親役を担うのも別に構わないと思っている。

だがカーティスの立場を考えると、とてもではないが言い出せない。下手をすると金目当てだと勘違いされかねない。それほどまでに身分があまりに違った。

（いっそのこと再婚とかはなしで親役だけを引き受けるとか？　それならハウエル公爵家の家名を汚すこともないし……）

どうにかこの事態をカイルの気持ちを受け入れつつ丸く収められないかと思案していると、不意に名前を呼ばれた。

「ダリル君」

「は、はいっ」

ダリルは弾けるようにして顔を上げた。

「どうしました？」

「今から言うことについて、私自身、非常識なことは重々承知している。だから嫌なら断ってくれていい」

「は、はい」

やけに持って回った言い方の前置きにダリルは首を傾げつつ、カーティスの言葉を待った。

直前まで苦々しい表情で考え込んでいたが、彼はようやく口を開いた。

「……カイルの望みを叶えるため、私と結婚してくれないだろうか」

「……え？　えぇっ？」

思いもよらない展開に、ダリルは思わず立ち上がった。

「ちょっ、ちょっと待ってくださいっ。本気ですか？」

「私は本気だ」

真面目な顔でカーティスが頷く。普段から冗談の類を口にしないカーティスがこのタイミングで、戯れにこんな提案をするはずがなかった。

「もちろん結婚と言っても、あくまでカイルが学園に入学するまでだ。つまり期間を限定した契約結婚だ」

「契約結婚……」

馴染《なじ》みのないその言葉を呟く。まるで現実味のない言葉だった。それは少しの感慨もなくするりと舌の上を滑り落ちた。

「それ相応の報酬は出すつもりだ。離婚時の慰謝料についても、君が私との結婚が原因で生涯未婚だった場合の生活費を想定した額を払おう」

「えっ、いや、ちょっと待ってくださいっ」

つらつらと具体的な契約内容めいたことを並べられ、ダリルは慌てて制止の声を上げた。

するとカーティスはハッとした顔をして、次には伏し目がちに視線を落とした。

「すまない。嫌なら断ってくれていいと言っておきながら、君の意思も聞かないまま話を勝手に進めてしまって……」

申し訳なさそうに言うカーティスに、ダリルは首を横に振った。

「いえっ、別に謝ることではないです。ただ、あまりにもびっくりして、ちょっと頭がついていけなくて……。一度頭の中を整理しますので少しお待ちください」

そう言って、胸の内の動揺をなだめるようにダリルはゆっくりと深呼吸した。

脳内はすっかり混乱状態だったが、決してカーティスの話の内容が頭に入って来なかったわけではない。むしろその頭に入って来た言葉がさらなる混乱を招いていた。

（まさかカーティス様から結婚を申し出てくるなんて……）

たとえ最愛の息子の望みだろうと、二人の身分の差や関係性を考えれば、カイルの願いを受け入れるなど当然ないだろうと思っていた。

その上、慰謝料などの具体的な契約事項まですでに考えていたから驚きだ。

（むしろ俺なんかとの結婚のためにそこまでの負担を強いるのは申し訳ない……）

そこでダリルはカーティスに提案することにした。

「あの、カーティス様……」

「何だ？」

「カイル様は私に親役を求めているのであれば、本当に再婚せずとも、カイル様の前でだけ、私が親のように振る舞えばよいのではないでしょうか」

そうすれば、ハウエル公爵家の家名を傷つけることもなく、慰謝料などの負担も考えなくていい。

なかなかの名案ではないかと心の中で得意げになるダリルだったが、カーティスは表情をかすかに曇らせた。

「あの……、もしかして私、なにか失礼なことでも言いましたか？」

「いや、そういうわけではない」

ダリルにおそるおそる訊かれて即座に否定するカーティスだが、やはりその表情はどこか晴れなかった。

沈黙の後、カーティスはダリルにいつになく気弱な視線をちらりと遣ってから口を開いた。

「……別に君は失礼なことは何も言っていないし、私とカイルの問題に真摯に向き合ってくれているのはよく分かる。嫌だったら断ってくれていいと言ったのも私だ」

「は、はぁ……」

まるで自分に言い聞かせるような口調で言って自分で頷くカーティスに、ますますダリルは首を傾げた。

（もしかして、たとえ形だけの契約結婚であろうと俺みたいな奴に断られるのは嫌だったとか……？）

だとすれば、自分は相当失礼な提案をしてしまったのでは……、とダリルは顔を青くした。すぐに謝罪と弁解をしようと口を開きかけたが、カーティスがそれを遮るタイミングで言葉を継いだ。

「……ただ、君がそんな代替案を提案するほど私との結婚が嫌なのかと思うと、思いの外、動揺してしまった。自分の大人気ない矛盾に戸惑った、ただそれだけのことだ」

自身の情けない心情を吐露するように言って、カーティスは苦い表情で目を閉じた。そこには、なぜこんなことを言ってしまったのだろうという、後悔と戸惑いが浮かんでいた。

何やら自分の言葉がとんでもない誤解を与えたことに気づいたダリルは、慌てて首を横に振った。

「い、いえっ、そんな、決してカーティス様との結婚が嫌なわけではありません！　むしろ契約結婚とはいえ、私なんかと結婚することでハウエル公爵家の家名を汚してしまうと心配になったのです。それに慰謝料の件など、いろいろとご迷惑をおかけするのも申し訳ないですし……」

「なんだ、そんなことか」

苦笑するカーティスの頬に、安堵の柔らかさがかすかに漂う。

「迷惑をかけているのはむしろこっちだ。君は何も気にすることはない。それに、恐らくカイルが私とダリル君の再婚を望むのは、君に親の役割を求めているだけではない」

「え？　どういうことですか？」

聞き返すと、カーティスは柔らかな溜め息を漏らしてから続けた。

「前にカイルと二人で話していた時に、ダリル君が縁談を了承したらどうしようとひどく不安がっていた。いつも冷静なあの子が動揺していて、私まで心配になったくらいだ」

そういえば、カーティスと再婚すれば縁談も来なくなるとカイルが言っていたことを思い出す。とってつけたような言い分で、自分の主張を通すためのこじつけ的なものだと思っていたが、存外、本気だったようだ。

「私としてはあの子にはそういった不安や心配事なく、勉学に励んでほしいと思っている。だからこそ、カイルの望みを叶えてやりたい」

そう言うと、カーティスは筆をとり、何やらスラスラと紙に書き綴《つづ》り始めた。

何を書いているのだろうか、とダリルが首を傾げている間に、何かを書き終えたカーティスは筆を置いた。そしてその紙を持ち、ダリルの向かいのソファに腰を下ろした。

「とりあえず、慰謝料などを含めた契約内容についてざっと書いたから目を通してほしい。その上で、この契約結婚についての返事をくれないだろうか。もちろん修正や加えてほしいことがあれば遠慮なく言ってくれ」

そう言って差し出された紙に戸惑いつつも、ダリルはそれを受け取った。

紙に書かれた内容は、とてもとりあえずで書いたとは思えないほど、具体的で細かなものだった。

期限はカイルがアリシア学園に入学するまでであること、その期間の賃金や生活費について、結婚における役割はカイルの親としてのみで配偶者の役割は一切引き受ける必要はないこと、等々……

記された内容には、地位的に弱い立場にあるダリルが決して不利益を被ることがないように気遣う配慮とカーティスの誠実さが強くあった。堅い文章ではあるにもかかわらず、そこに優しさを感じるのはそのためだろう。

つくづく真面目な人だなぁと微笑ましい気持ちで感心していたダリルだったが、最後の慰謝料の項目を読んで目を見開いた。

「カ、カーティス様……」

「ん?」

「あ、あの、ここの金額についてですが、間違っていませんか?」

提示額を指さしながら、震え声で確認した。

「いや、間違いではない。少なかったか？」

「いえいえっ、とんでもありません！」

ダリルは激しく手を横に振った。

「むしろもらいすぎですっ。生活費や賃金までもらって、こんなに慰謝料までいただくなんて……」

「そんなことはない。さっきもカイルに言ったが、結婚は人生において重大なことだ。それを私たち親子のわがままに付き合わせてしまうのだ。このくらいの額は当然だ」

「ですが……」

それにしても、もらいすぎだ。頷くのを躊躇するダリルに、カーティスは苦笑めいた吐息を漏らした。

「君は真面目だな。何ならもっと吹っかけることだってできるのに。まぁ、そういう考えに至らないからこそ、カイルも君に全幅の信頼を寄せているんだろう」

「い、いいえ、全然そういうわけではなく……」

「だが、ここは今後のためにも取っておくべきだ」

そう言って、カーティスは膝の上で手を組んだ。

「貴族には相手に純潔を求める者が多い。つまり離婚歴があると次の結婚が難しくなる。もちろん私は君に手を出すつもりはないが、一度婚姻関係を結んだとなれば、そういったことがあったと思われるのも無理はない」

「はぁ……」

真面目に心配しているカーティスには悪いが、前世の記憶があるダリルには、男である自分の純潔云々の話はどうもピンとこなかった。

「それにハウエル公爵家は呪われていると言われている。君に今後、本当に結婚したい相手が現れた時、私との離婚歴のせいで断られる可能性は十分にあり得る。それを考えたらやはりこの額は妥当だ」

額を減らす気は毛頭ないと言わんばかりに、カーティスはきっぱりと言い切る。

ダリルは戸惑ってしまった。

ここまで配慮してくれているのに、「いやでも……」と食い下がるのはかえって失礼になるだろう。

それに正直なところ、親を頼れないダリルにとって、この金額はかなりありがたいものだった。

決して今の賃金に不満があるわけではないが、もしとんでもない失態を犯して仕事を首になったら、もし病気やケガで働けなくなったら……などこの先起こりうる不幸を想像すると、やはり不安になるのだ。

（なんかすごくお金目当てのような感じで、とても申し訳ないけど……）

罪悪感を覚えつつも、ダリルは決心した。

「分かりました。では、この契約でお願いします」

そう返事をすると、カーティスはホッとしたように目元の表情を和らげた。

「ありがとう。一年だけだとしても、君が私たちの家族になってくれるのはとても心強い」

「心強い？」

思いがけない言葉に首を傾げる。カーティスは穏やかな表情で頷いた。

「ああ、心強いよ。……カイルにはこれまで随分寂しい思いをさせてきた。だから親元を離れるまでに、家族の温もりというものをあの子にも味わわせてあげたいんだ」

慈しみに満ちた眼差しをダリルの持つ紙に向けていたカーティスが、不意に視線を浮かせた。目が合うと、カーティスは柔らかに微笑んだ。

「私ひとりでは難しいと思っていたが、君がいるなら大丈夫だ」

自分を心から信頼してくれていることをその声と眼差しから強く感じ、ダリルの胸は高鳴った。

嬉しいような、恥ずかしいような……、でもやっぱり嬉しかった。

「カイルが入学するまでの一年、よろしく頼むよ」

そう言ってカーティスが手を差し出す。ダリルは顔を引き締め、その手をとった。

「はい。慰謝料分の働きはするつもりで頑張りますので、よろしくお願いします」

契約とはいえ、結婚の話をしているのにもかかわらず、少しも甘い空気を醸し出すことなく真面目に言葉を返すダリルがおかしかったのか、カーティスは小さく笑った。

「君は本当に真面目だな。そんなに気を張らずとも君はそのままでいてくれればそれで十分だ。……さて、君の承諾も得たことだ。契約についてもう少し話を詰めよう」

そう言って腰を上げると、カーティスは執務机から筆を持ってきた。

（カーティス様も人のことを言えないくらい真面目ですよ……）

なんだかんだ言って自分たちは似た者同士なのかもしれない、とダリルは心の中でくすりと笑った。


こうしてダリルとカーティスは契約を交わした。

カイルは最初、期間限定ということに少し不満そうだったが、最終的には折れた。

むしろ説得が大変だったのはネイトだった。ダリルが契約結婚の件を話しに学園を訪れた際は、離婚を前提とした結婚などあまりにも不誠実だと憤慨し、今にもハウエル公爵家に乗り込みそうな勢いだった。

しかしダリルが「ハウエル公爵家の人間となればその権限で、保護者の許可なしでは禁止されている手紙のやり取りや面会が自由にできるようになる」と言うと、渋々ではあるが、二人の契約結婚を認めてくれた。

「でも、一年だけだからね！」

強く念押しするネイトに、ダリルは「もちろんだよ」と苦笑気味に頷いた。

――まさかこの約束を破ることになるとは、この時のダリルは夢にも思っていなかった。

＊＊＊＊

「……ん」

カーテンの隙間から差しこむ朝日が眩しくて、ダリルは目を薄く開けた。

（……って、やばい！　寝坊した！）

慌てて体を起こしたダリルだが、焦点のまだ合わない視界に入る部屋の輪郭――豪奢《ごうしゃ》な家具や調度品、ベッドの天蓋、部屋の広さなど――で、ここが自分の部屋でないことを思い出した。

（そうだ、ここは――）

「……ダリル？」

寝起きのぼんやりとした、いつもより幼さを感じる声に呼ばれて隣を見る。そこには寝惚け眼でこちらを見上げているカイルがいた。

「あっ、カイル様」

「どこに行くつもりだ？」

訝《いぶか》しげに問いつつも、その手は置いて行くなとでもいうように、ダリルの寝間着の裾をきゅっと握っている。それがなんとも微笑ましく、ダリルは頬を緩ませた。

「いえ、どこにも行くつもりはないですよ。寝坊したと思って慌てて起きただけです。起こしてしまって申し訳ございません」

苦笑しながら謝ると、カイルは小さく溜め息をついた。

「まだ使用人の気分が抜けないのか。いい加減に慣れろ。お前はお父様と再婚したのだからこの家の主だ。好きなだけ寝ればいい」

「は、はぁ……」

カイルの言う通り、確かに自分はカイルがアリシア学園に入学するまでという条件付きで、カーティスと結婚の契約を取り交わした。

それから一週間が経ったが、やはりそう簡単に慣れるものではない。ちなみに一緒に寝ているのはカイルの希望だ。ベッドも二人が寝ても狭くないよう、大きなものに買い替えた。

（前のベッドでも十分広かったけど……）

もちろんそれとなく言ってみたが、カイルが頑として買い換えると言ってきかなかったのだ。

自分の親となったダリルとの新生活をよほど楽しみにしていたらしい。

家族となったことでカイルとの心の距離が近づいたことはもちろん嬉しいが、この屋敷の主という立場にはどうも慣れなかった。

「すみません、どうも実感が湧かなくて……。これからは気をつけま――」

「あと敬語と呼び方」

カイルが言葉を遮るようにして指摘する。ダリルはハッとして口元に手を当てた。

「すっ、すみません、つい……あ！」

また敬語を使ってしまって慌てるダリルに、カイルは苦笑混じりに溜め息をついた。

「何回も言っているだろう。ダリルと僕は家族なんだから、敬語も様づけも必要ない」

「す、すみませ……じゃないっ。ご、ごめん、カイル。次から気をつけるよ」

「うん、それでいい」

訂正して言い直すと、カイルは満足そうに頷いた。

「それはそうと僕はまだ眠い。一緒にもう少し寝るぞ」

「うわっ」

寝間着を引っ張られ、半ば強引にカイルの隣に引き戻された。そしてカイルは、甘えるようにダリルの腰にぎゅっと腕を回した。

ダリルがカーティスと再婚してから、カイルは目に見えて甘えることが増えた。特に二人きりになるとそれは顕著で、体のどこかが触れていないと不安だとばかりに、体をぴとりとくっつけてきたり、指を絡めてきたりする。その表情は穏やかで、満ち足りた心が見えてくるようだった。

ダリルはその表情を見る度に微笑ましい気持ちで胸がいっぱいになり、この親役を引き受けてよかったと心から思った。

（きっと、今までずっと寂しかったんだろうな……）

早くも二度寝に入り、すぅすぅと可愛い寝息を立てるカイルの頭をそっと撫でる。

考えてみれば、母親を早くに亡くした上に、顔にできた痣《あざ》のせいで周囲の者に忌避され、父親にも疎《うと》まれていると思いこんでいたのだ。

本来ならば両親の溢れんばかりの愛で満たされる時期に、そのような冷たい孤独に苛まれなければならなかったカイルを思うと胸が痛んだ。出会った当初の妙に大人びた言動も、自分を守るために身につけざるを得なかった、孤独な子供の処世術だったのかもしれない。

だからこそ、そんな悲しい処世術を捨て、何も案ずることなく心のままに大人の胸に飛びこみ、その腕の中で安らかな表情を浮かべるカイルを見ると、堪らなく嬉しくなった。

悪役令息の役目はもう二度としたくないが、こういう役目なら何度だって引き受けたいと思うくらいだ。

ダリルはおもむろにカイルの髪を撫でていた手をそっと頬の痣《あざ》に移した。

（今までひとりで頑張ってきた分、いっぱい甘えさせてあげよう）

誓いを立てるように胸の中で呟きながら頬を撫でると、ダリルもカイルの眠りに寄り添うようにそっと目を閉じた。

＊＊＊＊

カイルを存分に甘やかそうと張り切っていたダリルだったが、その頑張りが祟ったのか、契約を結んでしばらく経った頃、体調を崩してしまった。

「ダリル、大丈夫か？」

ベッドに横になるダリルの顔を、カイルが心配そうに覗きこむ。ダリルが床に臥せてからは、一時間置きにこうして様子を見に来るのだ。

ダリルはカイルをこれ以上不安にさせないように努めて明るい調子で答えた。

「大丈夫だよ。ちょっと体がだるいだけ」

言いながら、ゆっくり上半身を起こす。

「それより、カイルは俺がいない間、勉強さぼってない？」

「まさか。本を見ながら進めてるよ」

得意げに鼻を鳴らすカイルに、ダリルはくすりと笑った。

「それならよかった」

「でも……、褒めてくれるダリルが隣にいないと、つまらない……」

カイルは頬を赤らめて、ぼそぼそと呟く。その様子があまりにいじらしく、胸が締めつけられた。

（か、可愛い……！）

堪らず、ダリルはカイルに抱きついた。

「ごめん、カイル！　明日には絶対、治すから……！」

急に抱きつかれて驚くカイルだったが、すぐに苦笑した。

「明日には絶対治すって……。まだ熱があるのに無理に決まってるだろう。無責任なことは言わない」

「う……っ」

「気持ちはありがたいけど、今は僕のことは気にせず、体力回復に専念しなよ」

肩をすくめて柔らかな声でたしなめると、カイルはダリルを再び横にした。

（これじゃあ、どっちが子供か分からないな……）

ダリルは情けない気持ちで苦笑した。

「それじゃあお大事に」

そう言って、ダリルのもとから立ち去ろうとしたカイルだったが、不意にその足を止めて、振り返った。

「……寝こんだ分、よくなったらたっぷり褒めてもらうから、覚悟しておいてよね」

照れを含んだ声でそう言い残すと、カイルは部屋を後にした。

その可愛らしい宣言に、ダリルの胸は完全に射止められた。

(これは何が何でも、早く治さないと……!)

ダリルは鼻息荒く意気ごむと目を瞑り、そのまま眠りの世界へと落ちていった。


意識が深い眠りから徐々に目覚めに向かう途中、ダリルは頬に触れる冷たい感触に気づいた。

(ん……、何これ、気持ちいい……)

熱で火照《ほて》った体にその冷たさは心地よく、微睡《まどろ》みの中、ダリルはそれにすりついた。しかし、すりついた途端、それがびくんっ、と小さく跳ねたので驚いて目を開けた。

するとそこには、ベッドの横に座ってこちらに手を伸ばすカーティスがいた。その顔は戸惑いの色を浮かべており、ダリルと目が合うとさっと手を引っこめた。

「すまない。うなされていたから、つい……。氷袋もぬるくなっていたから……」

頬を赤くしてカーティスが謝る。そこでようやく、頬に触れていた冷たいものがカーティスの手だったと気づいた。自身の行動を思い返して、顔が燃えるように熱くなった。

「こちらこそ、すみませんっ、気持ち悪いことをして……!　冷たいのが気持ちよくてつい……」

上半身を起こして慌てて頭を下げる。しかし、その拍子に目眩がしてふらりと体が傾いた。それをカーティスが瞬時に手を伸ばして支えた。

「大丈夫か」

「は、はい、大丈夫です……。すみません、さっきからお恥ずかしいところばかりお見せして……」

クッションに体を預けながら謝ると、カーティスは緩く首を横に振った。

「君が謝ることは何もない。むしろ、こんなに悪くなるまで気づかず、本当に申し訳ない」

「いえいえっ、私がちゃんと健康管理ができていなかっただけで、カーティス様は何も悪くありませんよ」

まるで全責任は自分にあるかのように深刻な顔で謝るので、強く否定した。

「いや、だが、しかし——」

なおも自責の言葉を続けようとするカーティスを遮るように、ノックの音が響いた。部屋を訪れたのは、ローマンだった。

「失礼します。カーティス様が持ってこられた果物でございます」

ローマンが持つ銀盆には、ガラスの器に盛った薄紅色の果実が載っていた。見たことのない果物に目を輝かせる。

「わぁ、ありがとうございます。すごくおいしそうな果物ですね！　初めて見ました」

ダリルは声を弾ませながら、器とスプーンを受け取った。

「ああ、これが甘くて滋養にいいと聞いたんだ」

「へぇ、何という果物なんですか？」

「ルフールだ」

「え……っ」

スプーンで果物を掬《すく》おうとした手がピタリと止まる。

「ルフールって、まさか、あの……」

名前は聞いたことがあった。ルフール——果実界の宝石と呼ばれる超高級果物で、濃密な甘さで栄養価も高く、病に伏せる王族は必ずこれを好んで食べると噂されている。ただ相当な希少品で、貴族の間でも滅多に目にすることがない。そんな高級品が今、目の前にあるのだ。驚かないはずがない。

（こ、これ、一体いくらするんだ……！）

金額を考えただけで、器を持つ手がガタガタと震えた。

「大丈夫か？」

手の震えを体調が優れないためと思ったのか、心配そうにカーティスが訊く。

「だ、大丈夫ですけど、ある意味大丈夫じゃないです……」

「そうか……」

分不相応な見舞品に対する混乱から、ダリルは妙な返答をしてしまう。

カーティスは少し考える間を置いてから、不意にダリルの手からスッと器とスプーンを取った。

そしてルフールをスプーンで掬《すく》うと、それをダリルの口元まで持ってきた。

戸惑うダリルに、カーティスは真面目な顔で言った。

「器を持っていられないほど君は弱っている。私が食べさせよう」

「えっ」

思いもよらない展開に、ダリルは目を見開いた。

「い、いえいえっ、申し訳ないです！　大丈夫ですから、自分で食べますっ」

「無理はよくない。君には早くよくなってもらわなければ」

カーティスはきっぱりと言って、器とスプーンをその手から離そうとしなかった。その姿勢は頑なで、正攻法で器を取り返すのは難しそうだ。なので、説得の方向を変えることにした。

「お気遣いありがとうございます。ですが、ここにはローマンさんもいますし……」

ちらり、とローマンのほうへ視線を遣る。真面目なカーティスのことだ。使用人の目を意識すれば考えを改めるだろう。そう思っていた。

「……ローマン」

カーティスはローマンのほうを振り返って言った。

「すまないが、席を外してくれないか」

「え！」

まさか自分が引くのではなく、ローマンを引かせるとは思っていなかったダリルは驚いた。ローマンも少し驚いていたが、すぐにいつもの柔和《にゅうわ》な表情をその顔に浮かべた。

「かしこまりました。お邪魔をして申し訳ございませんでした」

微笑みを浮かべてそう言うと、ローマンはそのまま部屋を去ってしまった。

「さぁ、これなら恥ずかしくはないだろう」

まるですべての問題は解決したと言わんばかりに、カーティスは再びスプーンをダリルの口元まで持ってきた。

（いや、誰もいなくても恥ずかしいんですけど……！）

しかし、ここまでされては何も言い返せない。婚姻関係にあるとはいえ、実質は屋敷の主と使用人である。雇い主であるカーティスの厚意と配慮をこれ以上拒むことはできなかった。

ダリルはおずおずと、差し出されたルフールを口に含んだ。

「……っ、おいしい！」

口に入れた瞬間広がるその深い甘みに、思わず感嘆の声を上げた。そんなダリルの反応を見てカーティスは顔を綻ばせた。

「そうか、それはよかった。ほら、もっと食べなさい」

そう言って、カーティスが次の一口を差し出した。その様子はどこか楽しげだった。

その後もダリルの口が空になると、またルフールを口元まで運んだ。最初こそ恥ずかしかったが、むしろ慣れればその甲斐甲斐しさが嬉しかった。

ルフールの甘さと人に看病される心地よさを堪能していると、カーティスがくすりと笑った。

「どうしたんです？」

「いや、別に大したことじゃない。ただ、こうして口を開けて食事を託してくれるのは、存外、嬉しいものだなと思っただけだ」

「嬉しい？」

「ああ、だってこんなこと、信頼した相手でなければ許さないだろう。君に信頼されていると一口運ぶごとに実感できて、嬉しい」

カーティスは穏やかな声で言って、ダリルを真っ直ぐ見つめた。こちらに向ける視線があまりに純粋で、嫌でもその言葉が本心だと分かった。

知らず、頬が熱くなる。ダリルは、はにかんで答えた。

「そんな風に言っていただいて光栄です。それじゃあ、もしカーティス様が寝こんだ時は、私もこうして信頼を試させてもらいますね」

照れくさい気持ちを誤魔化すようにして言うと、カーティスは目を瞠《みは》った。笑い流す程度の軽い冗談のつもりだったダリルは、まさかの反応に戸惑った。

「す、すみません、馴れ馴れしすぎましたね」

「いや、そんなことはない。ただ……、君に食べさせてもらうところを想像したら恥ずかしくなっただけだ」

口元に手を当て、カーティスが視線を逸らす。その頬がかすかに赤い。

確かに大人のカーティスからしたら、手ずから食べさせられるなど恥ずかしいことだろう。子供扱いされたと気分を害してしまっただろうかと、ダリルは慌てて謝った。

「すみませんっ、失礼なことを言って。でも決して子供扱いしたわけじゃなくて――」

「分かっている、君に他意がないことは。ただ、その光景がどうも職権乱用にしか見えなくて……」

（職権乱用？　どう考えても乱用する職権なんて俺にないけど……？）

頭にはてなマークが飛び交う。そんなダリルの思考に終止符を打つようにして、カーティスが咳払いをした。

「私の言葉は気にしないでくれ。それより君は病人だ。早く寝たほうがいい」

そう言うと、半ば強引にダリルを横にした。

「君に元気がないとカイルも私も落ち着かない。だから私たちのためにも早くよくなってほしい」

優しい手つきでシーツを整えながら、カーティスが言った。その顔には、途方に暮れた時に漏れ出るような苦笑が漂っていた。

まるで本当の家族に向けるような愛情を感じて、ダリルは嬉しくなった。

「はい、分かりました。いっぱい休んで早く元気になりますね」

「ああ、そうしてくれると助かる」

カーティスは満足そうに目を細めていたが、不意にダリルの額にその手を置いた。最初は、熱を測っているのかと思ったが、なかなかその手をどける気配がない。

「あ、あの、カーティス様……？」

戸惑って視線を上げて問う。カーティスはフッと微笑みでもって、その視線を受け止めた。

「さっき私の手が冷たくて気持ちがいいと言っていただろう。君が眠るまで氷袋の代わりになろう」

予想外の申し出にダリルは驚愕した。

「そ、そんな、申し訳ないですっ」

「構わない。私が好きでしていることだ」

「でも、忙しいカーティス様にこんなことさせるなんて……。あ！　それなら新しい氷袋をローマンさんに持ってきてもらいましょう」

これ以上カーティスの手を煩わせてはならないと思っての提案だったが、カーティスは不服そうに軽く眉根を寄せた。

「……私の手では不足だろうか」

カーティスはどこか悲しげな雰囲気を漂わせる。こうなっては何も言い返せない。ダリルは諦めてカーティスの厚意に甘えることにした。

「わ、分かりました。では、お言葉に甘えさせていただきます」

そう言って、ダリルはゆっくり目を閉じた。

「ああ、君は病人だ。存分に甘えてくれ」

そう言うと、カーティスは熱をその手で吸いこむようにしながら、額から頬や首筋にゆっくりと手を滑らせていった。最初こそ、雇い主のカーティスにこんなことまでさせて落ち着かない気持ちだったが、その手の冷たさが心地よく、ダリルは気づけば深い眠りに落ちていた。

＊＊＊＊

ハウエル家で過ごす日々は楽しく充実したものだったが、一年という月日の短さを痛感するほど、時間はあっという間に暦の上を駆け抜けていった。

アリシア学園に入学するまであとひと月となった頃、カイルが不意に言った。

『お父様とダリルと僕の三人で旅行がしたい』

カイルからの思いがけない要望に、カーティスもダリルも最初はとても驚いた。しかしその驚きはすぐに喜びへ変わった。

顔の痣《あざ》は日に日に薄くなり、ほとんど気にならない程度になっていたが、依然として屋敷の外へ出たがらないカイルを、カーティスもダリルも言葉にはしないものの心配していた。だからこそ、カイルから旅行がしたいと言い出した時のその喜びはひとしおだった。

早速、カーティスは日程を調整して旅行の日取りを確保した。旅行先は、カイルの希望でオーデル王国の北部カスタリアにある別荘に決まった。以前、亡き母クリスティーナと家族三人で行ったことがあり、ぼんやりとだがその時の記憶がカイルにもあるらしい。

カイルは最初、ダリルに気を遣ってかそのことを気まずげに話していたが、当のダリルはまるで気にしていなかった。むしろ、素敵な提案だと大いに賛成した。

『絶対に楽しい旅行になるよ！』

提案した当人以上にはしゃぐダリルに、カイルはやれやれと言わんばかりに溜め息をついたが、口元の緩みは隠しきれていなかった。

旅行当日、カーティスとカイル、そしてダリルの三人を乗せた馬車は、カスタリアの別荘に向かっていた。

窓を開けると、木立を通り抜けてきた、ややひんやりとした風が頬を撫でた。

「風が少し冷たいね。カイルの言う通り、上着を持ってきておいてよかった。さすがカイルだ」

「旅行前にその地方について調べるのは当然だよ」

窓の景色から隣のカイルに視線を移して褒めると、カイルは得意げに言った。向かいに座るカーティスは会話には入らないものの、穏やかな表情で二人のやり取りを見つめていた。

ふとカーティスと目が合ったが、なぜかすぐに視線を逸らされてしまった。ダリルの胸に暗い気持ちがじわりと滲《にじ》む。

(……まただ)

近頃こういったことが増えてきた。

言葉や態度は以前と変わらず紳士的で優しく穏やかなのだが、時折、目が合った時や指先が触れてしまった時などに、視線を逸らしたり手をサッと引いたりと避けるのだ。

最初は気のせいかとも思ったが、何回も同じことが重なれば、それが自分の勘違いでもネガティブな思いこみでもないことはすぐに分かった。

(何か変なことしたかな……)

しかし、それらしい失態や失言は思い当たらない。

ただ過去のことであれば、思い当たる節がないとは言い切れなかった。

（……もしかして俺が退学になった理由を知ったとか？）

だとすれば、このどこかよそよそしい態度の説明はつく。嘘の部分もあるが、フィルに嫌がらせをしたのは事実だ。そしてそれは一般的に軽蔑に値する行為である。

決してダリルも好んでしたことではない。だが、物語の展開から外れるようなことをすればやり直しを強いられるため、仕方なく……という弁解は突拍子もないもので、それを口にすれば嘘つきとしてさらに顰蹙《ひんしゅく》を買うことは目に見えている。

これまでダリルは悪役令息の役目を全うしたことに後悔はなかった。もちろん、良心が痛まないわけではなかった。しかし良心を押し殺してでも、物語における悪役の役割を果たさなければ前に進むことができなかったのだ。

そして悪役令息の役目を終え、前に進むことができたからこそ、カイルやカーティスたちにも出会えて、満ち足りた日々を送れている。だから自分の行いに後悔はないと胸を張って言えた。

だが、カーティスの態度の変化が悪役令息としての行為が原因かもしれないと思うと、その気持ちはいとも簡単に揺らいだ。

（あの時はどんなに軽蔑されても全然構わなかったのに……）

アルフレッドにフィルへの嫌がらせを白日のもとにさらされ婚約破棄されたあの日から、全生徒がフィルの味方につき、ダリルに痛いほどの非難と侮蔑《ぶべつ》の目を向けてきた。

そんな中、ネイトだけは自分を信じて味方でいてくれた。それだけで十分幸せで、弁解しようだなんて少しも思わなかった。

なのにカーティスに過去を知られ、そのことで軽蔑されていると思うと胸が苦しくなり、あれは仕方なかったと縋《すが》って弁明したくなる衝動に駆られた。

——一年だけだとしても、君が私たちの家族になってくれるのはとても心強い。

カーティスがダリルに向けた言葉の数々が脳裏に浮かぶ度に、胸が鈍く痛んだ。

ありがたいことに、カーティスはダリルに信頼を置いてくれている。それは悪役令息の汚名を被ることとなったダリルにとって、嬉しく誇らしいことだった。

だからこそ、あの信頼に満ちた眼差しが侮蔑《ぶべつ》の色に染まるのを考えただけで、心の底から冷たいものが湧き上がり、体を芯から震わせた。

ただ、その時折見せるよそよそしい態度には冷たさや素っ気なさはなく、侮蔑《ぶべつ》の表れと断ずるには違和感があった。むしろ向こうに後ろめたいものがあるかのようで、ますますカーティスの真意が分からなくなった。

（気になるけど、あと少しでこの関係も終わりだ。余計なことを訊かないで契約解消まで大人しくしていたほうがいいんだろうな……）

カイルをアリシア学園に入学させたいカーティスとしても、余計な波風を立てぬようあえてダリルの過去について追及せず、黙認しているのかもしれない。触れられたくない過去を無理やり掘り返され、責め立てられるよりよほどいいはずなのに、暗鬱とした胸のもやつきは色濃くなるばかりだった。

「ダリル、見て！　あの木に珍しい鳥がとまってる」

窓の外を指さしながら言うカイルの明るい声に、ハッと我に返った。

心ここにあらずであったことを悟られないよう、慌てて笑みを繕《つくろ》い、カイルの視線の先を辿《たど》る。

「わぁ、本当に珍しいね」

「確か本に書いてあったような気がするんだけど……、うーん、思い出せない」

悔しそうに眉根を寄せるカイルに、ようやく自然な形で顔が綻んだ。

その後も、なるべくカーティスを意識しないよう、カイルと会話を弾ませ、気づけばあっという間に目的地へ到着した。

「うわぁ、立派な別荘」

馬車を降りて正面から改めて別荘を見たダリルは、感嘆の声を漏らした。

別荘は先々代のハウエル公爵が建てたものだと聞いていたが、少しも古さを感じなかった。建物自体も大きく、実家であるコッド家本邸よりも立派な造りだった。これを別荘と言ってしまうのだから、ハウエル家本邸などダリルには想像がつかないような豪邸だろう。

「早く入ろう」

心なしか足を弾ませているカイルに手を引かれ、屋敷の中に入る。

内装は普段ダリルたちが住んでいる屋敷に比べると華美な装飾ではないが、外に広がる自然と調和するような落ち着きのある雰囲気で、快い清潔感もあった。数日前からローマンが数人の使用人を連れて先に別荘に来て、掃除を済ませてくれたおかげだろう。

使用人に広間まで案内され、ソファに腰を下ろして三人で紅茶を飲みながら一息ついていると、ローマンがやってきた。

「お荷物は寝室にお運びしてよろしいでしょうか」

ローマンに訊かれ、お願いしますと返事をしようとしたダリルだったが、カーティスがかすかに目を剥《む》いた。

「寝室って、まさかあの部屋か？」

「ええ、そうでございます」

首肯して返すローマンの言葉に、カーティスはますます戸惑い気味に眉根を寄せた。

（どうしたんだろう？　まさか何かいわくのある部屋とか……？）

一瞬、血に塗《まみ》れた惨劇のイメージが脳裏をよぎって背筋が冷たくなったが、すぐに嫌な想像を振り払うように頭をぶんぶんと横に振った。

（いや、ローマンさんがそんな部屋に主人を寝泊まりさせたりはしないだろうし、カーティス様もそんないわくがある屋敷に家族を連れてきたりはしないだろうし……）

ならばどうしてそんなに渋っているのか、不思議に思っていると、カイルが言った。

「お父様、大丈夫ですよ。あの頃に比べたら僕も大きくなりましたけど、あのベッドの広さなら三人で寝られますよ」

「えっ」

隣のカイルが言った言葉に固まる。そこでようやくカーティスが戸惑っていた意味が分かった。

仮初めとはいえ、約一年家族として暮らしてきたのだ。カイルとはもちろん、カーティスとも出会った当初に比べれば打ち解けているし、親しみも信頼も深まった。

だが、仮初めの夫婦という仮面をひとたび取り払えば、二人は単なる雇用主と使用人という関係にすぎず、そこには揺るがざる身分の差がある。同じベッドで寝られるほど心安い関係でないのは明らかだった。

「……いや、あのベッドで三人は狭いだろう。私は別の部屋で寝よう」

ベッドの大きさを理由にしてカーティスは共寝を辞退した。しかし、カイルは引き下がらなかった。

「狭くありませんよ。僕のベッドより広いくらいです。それに多少狭かったとしても、三人くっついて寝れば大丈――」

「駄目だ」

珍しくカーティスがカイルの言葉を遮った。しかも少し語気を強めてのものだったので、カイルも戸惑いを隠せずにいた。

カイルの表情を見て自身のらしくない態度に気づいたようで、カーティスはひとつ咳払いをしてゆっくりとカイルに膝を向けた。

「すまない。言い方が少し強くなってしまったな。別に怒っているわけじゃない。ただ、あまり人と一緒に寝ることに慣れていないんだ。だから、今晩はダリル君と一緒に寝てくれ」

「……分かりました」

優しい口調で言い聞かせるカーティスの言葉に納得したわけではなさそうだが、申し訳なさそうな顔の父をこれ以上困らせたくないと思ったのだろう。不承不承といった感じではあるが、カイルは大人しく引き下がった。

二人のやりとりを傍らで見ながら、ダリルの心は複雑だった。

（カイルのお願いを断るなんて、やっぱり俺と一緒に寝たくないからなのかな……）

確かに以前より親しくなったとはいえ、赤の他人である人間と一緒に寝るのは抵抗があるのかもしれない。しかし、なるべくカイルの意思や願いを尊重しようとするカーティスならば、たとえ抵抗があっても、その望みを叶えようとするだろう。

なのに共寝を拒むというのは、自分への拒絶の表れではないか……という考えに至るのは些《いささ》か安直かもしれない。だが、ここ最近、時折見せるよそよそしい態度や、ダリル自身の過去を考えれば、まったくもって悲観的な妄想だと言い切ることもできなかった。

そう思うとカイルに申し訳なくなり、いたたまれない気持ちになった。

「……あのっ、でしたら私が別の部屋で寝ます」

「え？」

ダリルが提案すると、二人が一斉にダリルを見た。

「私はいつもカイルと寝ていますし、せっかくの家族旅行ですから、ここは親子水入らず二人で寝てください」

ダリルなりに気遣っての提案だったが、即座にカイルが却下した。

「だめ。ダリルは僕と寝るんだよ」

「いや、でも……」

「だめったら、だめ。絶対にだめ」

　頑なな姿勢を崩さないカイルに戸惑っていると、カイルは俯《うつむ》いてダリルの服をきゅっと握った。

「……せっかくの旅行なのに、ダリルが傍にいないなんて、やだ」

　甘えるように唇を尖らせ、ぼそりと呟く。

　その年相応の幼い表情が微笑ましく、ついつい頬を緩ませるダリルだったが、これでは実父であるカーティスの立場がないと慌てて顔を引き締め、説《と》き伏せるようにして言った。

「カイルの気持ちはすごく嬉しいけど、せっかくカーティス様と一緒に寝られる機会だよ。もったいないよ」

「それはそうだけど……」

　カイルが眉尻を下げ、ちらりとカーティスのほうを見る。

　その目は、お父様が三人で寝ることに頷いてくれさえすれば万事解決なのに……と責めるような、縋《すが》るような色をしていた。

　息子が寄越した眼差しの意味に気づかないほど鈍くない。カーティスは気まずげに言葉を詰まらせた。ただ、黙したままの口元には迷いは感じられず、息子の期待に応えられないことへの申し訳なさのみが漂っていた。

　別々で寝る意志はよほど固いようだ。それほどまで自分は避けられているのだろうか……。共寝の拒否が最近のよそよそしい態度と繋がり、ダリルの胸は暗くなる。

カーティスとカイル、共に譲らぬ膠着状態を見兼ねたのか、ローマンが提案した。

「せっかく二泊されるのですから、今夜はダリル様と、明日はカーティス様と寝るのはどうでしょう？」

柔らかな声の提案に、ダリルは心の中でそれは名案だと大きく頷いた。一方のカイルは少し不満げだったが、これ以上ごねてもカーティスが頷くことはないと察したのだろう。渋々といった風ではあるが、小さな声で「分かった、そうするよ……」とローマンの提案を受け入れた。

「でもっ、昼間は絶対に三人一緒ですよ！　約束ですからね」

鼻息をやや荒くして強めの口調で約束をとりつけようとするカイルに、カーティスは微笑んで頷いた。

「ああ、もちろんだ」

目を細めて二人のやり取りを見届けると、ローマンは、「それでは荷物をそれぞれの部屋に運ばせていただきます」と言って部屋を後にした。

約束通り、その日は三人で別荘の近くを散策したり、広間で談笑したり、料理人が地元の食材を使い、腕によりをかけて作った夕食を食べたりした。

旅行初日は終始和やかな雰囲気であり、事情を知らぬ第三者の目には本当に血の繋がった家族に見えたかもしれない。

しかしそれでもダリルからすると、カーティスに一線引かれているような気がしてならなかった。

もちろん明確に冷たい態度をとられたわけではない。だが、会話が弾んだのはほとんどダリルとカイルの間のみで、カーティスはその輪に入る素振りも見せなかった。

二人の様子を一歩引いたところから柔らかな表情で眺めているといった感じで、そこには輪に入れない疎外感による悲しみはなく、むしろ穏やかな充足感すら漂っていた。

だからこそ無理やり輪に引っ張りこもうとするのは躊躇《ためら》ったが、それでも胸の仄暗いもやつきは色濃くなるばかりだった。

そのもやつきが、単に寂しさだったのだと気づいたのは、二人で寝るにはあまりに広い——それこそ三人で寝ても余るほどの広さのベッドの上でのことだった。

カイルの健やかな寝息を聞きながら、彼の向こうに広がるベッドの余白を見つめる。もしカイルを挟んでその向こうにカーティスがいればこの子供じみた寂しさは和らぐのだろうか……

そんないくら考えても仕方ない問いの答えを、ベッドの余白に求めるように視線を巡らせる。

しかし耳に届くのはカイルの寝息と、窓の外から時々聞こえる鳥の鳴き声だけだった。

＊＊＊＊

旅行の二日目は、ダリルの発案で別荘近くの森でピクニックすることに決まっていた。

事前にローマンに頼んで材料を買ってきてもらっていたダリルは、少し早起きをして、簡単ではあるがピクニックに持って行くランチ作りの手伝いをしていた。

そんなことは使用人に任せればいいとカイルは言うかもしれないが、発案者は自分なのに使用人に丸投げというのは、根が真面目なダリルには憚《はばか》られた。

「何してるんだ？」

ダリルの不在に気づいたカイルが厨房に姿を見せ、背後から声をかけてきた。

一応置き手紙を書いてきたが、勝手にいなくなったことが不満らしい。寝起きの悪さに拍車がかかったような顔でじろりと睨まれて、ダリルは苦笑した。

「おはよう。今日のピクニックに持って行くランチを作ってたんだ。まぁ、ランチといってもサンドイッチとかサラダとか簡単なものばかりだけど」

「ふぅん」

カイルは興味が薄そうに相槌を返しながらダリルに近づき、調理台の上を覗きこんだ。そして、ぼそりと呟いた。

「……僕も作ってみていい？」

「もちろんだよ」

彼の申し出は思いがけないものだったが、ダリルはすぐに相好《そうごう》を崩して頷いた。

エプロンをしていざ料理にとりかかったカイルだが、普段は弁が立ち、大人びた風であるのに、料理をする手はたどたどしく不器用で子供らしかった。

その微笑ましさに頬を緩めるダリルだったが、カイルが包丁を扱う時はさすがに冷や冷やした。

拙く危うい手つきで野菜を切るのを固唾《かたず》を呑んで見守り、ようやくひとつ野菜を切り終えた時には、安堵と歓喜の笑みをカイルと交わし、思わず手を取り合った。


外は快晴で、初日に肌寒く感じた風も強い日差しがあれば心地よいものだった。

ランチが入ったバスケットを持ち、ローマンと数人の使用人も連れ立って出発となった。

ローマンたちが荷物はすべて自分たちが持ちますと申し出てくれたが、バスケットは、ダリルがピクニック立案者としてこれくらいは持ちますと言って遠慮してもらった。

しかし屋敷を出て数歩のところで石につまずいて転びかけてしまい、それを見咎めたカイルによって、バスケットは強制的にローマンに預けられてしまった。

「僕が作ったものも入っているんだから、ちゃんとした人に持ってもらわないと」

冗談交じりに、しかしどこか得意げに言ったカイルの言葉に、カーティスが軽く目を瞠《みは》る。

「カイルも作ったのか？」

「はい、そうです。ダリルが朝早くに作っていたので、僕も手伝いしました」

子供らしい表情で胸を張ってカイルが頷くと、カーティスは「そうか」と柔らかく目を細めた。

それだけでこのピクニックを発案した甲斐があったような気がして、ダリルの胸は穏やかな温もりに包まれた。

「よければそちらのリュックもお持ちしますよ」

ローマンがダリルの背中にあるもうひとつの荷物——背中を覆い隠すほどの大きなリュックを見

ながら言った。気遣いはありがたかったが、ダリルは緩く首を横に振った。

「ありがとうございます。でも大丈夫です。リュックは大きいですけど中身は軽いので。それにバスケットの中身と違って、ちょっとやそっと転んでも、これは壊れたりしないので」

　バスケットを預けることとなった今、せめてこれだけは持たなければピクニック立案者としての面目が立たない。その気持ちを察してくれたのだろう、ローマンは「そうですか。それは失礼しました」と一礼して引き下がった。

「その中には何が入ってるんだ？」

　カイルが不思議そうに首を傾げる。

「ふふっ、ランチを食べてからのお楽しみだよ。さぁ、出発、出発」

　ダリルは意味深に微笑むと、カイルの手を引いて歩き出し、強引に話を切り上げた。


　爽やかな風による葉擦れと鳥のさえずりが頭上を行き交う森を抜け、ダリルたちは湖の畔に到着した。

「うわっ、冷たい！」

　湖に指先を入れたダリルだが、想像以上の冷たさに思わず声を上げて手を引っこめた。

「残念。これじゃあ水遊びはできないな」

「当たり前だろ。むしろ水遊びする気でいたことに驚きだよ」

　カイルはダリルの様子を見て呆れたようにそう言う。

水遊びは諦め、湖畔の周りをゆるりと歩いてから、近くの木の下でランチにすることにした。

あらかじめローマンたちが丸テーブルを設けていた。湖畔を散歩している間に、テーブルには白く清潔なクロスが敷かれ、その上にはダリルとカイルが作ったサンドイッチやサラダ、スコーンなどの他にも、料理人が作ったミートパイや野ウサギのワイン煮といった豪華な食事も並べられていた。

「お父様、これ僕が作ったんです」

腰を下ろすやいなや、カイルは目を輝かせてカーティスに言った。

カイルが作ったものは、ひと目で分かる。決して見た目はいいとは言えないが、幼い手で頑張って作ったということが胸にじんわりと伝わってくる。

カーティスにも伝わったのだろう、穏やかに微笑んでカイルの頭に手を置いた。

「カイルはすごいな。こうしていろいろな経験を積むことはいいことだ」

優しく褒めながら頭を撫でられ、カイルはその嬉しさを噛みしめるようにはにかんだ。

「さぁ、お父様、食べてください」

自分が作ったサンドイッチを皿に載せてカイルがカーティスに差し出す。

「ああ、いただこう」

そう言ってカーティスはサンドイッチを手に持ち、口に運んだ。それを息を呑んで見つめているカイルにつられて、ダリルもごくりと唾を飲みこんだ。

しかし、そんなに緊張しなくてもカーティスの反応は分かりきっている。息子が初めて作った料理を口にして、親が見せる反応はひとつだ。

「おいしい。すごくおいしいよ、カイル」

決して子供相手の見え透いた空世辞などではなく、心からそう思っているのがよく分かった。穏やかな声の芯には、息子の成長に対する感動が滲《にじ》んでいるような気さえした。

カーティスに褒められたカイルは、安堵と歓喜に顔を綻ばせた。

「お父様の口に合ったようで安心しました。よかったらこれも食べてください」

そう言って、カイルはカーティスの皿に自分が作ったものをどんどん載せた。相当に嬉しかったようで、普段の大人びた雰囲気はすっかり消えていた。

微笑ましい気持ちで二人のやりとりを見つめていると、ふとカーティスと目が合った。

また視線を逸らされるかと少し暗い気持ちで構えていたダリルだったが、カーティスは一度料理のほうに目を遣ってから、再びダリルに視線を寄越した。

「……そっちのは君が作ったものか？」

そう言って、比較的綺麗な形を保ったサンドイッチのほうへ視線を向けた。

急に問いかけられ、戸惑いながらも頷いた。

「ええ、そうですけど」

「よければ、食べてもいいだろうか？」

「えっ」

思わず驚きの声を上げ、カーティスの皿を見る。

皿にはまだカイルの料理が十分に残っている。それに料理人が作った他の豪華な食事もあるのだから、別にダリルが作ったものをわざわざ食べる必要はない。

自分に気を遣ってくれたのだろうか。しかしそれにしては、食べていいかと申し出るその声はどこかおずおずしていた。まるで断られる可能性を恐れているかのようだ。

「……だめか?」

「いえいえっ、私のでよければどうぞ」

慌てて皿を差し出すと、カーティスは安堵したように口元をかすかに綻ばせた。

「ありがとう」

そう言ってサンドイッチを口に運ぶと、カイルのものを食べる時と同じように、ゆっくりと味わうようにして咀嚼した。

自分もカイルと同じように大切に扱われているようで嬉しいが、けれど最近時折見せるよそよそしい態度を思うと切なくなって、ダリルは複雑な気持ちに胸が締めつけられた。

そんな胸の内が表情に出ていたのかもしれない。カーティスは目が合うと安心させるように穏やかな笑みをダリルに向けた。

「すごくおいしいよ。ありがとう」

優しさに満ちたその柔らかな声に安堵すると同時に、切なさが胸に迫ってきて苦しくなる。

苦しさのあまり、最近のよそよそしさの理由を詰め寄って聞いてしまいたい衝動に駆られたが、楽しい旅行を台無しにするわけにはいかない。浅はかな衝動をぐっと呑みこんだ。

（聞いてどうする。ただ自分が楽になりたいために、この和やかな場を気まずいものにするわけにはいかないだろう）

ダリルは苦い気持ちでそう自分に言い聞かせた。

カーティスがダリルの悪役令息としての過去を知っているかどうかは分からない。

ただ、カーティスに嫌われたくない――それだけは確かだった。


ランチを終えて一息ついたところで、ダリルは満を持してといった心持ちで午後の過ごし方を提案した。

「午後からですが、写生大会なんてどうでしょう？」

「写生大会？」

目を輝かせるダリルの提案に、カーティスとカイルは目を瞬《しばたた》かせた。ダリルは頷いて説明を続けた。

「ルールは簡単です。この湖畔付近で好きな場所を選んでそれぞれ写生します。それで三時間後、三人で絵を見せ合って一番上手に描けた人が優勝です。優勝者には豪華賞品を私のほうで準備しています。どうですか？　面白そうじゃありません？」

我ながら名案だという自負が声や表情に滲《にじ》み出てしまう。そんなダリルに、カイルが小さく噴き出して笑った。

「賞品まで準備されたら断るわけにいかないだろ。ねぇ、お父様」

「ああ、そうだな」

同意を求められたカーティスが、カイルにつられるようにして微笑む。

「ちなみにその豪華景品っていうのは、まさか自分が優勝する気満々で自分の好きなものとかってことはないよね？」

片眉を上げて、からかうような声色でカイルが確認する。

「ち、違うよっ。ちゃんと公正な判断で用意してるから」

内心、ドキッとした。もちろんダリルは自分が優勝するなんて微塵《みじん》も思っていない。だが、カイルが優勝すると思って賞品を選んだので、公正な判断とは言えないだろう。

あれだけの画力があるのだ。カイルが優勝と見てまず間違いない。カーティスの絵画の腕については分からないが、カイルと同等かそれ以上の絵を仕上げたとしても、優勝の判断は三人で行うから、そこはカイルに優勝を譲るはず。

「それじゃあ、道具を持ってきますね」

荷物を取りに席を立ったダリルだったが、すでにローマンがリュックを持ってこちらに向かっていた。

「こちらでよろしいでしょうか」

「あっ、はいっ、ありがとうございます」

ダリルがリュックを受け取ると、ローマンはにこやかに微笑んだ。

「いえいえ、すぐそこから持ってきただけですので。それにしても写生大会なんて楽しい催しを思いつくとは、さすがですね」

「いえいえ、そんな……」

「ふふっ、ダリルさんも優勝狙って頑張ってくださいね。……わざと手を抜いて勝利を譲ってもカイル様は喜ばないでしょうからね」

　こそっと優しい声で言い添えられ、ドキッとする。どうやらダリルの目論見《もくろみ》はローマンには読まれているようだ。

（確かにカイルって鋭いから、そういうの、すぐ気づきそうだな）

　もちろんダリルがどんなに真剣に描いてもカイルの画力には到底及ばない。しかしだからこそ、カイルの優勝をお膳立てするような気持ちでいるのはかえって失礼かもしれない。

（やっぱりカイルには気持ちよく勝ってもらわないと。俺も頑張ろう！）

　ダリルは考えを新たにして両の拳をぎゅっと握ると、リュックを持って二人の待つ席に戻った。


　紙と鉛筆、それに画板をそれぞれ配ってから、写生大会開始となった。

　カイルは描く場所がすぐに決まったようで、湖畔に腰を下ろして早速筆を走らせ始めた。

（普段から描き慣れているから、絵になる風景とかすぐに分かるんだろうなぁ）

　カイルのほうを見ながら感心して歩いていると、ドンッと何かにぶつかってしまった。

「あっ……」

　完全によそ見をしていたダリルはバランスを崩して倒れそうになった。しかしすぐに伸びてきた腕に支えられ、事なきを得た。腕の主はカーティスであった。

「す、すみませんっ。よそ見していました」

慌てて謝ると、カーティスはゆっくり首を横に振った。

「いや、私もよそ見をしていた。すまない」

そう言って、カーティスは気まずそうに手を離した。

(あ、まただ……)

視線や体に触れると途端によそよそしくなる。そんなカーティスの態度に胸が暗くなるダリルだったが、気を取り直して笑みを繕《つくろ》った。

「もしかして、よそ見ってカイルのほうを見ていました？」

くすりと悪戯《いたずら》っぽく訊くと、カーティスは頷き返した。

「ああ、その通りだ。あの絵を描く時の真剣で、でもどこか楽しそうな横顔がクリスティーナそっくりで、つい見入っていた」

亡き妻の名前が、カイルを見つめる優しい眼差しに切なげな懐古の色をかすかに帯びさせる。

あまり触れられたくない話題かとも思ったが、自分からその名前を口にしたのだ。過剰な気遣いはかえって失礼かもしれないと、あえて話題を逸らすことはしなかった。

「そういえば、前にカイルが野うさぎを連れて帰りたいと言ってきかなかった時に、クリスティーナ様が描いた絵がすごく上手だったって言っていましたね」

「ああ、すごく上手だった。芸術に疎《うと》い私でも、初めて彼女の絵を見た時は圧倒された」

遠くの景色に視線を移して、カーティスは目を細めた。

「それだけ絵が上手だったってことは、きっと絵を描くのが相当お好きだったんでしょうね」

「ああ、そうだな。なにせ私と結婚したのも、過剰に妻の役割を求められず絵に専念できるからという理由だったからな」

カーティスの苦笑交じりの言葉に、ダリルは少し驚いた。

これだけ見目麗しく誠実な男が夫であれば、どんなに恋愛に淡白な人間であろうと喜んで妻の役割を全うしそうなものだが……

（そういえば、恋愛せずとも結婚はできるって言ってたな）

カイルの誕生日プレゼント選びに付き合った際に、カーティスから聞いた話を思い出す。

恐らく二人は政略結婚で、互いに恋愛感情はなかったのだろう。話を聞く限り、カーティスも自分の魅力にまったく無自覚な上に周りの熱視線にも気づいていないようで、恋愛に関しては淡白そうだった。

絵一筋だったクリスティーナと、真面目で恋愛に疎《うと》いカーティス。案外、相性が良さそうだ。

「ふふっ、カーティス様みたいに素敵な人が相手でもなびかないなんて、なんだか天才肌の画家って感じでかっこいいですね」

フィルのせいもあって、甘ったるく男にすり寄るタイプの人間は苦手だった。だからこそ、ダリルはその対極にあるようなクリスティーナには好感が持てた。

純粋に彼女への好意と敬意をこめての言葉だったが、カーティスはなぜか当惑気味に頬を赤らめていた。

「ど、どうしました？」

脈絡のない戸惑いの反応に思わず訊くと、カーティスは息を深く吐いて首を横に振った。

「いや、何でもない。単なる私の恥ずかしい勘違いだ。気にしないでくれ。それより今は写生大会だ。そろそろ私も描くものを決めなくては」

そう言って強引に話を切り上げ、足早に立ち去って行く。

ダリルはその後ろ姿に呆気にとられるようにしてしばらく見つめた。

（どうしたんだろう、カーティス様……）

明らかに去り際のカーティスはいつもと違った。普段の穏やかで冷静な彼とは打って変わって、声や所作に狼狽の色が見て取れた。

何か失言でもしたかと自分の言葉を省みたが、よほど特殊な事情でもない限りは無難で他愛もないものばかりだ。首を傾げて悶々と考えこむダリルだったが、カーティスの言葉に写生大会の真っ最中であることを思い出してハッとした。

（とにかく今は絵を描かないと！　言い出した俺が未完成なんて恥ずかしすぎる……！）

あんなにも意気揚々と写生大会を提案したのだ。絵の出来はともかく、時間が足りずに仕上がらなかったでは格好がつかない。ダリルは急いで写生するものを探しに向かった。

三時間と時間設定した時は長すぎるだろうかと思ったが、全くそんなことはなかった。

描いては消し描いては消しを繰り返していたら、あっという間に時間は過ぎ、最後のほうは筆の走りがやや乱雑になってしまったことは否めない。

昼食をとったテーブルに三人が戻ってきたところで、ひとりずつ絵を見せることにした。

「じゃあ、まず僕から見せるね」

声を弾ませてカイルが絵を見せた。

「わぁ！」

思わず感嘆の声が漏れる出来だった。鉛筆だけで巧く濃淡をつけて湖畔の景色を描いていた。何も知らない人間がこの絵を見たら、子供が描いたものだとは分からないだろう。

「すごい……！　さすがカイル！　鉛筆だけでよくここまで表現できるね」

感心しきって興奮していると、カイルは得意満面となった。

「まぁコツを掴めば簡単だよ」

「いや、そのコツを掴むのが大変なんだよ。すごいなぁ」

まじまじとカイルの絵を見ながら唸るダリルの隣で、カーティスが賛同するように頷く。

「ああ、素晴らしい出来だ」

そう言うカーティスの声は親が子を褒めるそれではなく、純粋な称賛の色が強いものだった。これにはカイルも照れたようにははにかんだ。

自分が用意したものなんかよりカーティスの賛辞のほうがよっぽど豪華賞品になる。カイルの嬉しそうな顔に、ダリルは目尻を下げた。

「次はダリルのを見せてよ」

二人にたっぷり褒められて満足したカイルが、ダリルに水を向けた。

正直なところ、カイルの圧倒的な画力に感嘆の息を漏らして間もない今、自分の未熟な絵を見せるのは少し躊躇《ためら》われたが、見せないわけにもいかない。

「カイルと比べたら本当に下手だけど……」と言い訳のような前置きをして、ぺらりと絵を描いた紙をめくった。

「これは……」

目を丸くするカイルに、ダリルは照れを含んだ声で説明した。

「前に、何を描くか迷った時は、目を瞑ってそれから目を開いた時に一番心惹かれたものを描くといいって聞いたことがあったんだ。それで試しにやってみたら、一番目を惹かれたのがカイルだったんだ」

前方の美しい景色に真っ直ぐ目を向けながら、ただひたむきに筆を走らせるカイルの後ろ姿は、侵し難い高潔な美しさがあった。

カイルほどの画力があれば、どんなものでも絵の中に記憶と共に収めることができるだろう。しかし自分の後ろ姿となると難しい。もしかすると、その美しさに気づいてすらいないかもしれない。

だから、描こうと思った。あの美しい後ろ姿を忠実に描くのは、自分の画力では到底無理だと分かりつつも、描かずにはいられなかった。

「カイルが一生懸命絵を描いてる後ろ姿が、すごく凛としてかっこよかったから描いてみたんだけど、本物の百分の一も魅力が伝わらない出来になっちゃった」

ダリルは恥ずかしくなって、頭を掻きながらおどけた。

「……その絵、どうするの？」

「え？」

カイルに唐突にそう訊かれ、返答に困った。

飾るにはあまりにも下手だが、絵の中にカイルがいるので捨てるわけにもいかない。

「えっと、そうだなぁ……」

答えに窮していると、カイルがダリルのほうへスッと手を突き出した。

「もしいらないなら僕にちょうだい」

ぶっきらぼうな物言いだったが、彼の頬が朱を注いだような赤色で、それが照れ隠しの類だとすぐに分かった。しかし自分の拙い絵をわざわざもらおうとする意味が分からなかった。

「別に構わないけど、本当に下手だよ？」

念を押すようにして言いながら絵を差し出すダリルに、カイルはフンと鼻を鳴らす。

「見れば分かる」

「じゃあそれならどうして……？」

「それは……」

一瞬、俯《うつむ》いて口をつぐんだが、すぐに顔を上げて言った。

「……っ、ダリルが僕を描いてくれたから。それ以外に理由なんてあるわけないだろ。察しろよ、この鈍感」

半分自棄《やけ》になったような勢いで言ったカイルは、ひったくるようにしてダリルから絵を奪った。その顔は耳まで赤くなっていた。

そして手にした絵をまじまじと見つめていたカイルだったが、不意にフッと顔を綻ばせた。

「ふふっ、本当に下手だなぁ」

微笑ましげに目を細めて笑うカイルは上機嫌だった。

「カイルに比べたらほとんどの人が下手だよ」

わざと拗ねるように唇を尖らせると、カイルは小さく肩を揺らして笑った。

「ごめんごめん。でも、僕はこの絵が好きだ。頑張って僕のことを描いてくれたのがすごく伝わってくる」

そう言って、カイルは大事そうにダリルの絵を胸に寄せて抱きしめた。その様子を見るとダリルは照れくさくなってしまった。

「気に入ってもらえたならよかった。それじゃあ次はカーティス様の番ですね」

こそばゆい気持ちを誤魔化すようにして言うと、カーティスは頷き返した。

「ああ、そうだな。二人の素晴らしい絵の後に見せるのは恥ずかしい出来だが……」

言いながら、紙をめくって見せた。最初、その前置きをダリルは謙遜の類だと思っていたが、そうではないことがその絵を見た瞬間にすぐに分かった。

ダリルとカイルはごくりと息を呑んだ。

「こ、これは……？」

失礼な質問なのは重々承知だが、聞かざるを得なかった。なぜならそれが抽象画といっても差し支えないほどに、描かれているものが何なのか理解できなかったからだ。

紙の下辺から歪《いびつ》な線がいくつも上へ伸び、その先端はあらゆる方面に広がっている。まるで悪魔を召喚する儀式の様子でも描いたような不気味な絵だ。とてもではないが、この周辺を写生したものとは思えなかった。

「この樹を描いた」

そう答えてカーティスは大樹を見上げた。

確かに言われてみれば樹に見えなくはないが、言われなければ分からない。

「せっかくならこの日のことを、絵を見て思い出せるものにしようと思ったんだ」

説明を加えるカーティスの顔は至極真面目で、もしかしてあえて抽象画を描いたのでは……という推測は打ち砕かれた。どうやらカーティス自身は大真面目に風景画としてこの絵を描いたようだ。

「な、なるほど。ちなみにこの樹の根元にいるのは……？」

絵の中央に描かれた樹の根元を指さす。

そこには『何か』がいた。なんとかそれを形にしようと何度も線を重ねた跡があるが、その懸命さがむしろ仇となって、何とも言い難い禍々しさを醸し出していた。

しかし、返ってきた答えは他愛もないものだった。

「野うさぎだ。カイルが好きだから描いてみた」

「野うさぎ？」

ダリルは思わず目を剥《む》いた。

どこをどう見ても、うさぎの愛らしさなど微塵《みじん》もない。大樹については、言われてみれば何とかその面影らしきものを見出すことができたが、野うさぎに関してはそれがまったくない。

絶句する二人に、カーティスが首を傾げた。

「……ああ、写生大会なのに実際にいないものを描いてしまうなんて、ルール違反だったな」

「い、いいえ、全然それは構いませんが……」

問題はそこではない。しかし、そんなことは言えるはずがなかった。

絵の感想をなかなか口にできないでいる二人に、カーティスのほうも察したのだろう。

「……うさぎに見えないだろうか？」

目を伏せて少し悲しげにカーティスが言うので、ダリルは慌てて首を横に振った。

「いえいえっ、見えますよ！　ほら、この長い耳なんてまさにうさぎじゃないですか！」

何とか絵の中にうさぎの特徴らしきものを見つけ出して指さす。

「……それは後ろ脚だ」

「え？」

言いにくそうに返ってきた訂正で、自分がとんでもない失言をしたことに気づいたダリルは、顔を真っ青にして慌てた。そんな二人のやり取りを傍らで黙って見ていたカイルがプッと小さく噴き出し、次には腹を抱えて笑い始めた。

「あははっ、ダリルってば慌てすぎ。でも確かに僕もこれは耳だと思った」

そう言って目尻に滲《にじ》んだ涙を指先で拭うと、カイルはカーティスのほうを向いた。

「ふふっ、完璧なお父様にも苦手なものがあったんですね。なんだか少し安心しました。ずっとお父様みたいに完璧な人間にならないとって思っていましたから……」

安心したようにほんのりと頬を緩ませる。子供ながらに次期ハウエル公爵家当主としてプレッシャーを感じていたのかもしれない。

「お父様、この絵も僕がもらっていいですか？」

カイルの申し出が思いがけないものだったのだろう、カーティスは目を見開いたが、すぐに相好《そうごう》を崩して「もちろんだ」と絵を差し出した。

カイルはそれを受け取ると、ダリルの絵と一緒にぎゅっと胸に抱えた。その表情があまりにも幸せそうで、カーティスとダリルは温かな気持ちで微笑み合った。

その後は料理人が別荘で作った出来立てのクッキーをローマンが運んできて、それを紅茶と一緒に食べながらとりとめのない話をした。

時折話が途切れることもあったが、そこに気まずさはなく、頭上から緩やかに滑り落ちてくる、囁くような葉擦れの音に耳を澄ませた。

たとえこの先、会話の内容は思い出せなくともこの心地よさだけは忘れない——

そういった大事な思い出になるだろうと胸のどこかで確信するような、穏やかで特別な午後のひと時であった。

「――さて、そろそろ屋敷に戻ろうか」

カーティスが言ったので、二人は頷いて席を立った。

「そうですね。戻りましょう」

「早く戻って豪華賞品をもらわないと。楽しみだなぁ、豪華賞品」

「あ、あの、豪華賞品っていうのは言葉の綾で、その、あんまり期待しないでね……？」

わざとだろうが、やたら『豪華』の部分を強調して言うので、一応念押ししておく。

「ふふっ、分かってるよ。まぁでも賞品っていうくらいだから、それなりのものは準備してるよね」

「いや、だからあんまり期待されるとちょっと……」

からかうカイルと目を泳がせるダリルのやり取りを聞きながら、カーティスはフッと微笑を零して腰を上げた。

しかしその瞬間、くらりと体が大きく傾いた。

「カーティス様……！」

すぐにローマンが駆け寄ってカーティスの体を支えた。

「すまない、ローマン……」

「大丈夫ですか、カーティス様」

「ああ、大丈夫だ。心配する必要はない」

そう答えるカーティスだが、その顔色は悪く、声にも憔悴の色が滲《にじ》んでいた。

もう大丈夫だと言うカーティスをどうにか説《と》き伏せて、しばらく木陰で休んでもらうことになった。

カーティスは先に帰っていいと言ったが、もちろん二人がそうするはずがなかった。

「……カーティス様は大丈夫でしょうか？」

少し離れたところで、ダリルがローマンに小声で訊ねた。その横で眉尻を下げたカイルがじっとローマンを見上げ、その答えを待つ。

医者でもないローマンにそんな質問をしても困らせるだけと頭では分かりつつも、この場で自分たちを安心させる言葉をくれるのはローマンしかいなかった。そんな二人の縋《すが》るような気持ちに応えるように、ローマンは優しく落ち着き払った笑みを浮かべて頷いた。

「大丈夫ですよ。きっと疲れが出たのでしょう。この旅行をすごく楽しみにされていて、少し無理をして執務を終わらせたようですので。少し休んだらすぐに起きられますよ」

ローマンの言葉にホッとすると同時に、そこまでこの旅行を楽しみにしていたのかと少し嬉しくなった。しかしカイルは逆に沈んだ顔つきになり、暗く俯《うつむ》いた。

「僕が旅行に行きたいなんて言ったから……」

ぼそりと小さく呟いて、カイルはそのままカーティスのもとへと駆けて行った。

カーティスの横に膝をついてカイルが顔を覗きこむと、カーティスが薄く瞼を開けた。泣き出しそうなカイルの表情を見て目を見開くカーティスだったが、すぐに穏やかな表情を浮かべて微笑みかけた。

「どうした、カイル。心配することはない。ただの立ちくらみだ」

しかしカイルは首を横に振った。

「……ごめんなさい、お父様」

「どうしてお前が謝る？」

カーティスが柔らかな苦笑を零す。

「だってこの旅行のために、お仕事、いろいろ無理させてしまったんでしょう……？　僕が旅行に行きたいなんてわがままを言ったせいで……」

湿った声で自分を責める言葉を連ねるカイルにカーティスが目を剥《む》いた。しかしすぐに力強くそれを否定する。

「そんなことはない」

「でも……」

「むしろ私は嬉しかった」

「嬉しかった？」

「ああ」

目を丸くするカイルに、カーティスが微笑んで頷き返した。

「ずっと屋敷に引きこもっていたお前が旅行に行きたいと言ってくれて、私はすごく嬉しかった」

言いながら、カーティスはカイルのほうへ手を伸ばし、そっとその頬に触れた。

「この歳で恥ずかしい話だが、この旅行が楽しみで仕事がはかどりすぎたくらいだ。先の楽しみのために仕事を終わらせるなんてこと、今までになかったからその過程すら楽しく感じて、力を加減し損ねたんだろう」

苦笑気味に打ち明けて、カーティスはおもむろにカイルの頬を優しく撫でた。

「そんな風に仕事ができることを知れたのは、カイルが旅行を提案してくれたおかげだ。……ありがとう、カイル」

「お父様……っ」

温かな声音で真っ直ぐ向けられた感謝の言葉に、カイルは感極まったように涙ぐみ、カーティスの腕をぎゅっと両手で握りしめた。

その仲睦まじい光景を傍らで見守っていたダリルとローマンは、この胸にこみ上げてくる微笑ましい気持ちを分かち合うように、顔を見合わせて微笑んだ。


別荘に戻ってから、カーティスには部屋で仮眠を取ってもらうことにした。

その間、ダリルはカイルと広間でこの旅行を振り返って語り合ったり、写生大会で描いた絵についてアドバイスをもらったりして、夜までの時間を過ごした。

夕食を終えて食後の紅茶を飲んで歓談していると、カーティスが食堂に姿を現した。顔色もよく、表情からも疲労の淀みはすっかり消えていた。

「お父様！」

パッと顔を輝かせ、カイルがカーティスのもとへ駆け寄る。

「もう具合はいいのですか？」

「ああ、問題ない。心配させてすまなかった」

「よかった」

ホッと息を吐くカイルを優しげな眼差しで見つめてから、カーティスはダリルのほうを向いた。

「ダリル君も迷惑をかけてすまなかった」

「いえいえ、とんでもないです。調子が戻ったようでよかったです。これなら今夜はカイルと一緒に寝られますね」

カイルは言葉にはしないものの、カーティスと一緒に寝るのを楽しみにしているようだった。だから体調を崩して横になるカーティスを心配すると同時に、もしかすると今夜は一緒に寝られないかも……と残念がっているのが、頻繁に時計に視線を遣るその表情から感じ取れた。

「ああ、一緒に寝るのは問題ない。ただ……」

カーティスは窓の外にちらりと目を遣った。

「もしよければ二人とも、少し私に付き合ってくれないか？」


カーティスに誘われて別荘の外に出たダリルとカイルは、ランプを持ったカーティスを先頭に、昼間過ごした湖畔とは反対方向の森の中を歩いていた。

森には夜風に吹かれて揺れる葉擦れの音と夜鳥の鳴き声、そして三人の足音が響いていた。今夜は満月で月明かりはあるものの、森の中ではそれも木々に遮られるため、足元を照らすランプは必需品だ。

カーティスの足取りにはどこか浮き立つような気配があったが決して焦ることなく、頻繁に「大丈夫か」と訊いて二人を気遣っていた。

ローマンや他の使用人たちも付き添いを申し出たが、カーティスは「悪いが家族三人で過ごしたい」とそれをやんわりと断った。

（家族三人か……）

ごく自然にカーティスの口から出たその言葉を思い出して、こそばゆい気持ちが胸をくすぐる。

カイルの望みを叶えるため、期間限定で仮初めの家族となった血の繋がらない自分を、当然のように家族として扱ってくれたのがダリルには嬉しかった。

それと同時に、この仮初めの関係ももうじき終わるのだと思うと、胸の隙間からじわりと冷たい気持ちが染み出すような心地を覚えるのも確かだった。

「――さぁ、着いた」

そう言って足を止めると、カーティスは唐突にランプの明かりを消した。そして、自分の体を脇に引き、「こっちに」と二人を隣へ促した。ダリルとカイルは顔を見合わせながら前に出た。

「うわぁ……！」

そうして目の前に現れた景色を見て、ダリルとカイルは思わず感嘆の声を上げた。

森の先には、下に続くなだらかな野原があり、月の光をその身に受け、青白く光る小さな花が密集していた。夜風が吹いて花弁が揺れる度に、花の煌めきが波のように移ろう。その光景は幻想的で心が奪われた。

「この花は満月の光を浴びると光る。だから旅行の日程を今日に合わせた。雨が降らないでよかった」

雲ひとつない夜空を見上げ、カーティスは微笑を浮かべた。

「……お父様、この花は摘んでも大丈夫ですか？」

うずうずしているのを抑えるようにして、カイルが訊く。

「ああ、もちろんだ。ただ、次の満月までは持たないから明日以降は光らないが……」

「構いません。行こう、ダリル！」

声を弾ませてそう返すと、カイルはダリルの手を引いてそのままなだらかな傾斜を駆け下りていった。

夢の世界のような景色にすっかり興奮した二人は、花畑を走り回ったり花を摘んだりして、煌めく花の美しさを堪能した。

カーティスは野に腰を下ろして、そんな二人の様子を満足そうに見つめていた。

しばらくして遊び疲れたカイルとダリルは、カーティスのもとに戻り、寝転がって星空を見上げた。

すると今度は、自分の持ちうる知識のすべてを披露するように、カイルは得意げに星を指さしてそれぞれの星の名前やその由来を話し始めた。この歳でよくこんなにも物を知っているものだと、ダリルはその博識さに感心しながら話を聞いていたが、次第にカイルの声が弱く小さなものになっていき、ついには夜風にさらわれるように、静かに途切れた。

体を起こしてカイルのほうを見ると、すぅすぅと可愛い寝息を漏らしていた。

「ふふっ、寝てしまいましたね」

「ああ、はしゃぎ疲れたんだろう。もう少しこのまま休ませておこう」

カイルを挟んで隣に座るカーティスが外套を脱ぎ、そっとカイルの体にかけた。

カイルの声が止んだ途端に二人の間に落ちた沈黙は、決して気まずいものではなかった。

頬を撫でる夜風も、鼓膜をかすめる健やかな寝息も心地よく、カイルが目を覚ますまで、自分も目を閉じてこの穏やかな静寂に身も心も預けたいほどであった。

そう思う一方で、カーティスと何か話したいと思う気持ちもあった。特別な会話でなくていい。とりとめもなく言葉を交わし、時折笑い合うような、そんな他愛もない会話でよかった。

それはカーティスとただ純粋に会話を楽しみたいというのもあったが、ここ最近感じているカーティスのよそよそしい態度が自分の勘違いであると思える何かを、会話から得たいというのが大きかった。

「綺麗な花ですね。何ていう名前の花ですか？」

無難に目の前に広がる美しい花を話題にする。カーティスは頬を撫でる夜風に似た緩やかさで答えた。

「カリシチュラという花だ」

「……聞いたことがない名前です。もしかして外国の花ですか？」

「ああ、ここよりずっと北西にあるリシュラ国の山奥に咲く希少種らしい。私の祖父が気に入ってここに持ち帰ったんだ」

「へぇ、それじゃあすごく珍しい花なんですね」

ダリルは改めて花畑を見渡した。聞いたことのない遠い国の山奥に咲く珍種の光る花など、以前の自分だったら見るどころか、存在すら知らずに人生を終えていただろう。

そう思うと、目の前の景色に一層感慨深い気持ちが強くなった。

「そんな珍しい花を見せてもらえて嬉しいです。ありがとうございます」

カイルのついでとはいえ、いい経験をさせてもらった。

ダリルが心から礼を言うと、カーティスは花畑を見ながら柔らかく笑った。

「喜んでもらえてよかった。ずっと昔、祖父にここに連れてきてもらった時に言われたんだ。いつかお前も大切な人をここに連れてきてやりなさい、と」

月光に煌めく花弁が夜風に揺れている。その光景の中に在りし日の祖父の姿を見るように、真っ直ぐ花畑を見ていたカーティスが不意にダリルに視線を向けた。

「だから、今日こうしてカイルと君を連れて来られてよかった」

穏やかな声音で満足そうに言うものだから、ダリルは少し動揺した。

自分はあくまでカイルのついでここに来られただけだったが、そのことに少しの不満も寂しさもなかった。むしろ幸運なおこぼれをもらったくらいの気持ちでいた。

だからこそ、こうしてこの花を見せたかった大切な人に自分も含められていたのだと知って、嬉しさと畏れ多さで動揺を覚えずにはいられなかった。

その言葉に深い意味はないと戒めるように自分に言い聞かせたが、それでもカーティスの言葉に頬が緩むのを止めることはできなかった。

「へへっ、ありがとうございます」

はにかみながら再度礼を言うと、カーティスは緩く首を横に振った。

「いや、礼を言うのはむしろ私のほうだ」

「え？　カーティス様が私にお礼ですか？」

「ああ、そうだ」

まるで思い当たることがなく、ダリルは首を傾げた。しかしカーティスはひとつ頷いて話を続ける。

「今日のピクニック、それに写生大会と楽しい催しを企画してくれた。おかげであんなにも楽しそうなカイルを見られた。本当に君には感謝している。ありがとう」

深く重みのある声で礼を告げられ、ダリルはまごついた。

「いえいえ、私は全然大したことはしていないですよ。ただ思いつきを実行しただけで……」

謙遜ではなく、向けられた深い感謝の言葉と自分のしたことがあまりに釣り合わないような気がして、つい否定してしまった。カーティスは柔らかな表情で、しかし再び毅然と首を横に振った。

「いや、その思いつき自体がありがたい。私はどうにもそういった人を楽しませる思いつきというのが苦手で、叔母にはもっと遊び心を持ちなさいと言われるくらいだ」

苦笑しながら言うカーティスを見て、ダリルも小さく笑った。

確かに真面目なカーティスは、そういった遊び心を生かした思いつきは苦手そうだ。

「……でも、私はカーティス様のそういう真面目なところ、好きです」

それはお世辞や慰めではなく、本心からの言葉だった。カーティスの真面目さは相手を慮《おもんぱか》る誠実さからくるもので、ダリルはそんな彼を人として好ましく思っていた。

特段深い意味はない素直な好意を口にしただけだったのだが、カーティスはなぜか面食らったように目を瞠《みは》り、次には口元に手を当てて俯《うつむ》いてしまった。

「カーティス様……？　あの、もしかして私、気分を害すようなことを言いました……？」

嫌な思いをさせてしまっただろうかと恐る恐る訊ねると、カーティスは首を横に振った。

「いや、そういうわけじゃない。ただ、何というか、不意打ちを食らったというか……」

まごつきながら答えるカーティス。しかし結局はっきりとした返答には至らないまま、「……今のは忘れてくれ」とやや懇願を含んだ声色で言って、話を断ち切った。

「——ところで、君はカイルがアリシア学園に入学した後はどうするか、何か考えているのか？」

少しの間を置いて、カーティスが訊いてきた。

それは自身の不審な振る舞いを誤魔化す話題転換にしては唐突で、その声音はどこか緊張味を帯びていた。だからこそ質問の真意を図りかね、ダリルは戸惑った。

「えっと、そうですね……。お恥ずかしい話、まだ何も決めていません」

とりあえず、ダリルは正直に話すことにした。

カイルがアリシア学園に入学した後——つまり偽りの家族の契約を終えた後について、まったく何も考えていないわけではないが、具体的なことはまだ何も決めていなかった。

さすがに離婚後もハウエル家の使用人として働くわけにはいかないので、住む場所くらいは事前に決めておくべきだろうが、家族としてカイルに接しながら裏では家を出る準備を着々と進めるというのは、なんだかひどく不誠実な気がしていて、なかなか進められない状況だった。

幸いにも離婚の際に相当な慰謝料をもらうことになっているので、ハウエル家を出た後はしばらく宿にでも泊まって、今後のことについてはその時にでも考えようと気楽に構えているところもあった。

「じゃあまだ住む場所も？」

「はい」

「そうか……。どこか希望の土地はあるのか」

「えっと、特にはないです」

矢継ぎ早に質問されて戸惑うダリルに、カーティスはようやくそこでハッとした表情になり咳払いした。

「すまない。詮索するような真似《まね》をしてしまって……」

「いえいえ、別に詮索されているなんて思いませんでしたよ」

恥じ入るように謝るカーティスに向かって首を横に振るダリルだったが、やけに自分が次に住む場所について気にしているようだとは思った。

（……もしかして、世間体を考えてなるべく遠くに行ってほしいとか？）

　別になにか問題があっての離婚ではなく、予め定められたある意味円満なものではあるが、事情を知らぬ多くの者からすればハウエル公爵家の醜聞に他ならないだろう。カイルの将来を考えても世間体を気にするのは当然のことだ。そこまでの配慮が至らず、自分の身の振り方ばかり考えていたことが少し恥ずかしくなった。

「詳しくは考えていませんでしたけど、せっかくですから遠くの地に引っ越すのもいいかもしれませんね。それこそこんなに綺麗な花が咲くリシュラ国とか」

　さすがにリシュラ国は遠すぎるが、ハウエル公爵家からなるべく離れた土地に移ることを暗に伝えるように努めて明るい口調で言ってみせると、カーティスは目を見開いた。

「そんなに遠くへ行くつもりなのか」

　驚きの中にどこか非難めいた響きが含まれているような気がして、ダリルは思わずたじろいだ。

「い、いえ、リシュラ国は例え話で、本気ではないですよ。ただ、気持ちを新たに他の土地に移るのもいいのかなぁと思っただけで……」

　ダリルとしてはハウエル公爵家の外聞を配慮しての言葉だったが、カーティスの反応を見ると、自分が何かとんでもなく非常識なことでも言った気分になり、つい声が小さくなってしまった。すると、カーティスが額に手を当てて細く息を吐いた。

「……すまない、取り乱してしまって。別に責めているわけじゃないんだ。ただ、君がそんなにも遠くの土地へ行くつもりなのかと思ったら、つい……」

決まりが悪そうに言って一度言葉を切ったカーティスだったが、額から手を下ろして顔を上げると再び口を開いた。

「私が君のこれからについて口出しする権利がないことは重々承知しているし、もちろん強制するつもりもない。……ただ、もし君さえよければ、これからもカイルとは親交を持ち続けてほしい」

彼の声は、威圧を感じさせない控えめな、けれどどこか懇願にも似た切実さを帯びていた。

ダリルはその思いがけない言葉に驚いた。てっきり、離婚後はハウエル公爵家に寄り付かないように言われるだろうと思っていたのだ。

「……だめだろうか？」

驚きのあまりすぐに言葉を返せずにいると、それを躊躇《ためら》いと感じたのだろう、カーティスがやや不安げな眼差しで訊いてきた。ダリルは慌てて首を横に振った。

「とんでもありません！　むしろすごく光栄なことです！　てっきり、離婚後は一切関わらないでほしいとでも言われると思っていたくらいですから」

「そんなことはあり得ない」

苦笑交じりに弱気な本音を吐露すれば、食い気味にきっぱりと否定された。

「むしろなぜそんな考えに至ったのか、不思議なくらいだ。……もしかして、そういう考えに至るようなことを私がしたのだろうか。だとすれば、謝らなければならない」

「いえっ、そういうわけでは……」

深謝の表情を見せるカーティスの言葉を慌てて否定しかけたダリルだが、途中で口を噤んだ。

決してカーティスのせいというわけではないが、しかしそのような悲観的な考えに至った理由のひとつとして、時折カーティスが見せるよそよそしい態度も含まれるからだ。

もし、カーティスのよそよそしい態度が、ダリルの過去――アリシア学園を退学になった理由やその経緯を知ったからだとすれば、婚約者の想い人への嫌がらせをするような人間を自分の息子に関わらせたくないと思うのは、親として当然のことだ。

しかし、カイルと今後も親交を持ってほしいという言葉は、その憶測が外れていることになる。

だとすれば、カーティスのよそよそしい態度の理由がますます分からない。

別にあと一ヶ月足らずでカーティスとの関係は終わるし、カイルとは親交を持ち続けていいと言われたのだから無理にそれを明らかにする必要はない。

むしろそこに踏みこむことで、せっかく得られたカイルとの親交の許可もなくなるかもしれない。

やぶ蛇になりかねないと分かりつつも、ダリルの口は勝手に動き始めていた。

「……もし気分を害してしまったらすみません。決してカーティス様のせいだというわけではないのですが、ただ、近頃、カーティス様の態度が少しよそよそしいというか、避けられているような気がして……」

カーティスを責める意味合いにとられないように細心の注意を払って、胸を占めていたもやつきを慎重に言葉にしていく。

「だから、てっきり私はカーティス様にあまりよく思われていないものだと思っていました……。なので、カイルと今後も仲良くしていいと言ってもらえて少し驚いたんです」

言葉を言い終える頃には緊張で口の中はすっかり渇き切っていた。

自分の憶測が当たっていても外れていても、こんなことを言えばカーティスを困らせてしまうことは目に見えている。たとえ気になることがあっても、表面上うまくいっているのなら、あえて触れないのが賢明な大人の処世術だ。分かっている。そんなことは百も承知だ。

しかし、それでもカーティスの口から直接聞きたかったのだ。

避けられていると感じるのは、悪役令息としての後ろめたい過去がある自分の被害妄想だと、カーティスの言葉でもって一蹴されたかった。

そうでもしない限り、カーティスに嫌悪や侮蔑《ぶべつ》の感情を抱かれているのではないかという不安は、一生胸に付き纏って消えないと感じたからだ。

縋《すが》るような眼差しを向けた先で、カーティスの瞳は戸惑いに揺れていた。すぐに否定しないところを見ると、避けられていると感じていたのはどうやら自分の勘違いではなかったようだ。

それだけで胸が苦しくなり、どうしてこんなことを言ってしまったのだろうとダリルは数秒前の自分の愚かさを呪った。二人はしばらく口を閉ざしていたが、カーティスが先に口を開いた。

「……私の態度が君を不快な気持ちにさせてしまったようで申し訳ない」

沈痛な面持ちで謝られ、ダリルは強く首を横に振った。

「いえっ、カーティス様が謝ることではありません」

「いや、君にそんな顔をさせてしまったのだ。謝らないわけにはいかない。だが、誤解してほしくないのだが、決して君を避けていたわけじゃない。むしろ逆で……」

言い募る声が不意に止み、カーティスは気まずげに視線を逸らして口を噤んだ。

「カーティス様……？」

言葉の先が気になって呼びかけると、カーティスはハッとしたようにダリルのほうへ向き直った。

「すまない。変なところで言葉を切ってしまって」

謝ると、カーティスは気持ちを切り替えるように咳払いをして言葉を続けた。

「つまり私が言いたいのは、私が君を悪く思うことは絶対にない、ということだ」

心強いまでの声で断言するカーティスの瞳は揺るぎなく、ダリルは思わず息を呑んだ。

これほどまでに真っ直ぐで疑いようのない確かな言葉を寄越されたのだ。胸の芯まで巣食っていた不安がじわじわと溶けていくのを感じて、思わず涙腺が緩んだ。

「そう言ってもらえてよかったです。すごく、安心しました」

潤んだ瞳を誤魔化すように笑って言ってから、ダリルはハッとして謝った。

「あの、私の思いこみで変なこと訊いてしまってすみませんでした」

「いや、むしろ言ってくれてよかった。叔母にもよく『お前は誤解されやすいから気をつけろ』と言われるんだ。今回のことで改めて痛感した。……君が言ってくれたおかげで、誤解されたままにならずに済んでよかった。ありがとう」

そう言って微笑むカーティスの目元には、言葉通り安堵の表情が浮かんでいた。

カーティスに嫌われているわけではないと知った今、ようやく彼の優しい笑みに切なさを覚えることなく純粋に、微笑み返すことができた。

その清々しさは、カリシチュラの花弁を揺らす澄んだ夜風によく似ていた。

その後、起きる気配のないカイルをカーティスが背負い、ダリルがランプで道を照らしながら別荘へ戻った。

旅行での疲れが出たのだろう、背負う時も、背中からベッドに下ろす時も、カイルは小さく寝言とも寝息ともつかない声を漏らすだけで目を覚まさなかった。

「よく眠っていますね」

カイルの寝顔を覗きこみながら小声で言うと、ベッドの縁に腰を下ろしたカーティスが微笑んで同意した。

「ああ、いい夢を見ていそうだ」

目を細め、カイルの髪を優しく撫でるカーティスの手つきが慈しみに満ちていたので、ダリルの胸は一層微笑ましい気持ちで溢れた。

「それでは、私はそろそろ自分の寝室に戻りますね」

ローマンの提案で、今夜はカーティスがカイルと一緒に寝ることになっている。

これ以上この親子の時間に割りこむわけにはいかないと、早々に部屋を後にしようとしたダリルだったが、唐突にその腕を掴まれた。

「えっと、どうしました……？」

驚き戸惑いながら訊くと、カーティスは躊躇《ためら》いがちに口を開いた。

「……その、もし君が嫌でなければ、三人で一緒に寝てくれないだろうか」

「えっ」

切々《せつせつ》とした声で言われたまさかの言葉に危うく大きな声を出しかけて、慌てて口元を手で覆った。

動揺を鎮めるように深呼吸をしてから、ゆっくり口元から手を下ろした。

「三人って……カイルとカーティス様と私、ですか？」

この場において明白なことではあったが、確認せずにはいられなかった。カーティスはダリルの手を掴んだまま頷いた。

「ああ、その通りだ。もちろん嫌なら無理強いはしないが……」

「いえいえっ、嫌なんてとんでもないです。ただ、カーティス様はあまり人と寝るのに慣れていないと仰っていたので、私なんかが一緒に寝ていいのかなと思いまして……」

三人で寝たいと言ってなかなか引き下がらないカイルに、カーティス自身が言っていた言葉だ。

「ああ、あれは――」

決まりが悪そうに視線を床に落としたカーティスだったが、すぐにダリルのほうを真っ直ぐ見上げた。

「あれはカイルを納得させるための方便で、別に君と寝るのが嫌というわけではない。ただ、……カイルもいるとはいえ、恋仲でもない私と一緒に寝るのは君が落ち着かないだろう」

思いもよらない理由を告げられ、目を丸くする。驚くと同時に、三人で寝ることをあんなにも頑なに拒んでいたことにようやく合点がいった。

　カーティスの真面目で誠実な気遣いに、ダリルは目を細めた。

「私を気遣ってくれてたんですね。ありがとうございます」

「当然のことをしたまでだ。……と言っても、三人で寝ないかと誘った時点で説得力はないかもしれないが」

　カーティスは自分の矛盾に呆れるように苦笑した。

「もちろん一緒に寝てほしいと言った言葉にやましい気持ちは一切ない。ただ、もうこの先、二度と家族三人で寝る機会がないと思ったら、今日この時、君を引き止めなかったことを一生後悔しそうな気がしたんだ……」

　乞い願うような眼差しで見つめられ、思わず鼓動がひときわ大きく拍動した。

　まるで愛を乞われているような錯覚に陥り、そういった意味合いは一切ないと頭では分かっていても、ダリルは動揺せざるを得なかった。

「家族三人で寝るなんて、きっとこれが最初で最後だ。カイルがこの旅行のことを思い出した時に少しの心残りもあってほしくない。幸せに満ちた最高の思い出にしてあげたいんだ。もちろん、君には指一本触れないことを約束する。しっかり距離も取るつもりだ。だから、もし嫌でなければ……」

　切々《せつせつ》と畳みかけるカーティスだったが、最後のほうは自分の頼みが非常識であることに気づいて恥じ入るように声が小さくなっていった。

　こういう時、指一本触れないなどと誓いめいた言葉を重ねるとかえって胡散臭くなるものだが、カーティスにはそれがない。

　真面目で誠実なカーティスらしいと思わず口元が緩んだ。

「分かりました。それではお言葉に甘えて一緒に寝させていただきます」

　ダリルの返事に、カーティスの顔が安堵で和らいだ。

「よかった、ありがとう。カイルもきっと喜ぶ」

　言いながら、カーティスはダリルの腕からスッと手を引いた。

「君にも安心して寝てもらえるようにできるだけ配慮するつもりだが、至らないところがあれば言ってくれ」

「そんなに気を遣わなくても大丈夫ですよ。私はカーティス様のことを信頼していますから」

　本心から言うと、カーティスはなぜか複雑な表情を見せた。

「私を信頼してくれているのは嬉しいが、君の男に対する警戒心のなさは少し心配になる……」

「ははっ、ネイトも同じようなことを言っていました」

「弟君の気持ちがよく分かるよ」

　溜め息混じりに柔らかな苦笑がカーティスの口から漏れ出た。

「ネイトとカーティス様、意外と似ているのかもしれませんね。そう思うと、ネイトの将来が楽しみです。それじゃあ寝る支度をしてまた来ますね」

　弾む気持ちを滲《にじ》ませ、軽やかな足取りでダリルは部屋を後にした。

眠っているカイルと二人きりで部屋に残されたカーティスは、額に手を当てて細く溜め息をついた。

「……警戒されないというのも、複雑なものだな」

自嘲するようにぼそりと呟くと、立ち上がって寝支度に取り掛かった。

支度を調《ととの》えて寝室に戻ると、寝衣に着替えたカーティスがベッドの縁に座ってカイルを見下ろしていた。ベッド脇の枕頭台にあるランプの淡い灯りが照らすその表情は、穏やかで慈しみに満ちていた。

「すみません、遅くなってしまって」

小声で謝りながら、なるべく足音を立てないように気をつけながらベッドに近づくと、カーティスは顔を上げて首を緩く振った。

「いや、私も今来たところだ」

まるでデートの待ち合わせ場所でのやり取りのような会話に、ダリルは思わず小さく笑った。

「どうかしたか？」

「いえ、何も。それより早く寝ましょう。カーティス様もお疲れでしょう」

不意に漏れた笑いを誤魔化すように、カーティスとは反対側のベッドの縁にダリルも腰を下ろした。

「私はよく寝たから大丈夫だ。むしろ君のほうが疲れただろう。朝早くから昼食の準備をしてくれたようだし」

「楽しみのために早起きするのは全然苦にならないので大丈夫ですよ。でも、今日はたくさん歩いたのでさすがに足がクタクタです。今夜はぐっすり眠れそうです」

言いながらシーツの中へ体を滑りこませると、カーティスも「確かに今夜はよく眠れそうだ」と言い、ゆっくりと横たわった。

ベッドに加わった大人二人分の重みが眠っているカイルにも届いたのだろう。これまでよく寝ていたカイルが「ん……」と寝言にしては明瞭な声を漏らして、寝ぼけ眼でカーティスのほうを見た。

「お父様……？」

「すまない、起こしてしまったな」

「ごめんね、もう少し声を抑えるべきだったね」

「いや、別に声は全然うるさくなかったけど……って、ダリル？」

カイルは勢いよく体を起こしてダリルのほうを振り向いた。

「どうしてダリルがここに？　今日はお父様が寝る日じゃ……。というか、さっきまで花畑にいたのに……」

驚きですっかり眠気が吹き飛んだようで、カイルの口から困惑の言葉が次々と出てくる。

珍しく狼狽《うろた》えるカイルに、ダリルはくすりと笑って説明した。

「カイルがよく寝ていたからカーティス様がここまでおぶって帰ってきたんだ。それとここに俺がいるのは、カーティス様が一緒に寝ていいって言ってくれたからだよ」

「お父様が……」

戸惑いつつも喜びに目を輝かせ、カイルがカーティスのほうを見る。

「ああ、私がお願いしたんだ。せっかくの家族旅行だ。心残りのないものにしたい」

微笑んで言うカーティスの言葉に、カイルの表情が一層明るくなった。

カイルはくるりとダリルのほうを向くと、自分の横をポンポンと叩いた。

「それならダリル、もっとこっち来なよ。せっかく三人で寝るんだから、くっついて寝ないと意味がないだろ」

物言いは呆れ混じりの大人ぶったものだが、その口元は子供らしい無邪気な高揚を隠せていない。

「ごめんごめん」

微笑ましさに頬を緩ませながら謝って、カイルの隣に擦り膝で近づいた。

ダリルが横に来るとカイルは満足そうに鼻を鳴らした。

「これでいい。それじゃあ寝よう」

そう言って二人の手をぎゅっと握ると、そのまま背中をベッドにぼふん、と預けた。

その勢いに半ば引っ張られるようにして、ダリルもカーティスも横になった。

両隣の二人の顔を交互に見て、カイルは「ふふっ」と上機嫌に笑った。

「三人で一緒に寝られてよかった」

心底、幸福だと言わんばかりの嘆息を漏らしてカイルが呟く。そんなカイルの言葉に胸が優しい気持ちで和らいだ。

「僕、絶対にこの日のことをずっと忘れません。もちろん大袈裟に言っているわけじゃありません。分かるんです。直感的に、この日のことは絶対に忘れないって思うこと、これまでも何度かありました。……お母様の葬儀もそのひとつです」

声に悲しげな色を感じて一瞬動揺したダリルだが、すぐに真摯に耳を傾けた。

カイルは一呼吸置いて言葉を継いだ。

「悲しみや不安も、心細さ……。その時の気持ちを思い出すと今でも胸が苦しくなります。——だからこそ、それと同じように、この先きっとこの日に感じた喜びも楽しさも、二人が傍にいる心強さも、忘れずに思い出すことができるって確信しているんです」

握った手にカイルがぎゅっと力をこめる。彼の手は大人に縋《すが》る幼気なものではなく、自分を呑みこもうとする不安を振り切って前へ踏み出す勇気に満ちていた。

「もしかしたら、この先、顔の痣《あざ》のことを悪く言う人がいるかもしれません。心ない言葉に傷つくこともあると思います。……でも、大丈夫です。だってこんなにも心強い思い出を二人がくれたから。だから、きっと乗り越えられます」

清々しいほど澄んだ声で言い切ると、カイルは二人の顔を交互に見た。

「二人共、僕のために結婚してくれて……、僕の家族になってくれて、ありがとう」

カイルの言葉を聞いて、目頭が熱くなった。

——僕の家族になってくれて、ありがとう。

それはこっちの台詞だ。カイルのおかげでこの一年間、どれだけ心が満ち足りたことか。

悪役令息としての役目を果たさない限り、人生のやり直しを強制されてきた。それは世界が悪役令息としてのダリルしか必要としていないとも言い換えられる。自分ではない自分を求められて強要される苦しみは、時にはダリルの心を蝕《むしば》むほどだった。

しかし、カイルはありのままのダリルを求めてくれた。それは理不尽な役目を強いられ、蝕《むしば》まれつつあったダリルを深く癒やしてくれた。

だから、礼を言うべきは自分なのだ。自分を家族として迎え入れてくれてありがとう、と。

そして、感謝すると同時に願った。どうか、この子の未来に辛いこと、悲しいことが降りかかりませんように、と。

生きている限り、それは無理な話だと分かっていても願ってしまう。それほどまでに、目の前の子がどうしようもなく愛おしかった。

「――カイル、お前は本当に強くなったな」

カーティスがカイルの頬を撫でた。

声は穏やかで落ち着きあるものだったが、我が子の成長に深く感動しているのが、頬を撫でるその手つきを見るとすぐに分かった。

「でも、辛いことがあったら我慢せずに言いなさい。もし私に言い辛いのであれば……」

そこで言葉を切ると、カーティスは視線をふと浮かせ、ダリルを真っ直ぐ見つめた。

「ダリル君、その時は君に聞いてもらっていいだろうか」

柔らかな声でそう言われ、ダリルは誇らしくなった。

そして、寄せられた信頼に応えるように力強く頷いた。

「もちろんです！　お任せください」

ダリルの即答に、カーティスとカイルは安堵するように微笑んだ。

それは、契約が終了した後にこれまで築いた関係が切れてしまうのではないか、という不安がダリルの胸から消えた瞬間だった。

その後、三人は他愛のない会話を交わし、誰からともなく寝息を漏らし、夢の世界へ落ちていった。


いろいろな不安が消えて久しぶりに深く眠れたダリルを起こしたのは、カイルの明るい声だった。

「ダリル、起きて！　お父様も起きてください！　今日は旅行最終日ですよ。寝てる時間がもったいないです」

寝起きとは思えない溌剌《はつらつ》とした声で言いながら、カイルは部屋のカーテンを次々に開けていく。

その後ろ姿を寝ぼけ眼で見遣りながら、のそりと体を起こした。

「ん……」

ダリルが起きた反動でベッドが揺れたためか、子供ひとり分の間隔を空けて眠っていたカーティスが声を漏らした。

「あ、カーティス様、おはようございます」

挨拶すると、カーティスはまだ眠気が漂っているぼんやりとした瞳でダリルを見た。

いつもの引き締まった怜悧《れいり》な顔つきとは違った、おぼろげな表情を見せるカーティスに軽く眉を上げる。

（もしかして朝に弱いタイプ……？）

意外な一面に少し驚くと同時に、心が和んだ。

「……カイル？」

カイルとダリルを見間違うほどに寝ぼけているカーティスに、ダリルは思わずくすりと笑った。

「違いますよ。私はダリルで、カイルは――うわっ！」

しかし突然カーティスに腕を引かれ、そのまま胸の中に抱きこまれた。

あまりにも思いがけないことにすっかり狼狽していると、カーティスがそっと耳元に唇を寄せた。

「カイル、すっかり大きくなって……」

夢うつつの淡い声で囁かれ、反射的に顔が熱くなった。

胸の中に抱かれるという密着した体勢に加え、声の芯から抜けきれない眠気が、ある種の色気のようなものを醸し出している。そのせいで、ダリルはまるで赤の他人の恋人同士が睦み合うベッドに紛れこんでしまったような錯覚に陥った。体温に混じって伝わってくる仄かな匂いに、鼓動が激しく胸を打ち、頭の芯までクラクラとしてきた。

「へぇ、いつの間にそんなに仲良くなったんだ？」

カイルの声が聞こえた。カーティスの体で姿は見えないが、その声からにやにやと笑っている顔が容易に想像できた。

「ち、違うんだっ、カイル。これは寝ぼけてカイルと俺を間違え――」

強く抱きしめられた腕の中で何とか体をよじって振り返ったダリルだったが、カイルの顔を見た途端、口の先まで出かけていた言葉が吹き飛んだ。

それは、カーティスに抱きしめられているというこの状況など些末《さまつ》なことに思えるほどの衝撃だった。

「どうした？」

カイルが訝《いぶか》しげに問う。

「カ、カイル、顔……っ」

「顔がどうしたんだ？」

「か、顔の痣《あざ》が……、消えてる！」

「えっ！」

ダリルの言葉を聞いたカイルは目を剥《む》いた。

驚くのも無理はない。出会った当初より薄くはなったものの、カイルの痣《あざ》は肌の奥にまで根を張っているかのようにずっと残っていた。

しかしその痣《あざ》が今は、まるで最初からそこには何もなかったかのように、綺麗に消えていた。

カイルは鏡台まで走り、自分の顔にペタペタと触れながら鏡を凝視した。

「本当に、消えてる……」

驚きのあまり茫然とした様子でカイルが呟く。ダリルは急いでカーティスを揺すった。

「カーティス様、起きてください！」

「ん……。ダリル君？　――って、どうして君が……っ」

至近距離にあるダリルの顔を見て眠気が吹き飛んだのか、カーティスは動揺している。しかし、今はそのことについて説明している場合ではなかった。

「そんなことよりカーティス様！　カイルの顔の痣《あざ》が消えました！」

「えっ⁉」

カーティスが目を見開く。

そして、すぐさまカイルのほうに視線を走らせた。

「カイル……」

「……っ、お父様！」

カイルは振り向き、カーティスを呼んだ。

忌ま忌ましい痣《あざ》が消えた喜びに打ち震えるような、あるいはこれまで抑えこんできた辛さや悲しみが溢れ出るような、そんな胸の奥から湧き上がる感情を乗せたように叫ぶと、カイルはカーティスのもとへ駆け出した。

カーティスもベッドから勢いよく降り、カイルのもとへ駆け寄る。そして、その小さな体を力一杯抱きしめた。

「カイル……っ」

喜びという言葉だけでは言い尽くせない感情のほとばしりが、二人の端々から溢れ出る。

呪いだと中傷され傷ついた心を癒やし合うように、大事な家族を死に至らしめた痣《あざ》に打ち勝った喜びと安堵を分かち合うように、二人は強く抱きしめ合う。

そんな二人の歓喜の抱擁を傍らで見守りながら、ダリルは目に涙を浮かべた。

二人が痣《あざ》のせいで味わった辛苦は、当事者でないダリルにそれを真に理解することはできない。

もし理解できると思うならば、それはひどく傲慢な驕りだ。

しかし、そんな二人を家族として傍で見守り寄り添ってきたダリルだからこそ、喜びを分かち合う深い抱擁がことさら胸に迫ってきた。

(カイル、本当によかった……!)

視界を滲《にじ》ませる熱い涙を拭うダリルを、カイルが呼んだ。

「ダリル!」

顔を上げると、カイルとカーティスが歓喜の涙に濡れた目を細め、ダリルを見つめていた。

向けられた視線は、言葉がなくとも、二人がその抱擁にダリルも招き入れようとしているのがよく分かる、饒舌なものだった。

二人が味わってきた苦しみを真に理解することはできないだろうと思っていたからこそ、気持ちを分かち合う抱擁の輪に迎え入れてくれることが、嬉しくて堪らなかった。

「……っ、カイル!」

ダリルはベッドを蹴るようにして飛び降り、二人のもとへ駆けた——

＊＊＊＊

かくして、ハウエル公爵家を悩ませてきた痣《あざ》は消え、カイルも無事アリシア学園に入学した——

物語であればこれでめでたしめでたし、と締め括られるところだが、現実はそうはいかないらしい。

「……」

ダリルはテーブルの上に差し出された契約延長の契約書をじっと凝視した。

整った文字で書き記した内容は、契約結婚の際に出されたものと同じく、地位的に立場の弱いダリルへの配慮が見受けられ、カーティスの誠実さが伝わってくる。同時に契約延長に対する意志、すなわちダリルへの想いが極めて本気であることも強く伝わってきた。

しかし、ダリルにはどうしても腑に落ちない点があった。

「……何か気になるところがあるか？」

契約書を凝視したまま黙っているダリルに、カーティスが訊く。

「もし何かあれば遠慮なく言ってくれ。君の望む通りに修正しよう」

カーティスに気遣うように言われ、ダリルは慌てて首を横に振った。

「いえっ、不満とかそういうのは一切ないんです。ただ……」

「ただ？」

言い淀むダリルに、カーティスが聞き返す。ダリルは逡巡《しゅんじゅん》してから口を開いた。

「カーティス様の気持ちを疑うわけではないのですが、一体自分なんかのどこが気に入ったのか分からなくて……。私を好きだというのが未だに信じられないのです」

疑問はそれに尽きた。契約結婚したとはいえ、二人の間に胸を甘くときめかせるような色恋めいたものはなく、カーティスが自分に惚れた理由がまるで見当がつかないのだ。

誰をも虜にする美貌を持っているならば、そういった甘い出来事がなくとも惹かれることは考えられるが、生憎《あいにく》、ダリルはそのような美貌を持ち合わせていない。

一体、自分のどこがカーティスの琴線に触れたのか……、皆目見当がつかなかった。

カーティスはティーカップを静かにテーブルに置くと、膝の上で手を組んだ。

「……確かに恋愛対象として見ていない人間にいきなり好きだと言われても、戸惑うのも分かる。だが、君には急に思えるかもしれないが、私は前から君に惹かれていた。明確なきっかけは分からないが、気づいた時には頭の中は君のことばかりだったよ」

自嘲するかのように打ち明けられた言葉に、ダリルは目を瞠《みは》った。

「意外かい？」

「え、ええ、意外というか、信じられないというか……」

もちろんカーティスがそんなくだらない嘘をつくとは思わない。ただ、これまでのことを思い返しても、カーティスの言動に恋愛的なものを欠片《かけら》も感じなかったからだ。

「無理もない。私自身、君に悟られないように必死に隠していたからね。気を抜けば手を伸ばして君に触れかねないくらいだった。前に君は私の態度がよそよそしいと言っていたが、恐らく自分の気持ちを律するばかりに、君にそういった印象を与えてしまったのだろう」

カーティスは小さく溜め息をついた。

「君にいらぬ心配をかけさせてすまなかったと思っている。ただ、私のほうも必死だったんだ。君に私の気持ちが気づかれないよう、そして私自身、これ以上君を好きにならないように……」

赤い瞳がダリルを見つめる。その瞳は、彼の感情が溢れ出てくるように饒舌で、たじろいでしまう。

「……ではなぜ契約の延長を？」

自分に向けられる熱い眼差しを受け入れることも拒むこともできず、ダリルは質問に逃げた。

カーティスは軽く視線を落とし、少しの間だけ黙した。それは決して気まずさから来るものではなく、胸中の言葉を整理しているような雰囲気のよいものだった。

その証拠にカーティスはすぐに視線を上げて口を開いた。

「君は、カイルの顔の痣《あざ》やクリスティーナの死について、私のせいではないと言ってくれた。そのことは嬉しかったし、私も呪いなどというものを信じているわけじゃない。だが、私の傍にいることで君に危害が及ぶ可能性が少しでもあるなら、私の身勝手な想いを満たすためだけに君を傍に置き続けるべきではない――と思っていた。……少し前までは」

そこで言葉を切って、カーティスはテーブルの上の契約書にそっと視線を落とした。

「カイルの痣《あざ》が消えたあの日、私は奇跡というものを痛感した。そして、あの奇跡はカイルに笑顔を取り戻してくれた君なしでは起こり得なかった」

カーティスは契約書から視線を浮かせ、真っ直ぐダリルを見つめる。その眼差しは、彼の大袈裟な物言いを否定できないほど強かった。

しかしすぐに、ふっと目元を和らげた。

「だからそんな君となら大丈夫だと思ったんだ。根拠はないが、痣《あざ》の消えたカイルの涙と、あの日、まるで自分のことのように泣いて喜んでくれた君の顔を思い出すと、確信めいたものがこみ上げてくるんだ」

カーティスはそう言うと、自身の胸元に手を当てた。

大事なものに触れるようなその手つきと、爽快感すら覚える迷いのない微笑み。それは理路整然と根拠を並べられるより、よほど説得力があった。

ダリルは俯《うつむ》き、膝の上で落ち着きなく指を組んだ。

ここまで真摯に想いの丈を打ち明けてくれたのだ。何を迷うことがあるだろうか。

契約内容にも誠実な配慮が行き届いて、仮に半年後、やはりカーティスの気持ちには応えられないという結論に至っても、彼の人となりから考えれば幼稚な報復などせず、すっぱりと諦めてくれるだろう。

カーティスのことは嫌いではないし、むしろ尊敬する点も多々あり、純粋に人としての好意はある。

なのに、答えに迷うのはなぜか。もちろん呪いを恐れて、などでは決してない。

（……きっと、この関係があまりによすぎたからだ）

ダリルは胸の内で小さく溜め息をついた。

仮初めとはいえ、この一年で、カーティスとはカイルの親としてまるで本物の家族のように絆が深まったのを強く感じた。だからこそここで偽りの婚姻関係を終わらせ、親愛と信頼に満ちたこの絆を永遠のものとして記憶の中に閉じこめておきたいのだ。

それは本を開く度に蘇る物語の余韻を、粗悪な続編で汚されたくないのとよく似ている。

「……すまない。長々と勝手なことを押しつけるように話し続けてしまった」

長い沈黙を拒否に近い躊躇《ためら》いと感じたのだろう。カーティスは申し訳なさそうに言った。

彼の表情を見ると、ダリルは胸が締めつけられる思いだった。謝る必要などひとつもないと伝えたいのに、うまく言葉にできなかった。正直に伝えるには、自分の気持ちがあまりに傲慢で身勝手だからだ。

ダリルが言葉に詰まっていると、カーティスは静かに話し始めた。

「こんなことを急に言い出せば、相手を困らせることは誰でも予想がつくだろうに……。君に想いを告げたい一心でそんな簡単なことも分からなくなっていた。恥ずかしい限りだ」

自身の言動を恥じ入るようにそう言うと、カーティスは契約書に手を伸ばした。

「このことは忘れてくれ。君を困らせるような真似《まね》をしてしまって本当にすまなかった」

カーティスが手元へ戻しかけた契約書に、ダリルはとっさに手を伸ばした。

「ダリル君……？」

ダリルの行動が予想外だったのだろう、カーティスが目を瞬《しばたた》かせる。しかし、それ以上にダリルも自身の行動に驚いていた。

（俺は、今、何をしてるんだ……？）

混乱しながらも、ダリルは契約書を再び自分のもとへ引き寄せた。

「……別に、困ってはいません。ただ、その、驚いたというか、何というか……」

たどたどしく紡《つむ》ぐ言葉の先は自分でも分からなかった。けれど、目の前のカーティスにこんな悲しげな顔はさせたくなかった。

ダリルは自身の心の内を探りながら、慎重に、そしてカーティスの想いに見合うように誠実に、言葉を紡《つむ》いだ。

「……正直に言うと、私はカーティス様のことを恋愛的な目で見たことがありません。でも、それは決してカーティス様に魅力を感じないとかではなくて、そもそもこの関係はカイルと家族になるためのもので、だからこそカーティス様のことはカイルの父親としか見ていなくて……」

緊張して言葉がぎこちなくつかえる。そのせいで言い訳がましく聞こえているのではないかと心配になったが、幸いにもカーティスは気分を害した様子もなく、真剣な表情で耳を傾けていた。

そのことにいくらか安堵し、ダリルは言葉を続けた。

「だから、今は思いもよらないことに戸惑っているだけで、決して困っているわけではありません。むしろ、カーティス様にそのように思っていただいて光栄なくらいです。……ただ、その気持ちに応えるには、自分のほうがまだカーティス様に十分に向き合えていません。ですから――」

ダリルはそこで言葉を切ると契約書に名前を書きつけ、それをカーティスへ差し出した。

「これから半年間、カーティス様の気持ちに向き合わせてください。カーティス様が私に気持ちを明かしてくれたのと同じくらい真剣に、私もカーティス様に誠意ある返事をしたいです」

胸の鼓動が激しくなり、契約書を差し出す手はひと目で分かるほど震えている。

それでもダリルは目を逸らさず、自分が今持つすべての誠意を示すために真っ直ぐカーティスの瞳を見つめた。

カーティスはそんなダリルをしばし驚いた様子で見つめていたが、やがて目尻を下げた。

「……ありがとう。やっぱり君は真面目だな」

しみじみと愛おしそうに呟いたカーティスは、ダリルが署名した契約書を受け取った。そして、微笑みを浮かべた。

少しもこちらなど見ていないのに、まるでその微笑みが自分のほうに向けられているようで、ダリルはこそばゆくて落ち着かない気持ちになった。

しばらくして、カーティスが顔を上げた。

「ところで、契約内容はこれで本当に大丈夫か？　修正や追加があれば言ってほしい」

甘やかな雰囲気から一転して、カーティスは真面目に確認を再開する。

カーティスはダリルを真面目だと言ったが、カーティスも人のことは言えない。

（……でも、そういうところがいいんだよなぁ）

胸の内で呟くその好意の言葉に、残念ながら恋愛感情はないが、人として彼を好きなのは確かだ。

だからこそ、この親愛と信頼で結ばれた心地よい関係を失いたくなかった。

ダリルはカーティスの手にある契約書に視線を一度遣ってから、カーティスに向き直った。

「お気遣い、ありがとうございます。修正や追加は必要ありません。――ただ、ひとつお願いがあります」

「お願い？」

聞き返すカーティスに、ダリルは緊張気味に小さく頷いた。

「もし半年後、私がカーティス様の気持ちに沿う返事ができなくても、できるだけこれまで通り接していただけると、ありがたいです。虫がいい話だとは分かっています。でも、カーティス様とそれっきりとなるのは、すごく寂しいですし、悲しいです……」

膝の上で握った拳にぎゅっと無意識に力がこもる。

なんて身勝手で厚かましい願いだろうと、自分でも呆れてしまう。

しかし、本心なのだ。

それほどまでに、カーティスと築き上げた関係は失いがたいのだ。

ダリルの申し出が思いもよらないものだったからだろう、呆気にとられていたカーティスは、すぐに額に手を当てて息を吐いた。

やはり呆れられたのだろうか……。もしくは、ハウエル公爵家との縁を失いたくないと浅ましく縋《すが》っているように聞こえたかもしれない。

ダリルは不安な気持ちで、カーティスが溜め息を出し切って口を開くのを待った。

しかし、カーティスが口にした言葉は意外なものだった。

「……先を越されてしまったな」

「え？　先を越されたって、どういう意味ですか？」

「言葉の通りだ。もし半年後、私が君に振られたら、同じことを言おうと思っていた。今まで通り接してもらいたいと……」

切なげな眼差しを真っ直ぐ向けられ、ダリルは思わずたじろいだ。

カーティスが自分と同じようにこの関係を大事に思ってくれていることは嬉しかった。だが、彼の痛切な心情を思うと素直に喜ぶのは憚《はばか》られた。

どう反応すべきか思いあぐねていると、不意にカーティスが小さく笑った。

「……だめだな。今からこんな弱気なことを言っていては」

そう自嘲すると、カーティスはダリルの手をとった。

「この半年で必ず君を振り向かせられるように全力を尽くすよ。……だから、覚悟していてほしい」

強い決意を宿した赤い瞳に見つめられ、胸の内に甘いざわめきが広がる。

ダリルは頬が赤くなるのを隠すようにとっさに俯《うつむ》いて、「は、はい、その、覚悟しておきます……」とぼそぼそと小さな声で答えた。

半年後、自分たちの関係がどうなるのか……それは前世の記憶を持つダリルにも分からない。

ただひとつ言えることは、今の自分は、悪役令息の役目を終えた当初に抱いていた、第二の人生は自由気ままなスローライフを送るという夢とは程遠いところにいる、ということだけだった……。

＊＊＊

契約結婚が延長となり、ダリルはカーティスの住む本邸へと移り住むこととなった。

本邸への引っ越しが落ち着いて、まずダリルが向かったのは、カイルとネイトのいるアリシア学園だった。

「契約結婚の延長？」

学園の応接間でダリルの話を聞いたカイルとネイトは、声を揃えて叫んだ。

その驚愕の表情と息ぴったりの声で、驚いている二人には悪いが少し笑いそうになった。

「うん、半年だけね」

「どうして！」

向かいに座るネイトが前のめりになりながら訊いてくる。その勢いにたじろぎつつも、ダリルは経緯を説明した。

ダリルの話を聞き終えると、ネイトはテーブルを握り拳でドンッと叩いた。

「ハウエル公爵め……！　一年だけの契約と言っていたのに……っ」

「いや、そのことについてはカーティス様も申し訳ないって言ってたよ」

憎々しげに奥歯を噛みしめるネイトをなだめながら、ダリルはこの場にカーティスがいなくてよかったと心底思った。

カーティスもそれについては気にしており、ネイトに直接謝りに行くと言っていたが、ダリルがこうなることを予想して止めたのだった。

「謝って済む問題じゃないよ！　それにこれまでの一年、兄さんへの下心を隠して何食わぬ顔で家族として接していたかと思うと、おぞましいやら腹立たしいやら……！　あのムッツリ公爵！」

「お父様はムッツリなんかじゃありません！」

ネイトのひどい言い様に、ダリルの隣に座るカイルが目尻を吊り上げて抗議した。敬愛する父が愚弄されたのだ、当然の反応だろう。ダリルはネイトの代わりに慌てて謝った。

「ご、ごめんね、カイル。でも、ネイトも本気で言ったわけじゃないからさ」

「いや、僕は本気だよ」

「ネイト！」

せっかくのフォローを台無しにするネイトを咎めるが、ぷいっと拗ねたようにそっぽを向いてしまった。

（まったくネイトは……）

ネイトの大人げない態度に溜め息をつく。本当はネイト自身が謝るべきところだが、また口を開けば火に油を注ぐことを言いかねない。ダリルは仕方なくカイルに向き直り、話題を変えた。

「まぁ、そういうわけであと半年はまだカイルの家族のままだから、よろしくね」

「半年と言わず、ずっと延長すればいいのに。僕は大賛成だ」

「いやいや、ずっと延長だなんてあまりに不誠実だし、失礼だよ」

滅茶苦茶な提案を割と本気で言ってきたので、ダリルは苦笑した。

「そうかな？　お父様もダリルに振られるよりよっぽど喜ぶと思うけど。もしくは延長なんてせず、お父様の求婚をすぐに受け入れるか」

「いや、でも、カーティス様をそういう目で見たことなくて、正直なところ、すぐ結婚というのは……」

「じゃあ、お父様のこと嫌い？」

「まさか！　嫌いになるところがない」

強く否定すると、カイルはにやりと口角を上げた。

「じゃあ、いいじゃない。愛のない政略結婚から愛を育むようになる夫婦だってこの世にはたくさんいる。逆に恋愛結婚の末に破局する夫婦だっているんだから。恋愛感情の有無は結婚にさして関係ないよ」

「いや、でも……」

なかなか首を縦に振らないダリルに、カイルは顔を顰める。

「……ダリルは僕と本当の家族になりたくないのか？」

「え？」

「だから、ダリルは僕と本物の家族になりたくないのかって訊いてるの。……ダリルがお父様の求婚を受けてくれれば、契約なんて一時的なものじゃない、正真正銘、本物の家族になれるのに」

視線を逸らして拗ねるカイルに、心が揺れる。

カイルの言う通り、カーティスのことは人として好きなのだから、二人がそれを望むなら、恋愛感情が伴わずとも結婚するのもいいかもしれない……と思ったのだ。

（いやいや、だめだ、だめ！　カーティス様は真剣なのに、こんな中途半端な気持ちで応えたら失礼だ）

情に流されかける自分を咎めるように心の中で言い聞かせていると、不意にネイトがふんっと鼻で笑った。

「残念だけど、兄さんと血の繋がった正真正銘、本物の家族はこれまでも、そしてこの先もずっと僕ひとりだけだよ」

「いや、なんでそんな得意げなの……」

どこに自慢の要素があると呆れるダリルだったが、隣のカイルは眉根を寄せた。

「別に血の繋がりがなくても僕らのように家族にはなれますよ。むしろ血の繋がりしか縋《すが》るものがないなんて、可哀想ですね」

見せつけるようにダリルの腕に顔をぴとりと押し当てて挑発するカイルを見て、ダリルは慌てた。

小さい頃から唯一心許せる家族として可愛がってきたためか、ネイトは自分が兄に一番愛されているという自負がとりわけ強い。

そんなネイトに、ダリルのことで煽るようなことを言えば当然、反応は目に見えている。

「な、何だと……っ！」

怒りの形相を見せるネイトに、ダリルのほうがひっ、と悲鳴を漏らしそうになった。

しかしカイルは少しも怯《ひる》むことなく、むしろさらに挑発するかのように睨み返した。

「可哀想だと言ったんですよ。か・わ・い・そ・う、と」

「僕のどこが可哀想だと言うんだ！」

「だって血の繋がりのある兄弟の関わりなんて幼少期がピークじゃないですか。いくら血の繋がりがあるとはいえ、結婚したら疎遠になるなんてよくある話ですし。つまり、過去が最盛期というわけで、可能性が無限大の未来に過去が勝てるわけがないんですよ」

「……ッ！」

カイルにとどめを刺され、ネイトは言葉に詰まる。

（え？　何これ？　何のバトルが始まってるの……？）

ダリルは置いてけぼりにされているようで、呆然としてしまう。

俯《うつむ》いて沈黙したネイトに、完全勝利を確信したのだろう。カイルがフンッと得意げに鼻を鳴らした。

だが突然、黙りこんでいたネイトが高らかに声を上げて笑い始めた。

「……フフッ、フハハハ！」

これにはダリルもカイルも戸惑いを隠せなかった。

（もしかして、年下のカイルに言い負かされたのがショックで壊れたとか……？）

心配するダリルをよそに、ネイトはなぜか不敵な笑みを浮かべ顔を上げた。

「確かに未来は可能性が無限大だ。だが、過去を見くびってもらっては困るよ、カイル君」

ゆったりと脚を組んで謎の余裕を醸し出すネイトに一瞬、気圧《けお》されたカイルだったが、すぐに居住まいを正した。

「どういう意味ですか？」

「カイル君、……君はまだ声変わり前の兄さんの声で『大好きだよ』と言ってもらったことはあるかい？」

「……え？」

誰もが予想だにしていなかった問いかけに、カイルもダリルも目をパチパチと瞬《しばた》かせる。

しかし、ネイトはそんな反応など意に介さぬ様子で続けた。

「いやぁ、今の兄さんの声も何物にも代えがたいほど可愛いけど、声変わり前なんてそれはもう天使そのものの可憐さだったよ。カイル君にも聞かせてあげたいくらいだけど、生憎《あいにく》、過去のことだからねぇ。残念ながらその声は僕の頭の中にしかないんだ」

「……っ！」

コンコンと指先で頭を叩きながらニヤリと笑うネイトを前に、カイルがわなわなと拳を震わせる。

ネイトは満足そうに目を細め、さらに言葉を続けた。

「それに今でこそ面倒見のいい兄さんだけど、昔は結構なドジっ子でね。転ぶなんてしょっちゅうで、その度に僕が手当してあげていたものだよ。いや〜、涙目で痛みに耐える兄さん、可愛かったなぁ。まぁ、この歳になると涙目になるなんてなかなかないから、本当に貴重な思い出だよ」

「ぐ……っ」

「いや、ちょっと、待って。何これ。俺の恥ずかしい思い出暴露大会になってない……？」

つらつらと得意げにダリルの恥ずかしい幼少期を明かすネイトに物申すが、もちろん恍惚混じりに語るネイトの耳に届くわけがなかった。

「涙目と言えば、昔の兄さんはものすごく怖がりで、夜中に妙な物音がするとすぐ僕のベッドに潜りこんできてたんだ。ぷるぷる震えながら僕に抱きつく兄さん、可愛かったなぁ～。敷地内の木に雷が落ちてすごい音がした時なんか、びっくりしすぎてお漏らし――」

「ネ、ネイトーッ！」

とんでもない過去を暴露され、ダリルは思わず飛び掛からんばかりの勢いで叫んだ。

その後、なぜかネイトに対抗するようにカイルもダリルの失敗談を次々に話し始め、ダリルは何度も羞恥の悲鳴を上げる羽目になった……

＊＊＊＊

半年という長くない期間が設けられているためだろう。カーティスはあらゆる手段でアプローチしてきた。

その多くが、宝石や服、靴などの贈り物だったり、高級な店に連れていったり、といったものだった。

もちろん、カーティスにプレッシャーを与えるつもりなどはなく、彼なりにダリルを振り向かせようと一生懸命なのだろう。

だが、貴族出身ではあるものの、コッド侯爵家で冷遇されてきたダリルの金銭感覚は平民に近く、カーティスのアプローチはダリルにとって慣れないものばかりで、心苦しくすらあった。特に高級店での食事などは、終始緊張し通しで、できればあまり行きたくなかった。

身の丈に合わないものをもらったり、そういった場所に連れて行かれたりすることに少し疲れてきた頃、カーティスが一泊二日の旅行を提案してきた。

場所についてはダリルを驚かせたいらしく、到着まで秘密だと言って教えてくれなかった。一体どんな高級宿に連れて行かれるのだろうと身構えていたダリルだったが、馬車が止まったのは思いも寄らない場所だった。

「こ、ここは……？」

馬車から降りたダリルは辺りを見回した。しかしいくら目を凝らしても、いつも連れて行かれるような高級店はなく、森が広がっているだけだった。

「ああ、ここはハウエル公爵家所有の森だ」

「どうして森に？」

予想外の答えに驚いて問うと、カーティスは森の木々を見上げながら答えた。

「……君に喜んでもらおうといろいろな場所に連れていってみたが、あまり喜んでいる様子がなかったから、趣向を変えてみた。前にカイルと三人で別荘に行った時、すごく生き生きとしていたから自然が好きなのかと思って」

ちらりと、カーティスはダリルの反応を窺《うかが》う。自信なさげなその表情に、くすりと笑ってしまった。

「私のためにいろいろと考えてくれたんですね。ありがとうございます。確かに私にはこういった場所のほうが気楽でいいです」

「そうか、それならよかった」

ダリルの言葉を聞いて、カーティスはホッと頬を緩めた。そして、背後でダリルたちが乗ってきた馬車とは違う別の馬車から荷物を下ろしている使用人たちのほうを振り返った。

「私の荷物を」

「はい」

カーティスは大きいリュックを使用人から受け取ると、それを背負った。

「それじゃあ、お前たちはここで待機していてくれ。私たちはこの先でテントを立てて、一晩過ごす」

「え、テント!?」

ダリルは驚愕した。森を散策するくらいだと思っていたが、まさか野宿するとはまったくの予想外だった。

「大丈夫だ。テントを立てるのも、食事の準備も私がすべてやる。ダリル君は何もしなくていい。

もし野宿に抵抗があれば少し離れたところに別荘もあるが、そっちにするか？」

ダリルはカーティスの持つ大きな荷物をちらりと見た。きっと、この日のためにいろいろと考えて準備をしてくれたのだろう。

ダリルは微笑んで首を横に振った。

「いいえ、お構いなく。むしろテントがいいです。テントで寝るなんて子供の時以来でわくわくします！」

それは本心からの言葉だった。ネイトが母親とケンカをして家出した時に同行して、近くの森で野宿したことを思い出した。

（あの時は下手なりにテントを立てたり、野草で料理したりして、ネイトにすごい尊敬の眼差しを向けられたんだよなぁ）

懐かしい記憶を思い出しながら顔を綻ばせるダリルに、カーティスもつられるようにして微笑んだ。

「喜んでくれたならよかった。それじゃあ、行こうか」

手を差し出され、ダリルはおずおずとその手を取った。何度されても、紳士然とした対応は未だに慣れない。

「あ、ありがとうございます。あの、よければ、私も荷物を持ちますよ。重いでしょう？」

「大丈夫だ。重くない」

気を遣って言っているのは分かるが、さすがに重くないと言うには無理がある。ダリルはカーティスの背中の大きな荷物に目を遣りながら苦笑した。

「いやいや、さすがに重くないことはないでしょう」

「本当に大丈夫だ。その証拠に――」

言葉をそこで切るや否や、カーティスはダリルを横向きに抱きかかえた。突然のことに驚くダリルに、カーティスは目を細めて言った。

「このまま君を抱えて歩いても大丈夫なくらいだ」

至近距離で甘やかに微笑みを向けられ、頬が熱くなる。その光景を見る使用人たちも見事に皆驚いているのがまた居た堪れず、思わず顔を両手で顔を覆った。

「わ、分かりました……。カーティス様が力持ちなのは、よく分かったので、その、降ろしてください……」

ダリルは羞恥心に押し潰されながらも、かろうじて言葉を絞り出すことができた。カーティスは残念そうだったが、ダリルに請われては断れないのだろう。すぐに降ろしてくれた。


しばらく歩くとカーティスはリュックを下ろし、手際よくテントを立て始めた。もちろんダリルも手伝いを申し出たが、頑として受け入れてくれなかった。

「君は何もしなくていい。誘ったのは私だ。暇かもしれないが、ここに座って少し待っていてくれ。すぐに済ませる」

そう言って、上等な敷物を出してそこにダリルを半ば強引に座らせた。こうなると、言い募ってもかえってカーティスの手を煩わせてしまう。ダリルは仕方なくテントが立つのを座って大人しく待つことにしたが、少し不満だった。

　もちろん、ダリルが邪魔だから手伝いを断ったわけでないことはよく分かっている。真面目なカーティスのことだ、誘った自分がすべてしなければと思っているのだろう。

　だが、そうと分かっていても、胸のもやつきはどうしようもできなかった。

（もっと頼ってくれてもいいのに……）

　これまでカイルのことに関して、カーティスはダリルをいろいろと頼りにしてくれていた。それがダリルには誇らしかったし、単純に嬉しかった。

　しかし、カイルが屋敷にいない今、頼られているという実感が確実に減った。

（それを寂しく思うなんて、俺も欲張りになったものだな）

　胸の中で自嘲する。物思いに耽っているうちに、気づくとテントは完成に近づいていた。

　テントを立て終えた後は、森の中を散策して回った。屋敷の庭園とはまた違った自然との触れ合いに、心が和んだ。

　一度、テントに戻ると、カーティスは荷物の中から釣り竿を取り出した。

「釣りをするんですか？」

「ああ、近くに川がある。そこで夕食の食材調達をする」

「じゃあ、私も釣ります！」

次こそ自分が役に立てる場面が来たと、ダリルは意気揚々と手を挙げた。しかし、カーティスは申し訳なさそうに言った。

「すまない。釣り竿はこれだけなんだ。だが、君の分は私が釣る。だから心配することはない」

頼もしくカーティスが言う。しかしそれでは、さっきからただこの場にいるだけで自分は何もしていない。ダリルはそれが心苦しかった。何かできることはないかと考えて、あるひらめきが頭に浮かんだ。

「それじゃあ、カーティス様が魚を釣っている間、私は食べられる野草やキノコを探してきますね！」

家を勘当される未来に備え、子供の頃からそういった知識はひと通り頭に入っている。これなら役に立てるはずだと、ダリルは意気ごんだが、カーティスは困った顔で首を横に振った。

「ありがたい提案だが、君ひとりで行かせるのは心配だ。森の中では何があるか分からないからな」

やんわりと提案を却下され、ダリルは俯《うつむ》いた。カーティスに悪気はなく、むしろ善意で言っているのは分かっている。だが、ここまで何もさせてもらえないと悲しくなるのも事実だった。

「……私ってそんなに頼りないですか」

ぽつりとダリルが言うと、カーティスは目を見開いた。

「何を言っているんだ。そんなわけない」

カーティスは、ダリルがなぜそんな考えに至ったのかまるで分からない、といった表情を浮かべた。しかし、卑屈な言葉を止めることはできなかった。

「でも、何もさせていただけないじゃないですか。そりゃあ、私はカーティス様みたいに手際も要領もよくないので頼りないとは思いますが……」

しゅん、と落ちこむダリルを前に、カーティスは長く息を吐き、口を開いた。

「私の言動が君にあらぬ誤解を与えてしまったようだな。すまない。ただ、私は君に頼りになるところを見せたかっただけなんだ。……幼稚で恥ずかしい話だが、君にかっこいいと思われたかったんだ」

額に手を当てて白状するカーティスの顔は真っ赤だった。

いつも落ち着き払って紳士然とした態度を崩さないカーティスの口から、まさかそんな言葉が出るとは思ってもおらず、ダリルは面食らった。何もさせてもらえない理由がそんな単純な理由だったのかと思うと、堪らず噴き出してしまった。

「ふふっ、カーティス様もそんな風に思うことがあるんですね」

「……当然だ。君を振り向かせたくて必死なんだ」

バツが悪そうに言うと、カーティスはリュックの前に膝をつき、中から香辛料を取り出して並べた。

「何か使えそうなものはあるだろうか。ぜひ君に野草やきのこで何か作ってもらいたい」

「……っ、はい、もちろんです！」

「ただ、なるべく私の目に見えるところにいてくれ。もちろん、それは決して君が頼りないというわけではない。何かあった時にすぐに駆けつけられるようにしたいんだ」

カーティスは優しくそう言う。誤解を与えないように気をつけているのがありありと伝わってきて、その優しさにダリルは頬を緩めた。

「はい、分かりました。夢中になって森の奥へ……、なんてことがないよう気をつけますね」

「ああ、頼むよ。せっかくのデートだ。君の姿が見えないなんて寂しい」

そう言って、ぎゅっとダリルの手を握る。そのどこか切実さを感じる感触に、思わず胸が高鳴った。


食料を集めるとテントの近くで火を起こし、それらを調理した。カーティスは釣った魚を大きな葉で包んで香草と一緒にして蒸し焼きを、ダリルは採ってきたキノコや野草でスープを作った。

二人は夜空の下、火を囲んでそれらを食べた。

「ダリル君が作ったスープ、すごくおいしいよ。さすがだ。見たことのある野草もあったが、食べられるとは知らなかった」

感心した様子でカーティスが言うので、ダリルは照れた。

「カーティス様が調理した魚もおいしいですよ。香草と一緒に蒸しているから香りもいいですね」

魚を頬張るダリルに、カーティスは嬉しそうに目を細めた。

「よかった。人に振る舞うのは初めてだから少し心配だったんだ。レシピも料理人に考案してもらった」

わざわざ料理人にレシピを考えてもらうとは、真面目なカーティスらしいとダリルは小さく笑った。

「でも、意外でした。貴族であるカーティス様がテントの用意や魚釣りに慣れているなんて」

「私は戦地に赴くこともあるからな。生き延びるために必要な知識や技術は、ひと通り身に着けている」

それを聞いて、そういえばカーティスは五年前まで戦場にいたな、とダリルは思い出した。そして軽率なことを言ってしまったと気まずくなったが、カーティスは違った。

淡く微笑んで、自身が作った魚の蒸し焼きをゆったりと見下ろしている。

「生き延びるためだけの技術をこんなに楽しいことに使える日が来るとは思いもしなかった。……人に料理を作って食べてもらうというのは、実に嬉しいことなんだな。君といると、世界はこんなにも楽しいことや嬉しいことに溢れているんだと実感するよ」

そう言って、甘い慈しみに満ちた瞳をダリルに向けた。その賛辞にも似た眼差しで落ち着かなくなり、ダリルは話題を変えた。

「そ、そんな大袈裟な。あっ、そういえば、森で過ごすなんてこんな楽しいこと、どうやって思いついたんですか？」

「ああ。それについては、実はカイルに相談したんだ。そうしたらいろいろとネイト君に君の話を聞いてくれたらしい」

「ネイトから話を？」

正直なところ、驚きだった。ネイトがカーティスのアプローチに協力するとは思えなかった。

(きっとカイルがネイトを褒めちぎって聞き出したんだろうな)

賢いカイルのことだ。恐らくネイトの性格を利用し、おだて上げてダリルの話を聞き出したのだろう。その光景を想像したら、思わず口角が上がった。

「その中で昔、家出したネイト君と一緒に森で野宿した話が印象的で。だから、試しにこういったデートにしてみたが、正解だったようだ。今日の君はのびのびとして自然体だ。カイルに礼を言わなければな」

嬉しそうに目を細め、カーティスは夜空を見上げた。

「しかし、カイルに今日の話をしたら羨ましがるだろうな。自慢していると思われるかもしれない」

「自慢だなんてそんな……。あ！　じゃあ、今度は三人で来ませんか？」

きっといい考えだと同意してくれるに違いないと思って、ダリルは提案した。しかし、カーティスは目を見開いてこちらを凝視した。

「あれ？　もしかして私、変なこと言いました……？」

「いや、そうじゃない。……ただ。君の口からこの先のことについて出てくるとは思ってなくて。それが思った以上に嬉しくて、つい動揺してしまった……」

口元に手を当てながら、動揺した自分を恥じるようにカーティスは口ごもる。その頬は赤く、なんだかひどく思わせぶりなことを言ってしまったと思って、ダリルは慌てた。

「す、すみません、なんか、すごく無責任なことを言ってしまって……。でも、三人で来たいというのは本心ですっ」

「ああ、分かっているよ。君がカイルのことに関して、その場だけの適当なことを言うような人間でないことは、よく分かっている」

そう言って、カーティスはそっと手を重ねてきた。

「ぜひ、今度は三人で来よう」

真っ直ぐ見つめられ、ドキッとする。カーティスのこの柔らかで純真な眼差しにどうも弱い。ダリルは赤い顔を隠すように俯《うつむ》いて「は、はい、ぜひ……」とだけ答えた。

しばらく他愛のない話をしていた二人だったが、夜も更け、ダリルの口からあくびが漏れ出る。それを見たカーティスがくすりと微笑んだ。

「今日は疲れただろう。ゆっくり寝るといい。私がここで見張りをしているから安心してくれ」

「え、カーティス様は寝ないんですか！」

驚いて訊き返すと、カーティスは当然とばかりに頷いた。

「ああ、近くで護衛を待機させているとはいえ、何かあっては困るからな」

「それなら、交代で寝ましょう。カーティス様もお疲れでしょう？」

「私のことは気にしなくていい」

「そんなこと言って、カイルと三人で別荘に行った時も倒れたじゃないですか。今回も無理してスケジュールを空けたんじゃないですか？」

ダリルの言葉に、カーティスが気まずそうに口を閉ざす。どうやら図星のようだ。ダリルは溜め息をついて立ち上がった。

「カーティス様が寝ないなら私も寝ません。一緒に起きています」

そう宣言して、カーティスの真横にどすん、と腰を下ろした。絶対にここから動かない、という固い意志を示すようなダリルの行動に、カーティスが少し慌てた。

「いや、それはよくない。睡眠は大事だ」

「その言葉、そっくりそのままお返ししますよ」

ダリルの返しにカーティスは言葉を詰まらせた。それを見てダリルは微笑んだ。

「万が一の事態に備えているのは分かります。ですが、万が一のことより、確実に来る明日のことを考えて、一緒に寝ませんか。せっかくの楽しい旅行も、寝不足では楽しめませんから」

そう諭すと、カーティスは逡巡《しゅんじゅん》してから、細く長い溜め息をついた。

「……私をこうも簡単に説得できる人間は、きっとこの国で君くらいなものだろうな」

ぼそりと呟いて、カーティスはそのまま立ち上がった。

「確かに君の言う通り、せっかくの楽しい旅行だ。寝不足ではもったいない。……それじゃあ遠慮なく一緒に寝させてもらおう」

言いながら、ダリルへ手を差し出す。なぜか『一緒に寝させてもらおう』の一言が妙に艶《つや》めいて聞こえて、頬が熱くなった。

テントはダリルがひとりで寝ることを想定していたのだろう、二人で寝るには少し狭かった。そのために距離が近く、ダリルは少しそわそわした。

「……すまない。やっぱり私が一緒に寝ると狭いな。これでは落ち着かないだろう？」

「い、いえっ、そういうわけじゃありません。ただ、人と一緒に寝るのが久しぶりなので……」

カイルとはベッドを共にしていたが、それ以外では誰かと一緒に寝ることがほとんどなかったので慣れていない、という意味で言ったが、なぜかカーティスは黙りこんでしまった。

どうしたのだろうと首を傾げていると、カーティスが口を開いた。

「……人と一緒に寝るのが久しぶりというのは、以前は元婚約者とよく寝ていたということか？」

「え？」

思いがけない質問に一瞬ぽかんとなったダリルだが、とんでもない誤解に慌てて首を横に振った。

「ね、寝てませんよ！　人と寝るのが久しぶりというのは、少し前までカイルと一緒に寝ていたからで、あんな奴と一緒に寝るなんて、絶対にあり得ませんっ」

強く否定すると、カーティスはホッと安堵の吐息を漏らした。

「そうか。それならよかった……。すまない、恋人でもないのに、変な詮索をして。ただ、君が誰かと一緒に寝ていたと思うと、胸がもやついて、気づけばあんなことを口走ってしまった。恥ずかしい限りだ」

消え入りそうに言うカーティスにどう答えていいか迷っていると、唐突にカーティスがくしゃみをした。寝具用のブランケットが一枚しかなく、カーティスはそれをダリルに譲って上着をかけているだけだから、やはり寒いのだろう。

「夜はやっぱり冷えますよね。よければ一緒に使いませんか？」

ダリルはカーティスのほうへ寄って、ブランケットを彼の体にかけた。

「せっかく寝不足を回避できても、風邪を引いたら意味がないでしょう？」

カーティスが遠慮するのを見越して、笑顔で先手を打つ。カーティスは少し迷う素振りを見せたが、すぐに「それじゃあ君の好意に甘えよう」と体をダリルのほうへ寄せた。

ブランケットの内側はすぐに二人分の熱で温まった。心地よい温もりだが、間近にあるカーティスの匂いと気配にドキドキして、なかなか眠気が訪れない。

「……ダリル君」

急に名前を呼ばれ、びくっと鼓動が跳ね上がる。

「は、はいっ、何でしょう？」

「もしよければ手を握ってもいいだろうか」

思いも寄らぬことを請われ、ダリルはパチパチと目を瞬《しばたた》かせた。

「ええ、別に構いませんが……」

そう言ってダリルが手を差し出すと、カーティスはそっとその手を握り、甘やかに微笑んだ。

「やっぱり君の手は心地いいな。触れていて安心する。……あの時もそうだった」

「あの時？」

「ああ、久しぶりにカイルに会おうとした時、緊張していた私の手を握ってくれただろう。スベスべになっていませんか、と言って」

「あ……っ！」

――あ、あのっ、――私の手、スベスベになっていませんか！

カーティスに言われ、あの時とっさに出た言葉を思い出して赤面した。

「は、ははは……っ、その節は急に変なこと言って、すみませんでした……」

「いや、謝ることはない。おかげで緊張が解けたんだ」

肩をすぼめるダリルに、カーティスは柔らかく微笑んだ。

「あのオイルの効果は絶大のようだな。あの頃の手荒れが跡形もなく滑らかだ。……私の贈り物で君に変化を与えられるというのは、気分がいいものだな」

カーティスは目を細めながら、親指の腹でダリルの指先を撫でさする。その手つきに、下心めいたいやらしさはない。しかしだからこそ、その手にやましいくすぐったさを覚える自分が後ろめたい。ドクドクと忙しなく鳴り響く心音に、鼓膜が押し潰されそうだった。

「……っ、あの！　そういえば、すぐ近くに、護衛の方がいるんですよね！　それなら寝具をもうひとり分貸してもらえるんじゃないでしょうか！」

今更ながら護衛のことを思い出し、ダリルは提案した。正直なところ寒くはなく、それどころか体は熱いくらいだったが、この至近距離に心臓が持ちそうになかった。

しかしカーティスはすぐには返事をしなかった。

「……確かに、言えばすぐに準備するだろう。だが」

そこで言葉を切ると、カーティスはダリルの腰をぐっと抱き寄せた。

「せっかく君に触れる口実を得られたのだから、どうか奪わないでやってくれないか。契約書にある通り、君が嫌がることはしない。……だから、どうか私に慈悲を与えてほしい」

耳元で甘く乞い願うように囁かれ、顔が燃え上がるように熱くなる。こんなにも切なげに請われては、拒むこともできない。ダリルは寝具をもらって来ることを早々に諦めた。

「わ、分かりました……。で、でも、さっきみたいに、撫でさするのはやめてください」

「すまない、不快だったか……」

しゅん、と目に見えて落ちこむカーティスに慌てて否定する。

「い、いえっ、不快とかじゃなくて、むしろ気持ちいいというか、なんか変な気持ちになっ――」

自分のきわどい言葉にハッとして口を塞ぐ。しかし、時すでに遅し。カーティスは嬉しそうに目尻を下げた。

「そうか、それならよかった」

途切れた言葉の先を言及されないのがかえって恥ずかしく、ダリルは熱くなった顔を俯《うつむ》けた。

その後も、カーティスの腕の中でなかなか落ち着かず寝つけなかった。

一方のカーティスは、心地よさそうに深く寝入っていた。

（な、なんか、俺のほうが下心あるみたいで恥ずかしいんですけど……！）

ダリルの心情など知る由もなく熟睡するカーティスを睨みながら、ダリルは眠気が訪れるのをただひたすら待ち続けた。

＊＊＊＊

契約延長の期限まであと一ヶ月となった頃。アリシア学園から保護者懇親会という名の夜会の招待状が届いた。

これまでも貴族からは夜会の招待を幾度となく受けたが、カーティスがすべて断っていた。二人は期間限定の関係である。ハウエル公爵の伴侶として公の場に出ては、契約解消後にいろいろと支障があるかもしれない、とダリルの将来を配慮してのことだった。

しかし、この保護者懇親会には出席をせざるを得なかった。もちろん、カーティスが強制してのことではない。

懇親会で新入生は合唱を披露するのだ。カイルが級友たちと一緒に合唱する姿、――欠席という選択肢はなかった。

懇親会当日、ダリルはカーティスと馬車に乗り、アリシア学園へ向かっていた。

（……気まずい）

ダリルは心の中で溜め息をついた。

もちろんカーティスとケンカをしたわけではない。むしろその逆と言っていいのかもしれない。

隣に座るカーティスは、新調した夜会服に身を包むダリルを、窓の桟に肩肘をつきながらしげしげと眺めている。その瞳には慈しみにも似た感情が浮かんでいた。

無言の賛辞を捧げられているようで、どうにも落ち着かない。何か会話の糸口を探そうと窓の外を見遣るが、夕闇が深まった森に話題になるものは見当たらなかった。

「……えっと、新しいものを買っていただき、本当にありがとうございました」

夜会服の生地を軽く摘まんで、ダリルはぎこちなく微笑んだ。

屋敷でも礼はしたが、こちらに向けられる眼差しを断ち切るのに不自然でない話題がそれしか思いつかなかった。

「いや、私がしたくてしたことだ」

「でも、本当にありがたいです。この服なら私みたいな人間がカーティス様の隣に立っても、ハウエル公爵家の名を汚すことはないでしょうから」

これまで公に姿を現さなかったハウエル公爵の伴侶が、自分のような地味で見た目もよくない人間となれば、周囲から向けられる落胆と蔑みは容易に想像できる。だが、これだけ上等な服を着ていれば、顔立ちの地味さも何とか誤魔化せるだろう、そう思っての言葉だった。

しかしカーティスには思いがけない言葉だったようで、彼は目を瞠《みは》った。

「家名を汚すなんてとんでもない。むしろ君が私の隣に立ってくれるのは誇らしいよ」

そう言っておもむろに手を伸ばすと、ダリルの髪をスッと耳にかけた。

ダリルの耳には赤い宝石があしらわれたイヤーカフスが堂々たる輝きを放っていた。その宝石の色はカーティスの瞳の色とよく似ていて、わざわざ外国から取り寄せて作らせたらしい。

（耳がこんなに重く感じたのは初めてだ……）

もちろん単純な重量の話ではない。

「できれば、なるべくこれは見えるようにしていてほしい。君に悪い虫が近寄らないための虫除けの意味でもあるんだ」

イヤーカフス越しに耳朶を指先で撫でられ、そのくすぐったさに思わず目を薄く瞑る。

「い、いや、虫除けって……。大丈夫ですよ。これまで虫が寄ってきたことなんてありませんから」

「……じゃあグラスター公爵は？」

「あ」

それはすっかり忘れていた。

「い、いや、あの人は特殊と言いますか、百年に一度現れるかどうかの例外みたいな感じですよ。私に好意を抱く人間なんて滅多にいませんから、本当に大丈夫ですよ」

「……ダリル君、もしかして私が君を好きだってことを忘れてないか？」

自分へ好意を持つ人間の存在を完全否定するダリルに、カーティスは少し不安そうに眉根を寄せる。

「そ、そんなわけないじゃないですか。ただ、本当に私は全然モテるタイプの人間じゃないので、その点は安心してください。私を好きだなんていう変わり者はカーティス様くらいです」

最後は冗談めかして言うと、カーティスは小さく噴き出した。

「まぁ、事実はどうであれ、君を好きなのは私だけだと思いこんでくれているのはありがたいことだ」

「いや、思いこみじゃないと思いますけど……」

どちらかというと、カーティスのほうこそダリルがモテるという妙な思いこみに囚われているように見えるが、当人は気づいていないようだ。

カーティスはダリルの耳元から手を離すと片手で目元を覆い、背もたれに体を預けた。そして、ふぅ、と深く溜め息をついた。

「……君を好きになってから、自分がどんなに独占欲が強くて狭量な人間か、を痛感してばかりだ。情けない」

自嘲気味に言いながらも、その声はどこか清々しさすら感じられた。

カーティスは目元を覆っていた手を下ろすと、ダリルのほうへゆるりと視線を遣った。向けられる熱い眼差しに、ドクンと鼓動が跳ねる。

好きだと告げられてから今日まで、カーティスはその好意を包み隠さず言動で示してきた。最初こそ戸惑うだけのダリルだったが、今は違う。ひたむきな愛を向けられるだけで、心が揺らいだ。

カーティスと一緒にいる時の心地よい安らぎと、胸の高鳴り。これらを恋ではないと断じるのは無理がある。だが、ある後ろめたさがそれを頑なに認めたがらなかった。

ダリルはちらりと窓の外に視線を遣った。いつの間にか森を抜け出て、辺りは明かりのついた街路の景色に変わっていた。

（もう少しでアリシア学園に着くな。初等部と高等部はかなり場所が離れているから、アルフレッドたちに会うことはないと思うけど……）

悪役令息としての過去が、ダリルの胸に暗い影を落とす。カーティスが自分の過去をどのくらい知っているかは分からない。もしかしたら、すべて知っている可能性もある。そうであれば、カーティスの気持ちを受け入れることに何の問題もない。

だが、もしカーティスが何も知らず、後になってダリルの過去を知ってしまったら……

深い愛と慈しみに満ちた瞳が、冷たい軽蔑の色に変わる瞬間を想像して震える。それほどまでに、ダリルはカーティスに嫌われることが恐ろしかった。

「もう少しで到着だな」

ダリルの視線を辿《たど》るように、カーティスも窓の外に視線を遣った。

「懇親会でこの狭量さを晒して、君に嫌われないようにしないといけないな」

自分を律するように言って、カーティスが淡く微笑んだ。

――嫌われないようにしないといけないな。

それはこちらの台詞だ、とダリルは胸の内で零した。

こんなにも自分に視線が集まったのは、人生で二度目だった。

一度目はアルフレッドに婚約破棄を言い渡された舞踏会。元来、見た目も地味で内向的な性格のダリルは、集団の場にいてもほとんど目立たない存在であり、自身もそれを望んでいた。

だから人々の注目が集まる状況は苦痛以外の何ものでもなかったが、あの時はこれが最初で最後だと思ってやり過ごした。第二の人生では慎ましくひっそりと暮らす予定だったので、まさか二度目が訪れるとは思ってもいなかった。

保護者懇親会の話を聞いた時から覚悟はしていたが、想像以上の注目具合だった。

なにせカーティスの隣に立っているだけで、息をするように視線が集まって来るのだ。

もちろん露骨に凝視するような者はいない。それでもチラチラと視線を寄越されれば、掻き傷も積もれば深い傷になるように、疲労感が蓄積されていった。

（早く屋敷に戻りたい……）

懇親会に来て十分と経たない内に、ダリルの心はすでに屋敷に帰りたがっていた。

ハウエル公爵ほどの人間となると、他の貴族がこぞって挨拶に来る。その度にカーティスが、自分の伴侶であることを相手に紹介するので、ダリルは緊張で強張《こわば》った頬に何とか愛想笑いを浮かべて対応した。紹介された相手は「まぁ、可愛らしいお方ですわね」だとか「素敵なお方」などといった当たり障りのないお世辞でその場をやり過ごすが、カーティスはそれを真に受け、どこか誇らしげだった。

恐らく、普段カーティスが感情を表に出すことは滅多にないのだろう。これには相手も驚き、中にはカーティスの機嫌を取ろうと、ここぞとばかりに聞いていて恥ずかしくなるくらいのお世辞をつらつらと並べ立てる者さえいた。

もちろん当の本人のダリルはそれらがお世辞であることは分かっていたので、ただただ恥ずかしく、居心地が悪かった。

「お父様！　ダリル！」

ようやく挨拶に来る人間が途切れたところで、カイルが駆け寄ってきた。普段の制服とは違う、行事用のきっちりとした礼服を着ていた。初めて見るカイルの礼服姿にダリルは目を細めた。

「久しぶり。その服、すごく似合っているね」

「そう？　僕には少し子供っぽい気がするけど」

カイルが不服そうに口を尖らせる。相変わらず大人びているなぁ、とダリルは苦笑してしまう。

「それなら、これをつけてみるのはどうだ」

カーティスはそう言うと、胸ポケットからコインほどの大きさの赤いブローチを取り出した。そして、片膝をついてカイルの胸にそれをつけた。

「ダリル君のイヤーカフスと同じ宝石でカイル用に作らせた。どうだ？」

カーティスの言葉を聞いて胸元に光るブローチを見たカイルは、目を輝かせた。

「……っ、すごく素敵です！　さすがお父様！　ありがとうございますっ」

そしてぎゅっと胸元のブローチを両手で握りしめた。礼服を子供っぽいと一蹴したカイルだが、父からのプレゼントに歓喜の表情を浮かべるその顔はまだ幼くて、ダリルは微笑ましい気持ちでいっぱいになった。

三人でしばらく話していると、貴族らしい男が声をかけてきた。

「カーティス様、少しお時間をいただいてもよろしいでしょうか」

カーティスは一度ちらりと二人のほうを見てから「ええ」と答えて、ダリルに向き直った。

「すぐに戻る。困ったことがあったら、カイルに言ってくれ」

「え……、普通それ逆じゃないですか？」

「いや、妥当な判断でしょ。僕のほうがしっかりしてるしね」

カーティスに頼りにされたのが嬉しいのか、カイルは得意げだった。そんなカイルにカーティスはふわりと微笑んで、その場を立ち去った。

黙って立っているだけで人の目を集める美貌の持ち主が隣からいなくなり、カーティスには悪いがダリルは少しホッとした。これで周囲からの注目もだいぶ和らぐだろう……と、楽観的に安堵の吐息をついたのも束の間だった。

「ダリル様！」

まるでカーティスがいなくなるのを狙っていたかのように、婦人たちがわらわらとダリルのもとへ集まってきた。先ほど挨拶に来たので顔は覚えているが、正直なところ、数が多すぎて名前は覚えていない。そのため笑みがついぎこちないものとなってしまったが、そんなことは彼女たちにとってはどうでもいいようだった。

「お噂はかねがね聞いていましたので、今日お会いできて嬉しいですわ」

「あの公爵様が心に決めたお方とあって、社交界では常に噂の的でしたのよ。もちろんいい意味で」

「それにしてもあんなに柔らかな表情を見せる公爵様を初めて見ました。あまりお笑いになることはないですものね」

「以前の氷のようなクールさも素敵でしたけれど、あんな優しいお顔ができるなんて、私、つい、ときめいてしまいましたわ～」

　声を弾ませる彼女たちに、ダリルは圧倒されつつ愛想笑いで返した。

「なかなか顔を出せず、申し訳ございませんでした」

「いえいえ、別に責めているわけではないんですのよ」

「そうです。ただ、あの公爵様の心を射止めたのがどんな方なのか、すごく気になって……」

「お噂通り、聡明で優しそうなお方ですわね」

「ところで、カーティス様とはどのようにして出会われたのですか？」

「普段はどのように呼び合っているのです？」

「ぜひぜひ、馴れ初めなどお聞きしたいですわ」

　彼女たちは目を輝かせ、興味津々で訊いてくる。

「いや、えっと、その……」

　彼女たちの好奇心の圧にたじろいでいると、不意にカイルがくいっと服の裾を引っ張った。

「ダリル、僕、人に酔ったみたい……」

　カイルは口元に手を当て、いかにも体調が悪そうだった。しかし、そのしおらしい態度は演技だとすぐに分かった。その意図が分からないほどダリルも馬鹿ではない。

「そっか、じゃあちょっと外の風に当たりに行こうか。それでは皆さん、私はここで失礼します」

体調を気遣うようにカイルの肩に手を添えて、二人はそそくさとその場を後にした。

その後、カイルと共に人気のないテラスへやってきたダリルは、今までの緊張をすべて吐き出す勢いで溜め息をつき、手すりにうつ伏せた。

「つ、疲れた……。やっぱり俺は社交界に向いてない」

弱音を漏らすと、背後に立つカイルが肩をすくめた。

「あんなの適当にかわせばいいんだよ。……それとも、もう帰る？　僕の歌を聴かないで」

「まさか！」

ガバッと勢いよく顔を上げた。

「何のためにここに来たと思ってるんだ！　たとえ手足をもがれても絶対に歌を聴くまでは帰らない！」

「手足をもがれてもって……、その時は普通に病院に行きなよ」

呆れた風に言いながら、何が何でも歌を聴きたいというダリルの意思は伝わったようで、カイルは満更でもない顔をしている。

「まぁ、もし病院に行くようなことになったら、僕も一緒に――」

「ダリル！」

カイルの言葉を遮って、不躾《ぶしつけ》な声が割りこんできた。その不躾《ぶしつけ》で傲慢な声には聞き覚えがあった。

ダリルは嫌な予感に蓋をしながらそろそろと声のほうを振り返った。そして、そこに立っている予想通りの人物に心底げんなりした。

「……アルフレッド」

どうしてここに、とは聞かない。恐らく、初等部に何かしらの手を回して忍びこんだのだろう。

ズンズンとこちらへ向かって来るアルフレッドに、カイルがサッとダリルを庇うように前に出た。

「……ダリルに何の用だ」

睨みをきかせて凄むカイルに一瞬怯《ひる》んだアルフレッドだったが、無視してダリルのほうへ視線を遣った。

「ダリル、話がある。少しだけ時間をくれないか」

アルフレッドは婚約を破棄した時からは想像できないほど下手に出てきた。不信感は拭えないが、その表情はどこか切実で、話も聞かずに追い払うのは酷に思えた。

それにアルフレッドはしつこい男だ。ここで追い払ってもついて回ってくるに違いない。カーティスにそんなところを見られたくなかった。

「……分かった。とりあえず話だけ聞くよ」

溜め息をついて了承すると、アルフレッドはホッと安堵の表情を見せた。ダリルはカイルのほうへ向き直った。

「ごめん、ちょっと先に戻ってもらっててもいい？」

「でも……っ」

「大丈夫。すぐに戻るから」

ダリルにそう言われても少し迷うカイルだったが、「……本当にすぐに戻ってきてよ」とだけ言い残してホールへ戻っていった。カイルの背中を見届けてから、ダリルはアルフレッドのほうを向いた。

「それで、話って何？」

「いや、その、ハウエル公爵についてなんだが……」

アルフレッドは一度そこで言葉を切ると、口ごもった。そんなアルフレッドに焦れて、ダリルは口を開いた。

「カーティス様がどうしたの？」

質問を投げかけても、なお踏ん切りがつかない様子のアルフレッドに、ダリルはいい加減苛立ってきた。このまま話を切り上げようと思ったところで、ようやくアルフレッドが口を開いた。

「……お前、もしかしてハウエル公爵に俺のことを悪く言ってないだろうな？」

「は？」

じとりと陰険な視線と共に寄越された非難めいた問いに、思わず顔を顰める。

やっと口を開いたかと思えば、とんだ言いがかりだった。ダリルはうんざりしながら首を横に振った。

「いや、話したことないけど」

「う、嘘だ！　だって急にハウエル公爵家からの当たりがきつくなって、ゴードン家は今大変なんだぞ！　お父様もお兄様も、俺がお前とあんな別れ方をしたからだってすごく怒っていて……」

よほど父や兄から叱責されているのだろう。アルフレッドは青い顔で嘆いている。

確かにあの別れ方は公開処刑に近かった。ダリルにとっては望んだ展開だったので遺恨はなかったが、普通あんな形で別れを切り出せば、恨みを買うことは誰でも予想できる。アルフレッドの父や兄が、ハウエル公爵家からの当たりがきつい原因がそこにあると考えるのも、当然だ。

「まさかお前、自分のしたことを棚に上げて、俺についてあることないこと吹きこんでるんじゃないだろうな？」

ギロリと睨まれて、ダリルは心の底から辟易した。

「さっきも言ったけど話してないよ。それどころかアルフレッドの名前さえ出してないし」

「じゃあ、なんであんなに怒ってるんだよ！　今日も挨拶しようと思ったら、すごい冷たい目で睨まれて近づくことさえできなかったし……」

「そうは言われても、本当に俺は何も言ってないよ」

アルフレッドは涙目になって訴えてくるが、ダリルには少しも同情の念が湧かなかった。

婚約関係にあったと言っても親同士が勝手に決めたものであり、アルフレッドは自分の婚約者がダリルのような地味な男であることをひどく不満に思っていた。それは態度にもありありと出ており、常にダリルを見下していた。そんな相手に同情などするはずがない。

それに元々、ゴードン家については貴族の間でもあまりいい噂を聞かなかった。ハウエル公爵家からの当たりがきついのも、自分のことは無関係だと思っている。

だから泣きつくような真似《まね》をされても、ダリルとしてはただただ迷惑でしかなかった。

「……分かった。百歩譲ってお前がハウエル公爵に告げ口をしていないことは信じよう」

不承不承といった感じでアルフレッドが言った。

正直なところ、信じようが信じまいがダリルにはどうでもいいことだったが、そこは黙っておく。

「その代わり……頼む！　俺とハウエル公爵の間を取り持ってくれ！」

「えぇっ」

思わず顔を顰めるダリルに、アルフレッドが眉根を寄せる。

「何だよ、不満なのか？」

「いや、不満っていうか、ただただ面倒くさい……」

「は!?　お前、冷たいな！　それでも元婚約者か！」

つい本心を漏らすと、アルフレッドが目尻を吊り上げて責めてきた。

（いや、むしろ元婚約者によくこんな図々しいことを頼めるな……）

あまりに呆れてしまい、冷ややかな気持ちでそんなことを考えつつも、アルフレッドの八つ当たりじみた苛立ちを宥めるようにして言葉を続けた。

「もし仮にアルフレッドの言う通り、元婚約者だからってことでカーティス様からの当たりがきついなら、俺がアルフレッドを擁護するようなことを言えば、さらに印象が悪くなるんじゃない？」

ダリルの正論にアルフレッドは言葉を詰まらせた。なのに「確かに」と頷かないのは、プライドの高い性格ゆえか、それともダリルに仲を取り持ってもらう以外に打開策が思いつかないからなのか……

どちらにせよ、面倒な男だと、ダリルは小さく溜め息をついた。

「カーティス様は無表情な時が多いから勘違いされることもよくあるみたいだけど、優しい人だから、俺の元婚約者だからってことだけで当たりがきつくなることはないよ」

「じゃあ他に何の理由があるっていうんだっ」

「いや、それは自分で考えてよ……」

言外にこれ以上面倒事に巻きこまないでくれという意味をこめたが、もちろんアルフレッドに伝わるわけがなかった。ダリルの素っ気なさに、アルフレッドの目尻がさらに吊り上がる。

「なんだよ、その言い方！　お前、ハウエル公爵家の人間になったからって調子に乗るなよ！　前と全然性格が違うじゃないか！」

噛みつくような勢いでアルフレッドが言う。確かに悪役令息ダリル・コッドの役目に囚われていた時と、その役目から解放された今ではまったく性格も言動も違うので、戸惑うのも無理のない話だろう。

（一人称も『僕』だったしな……）

徹底して悪役令息を演じていた頃の自分を思い出して、思わず半笑いしてしまう。それを自分への嘲笑と捉えたのか、アルフレッドがさらに声を尖らせた。

「な、なんだよ、その笑いは！」

「いや、別にこれは思い出し笑いみたいなものだから気にしないで」

「その妙な落ち着きも腹が立つな！　やっぱり調子に乗ってる！」

「いや、だから元々こっちが素の性格で、別に調子に乗ってるわけじゃないから……」

何を言っても「調子に乗ってる」の一言に帰結してしまう。この堂々巡りの会話がつくづく、面倒くさくなり、溜め息が漏れた。

「また溜め息！　お前、本当に冷たい奴だな！　ファーストキスの相手にも情はないのか！」

「いや、そんな昔のこと持ち出されても……」

当時から少しも恋愛感情はなかったし、アルフレッドも他の子とするための練習としてキスしてきた節もあった。そんなファーストキスに思い入れがあるはずもなく、当然、その相手に情が湧くはずもない。

相変わらずつれない態度のダリルに、顔を引き攣らせるアルフレッドだったが、怒りを落ち着かせるように一度大きく息を吐いた。そして、なぜか妙に強気な笑みを浮かべた。

「じゃあ、そんなに昔でないことを持ち出そう。そうだな……、お前が学園を退学させられた経緯についてはどうだ？」

隠すことのない悪意を感じる問いかけに、ダリルは眉根を寄せた。

「……何が言いたいの？」

「いや、別に。ただ――」

そこで言葉を切って、アルフレッドはダリルの耳元に唇を寄せて、小声で囁いた。

「ハウエル公爵は知っているのかなと思って。お前が見当違いな嫉妬から、大怪我に繋がりかねないまでの嫌がらせを恋敵にするような卑劣な人間だってことを」

ことさら意地悪くダリルの過去をあげつらうアルフレッドに、ダリルは心底不愉快になった。

確かに物語に必要とはいえ、フィルに嫌がらせをしたのは事実だ。だが、大怪我に繋がりかねない嫌がらせ――階段から突き落とした件については、フィルの自作自演だ。

しかしこれ以上やり直しを強いられないよう、その件についてはダリルも否定しなかった。そのため、それは公然の事実となってしまった。

言葉に詰まるダリルに、アルフレッドは勝ち誇ったようにフッと鼻で笑った。

「噂によるとハウエル公爵はとても真面目で真っ直ぐな人らしいじゃないか。そんな人がお前のしたことを知ったらどう思うだろうなぁ？」

アルフレッドが意地の悪い声で嬉々と問いかける。ダリルは拳を固く握った。

退学になった経緯を利用して脅そうとしているのは明らかだった。卑劣なやり方に、そしてそれにダリルが従うしかないことを確信しているその笑みに、怒りがこみ上げてくる。

冷静さを焼き尽くしてしまいそうな怒りを鎮めるように、息を深く吸いこんだ。

（カーティス様は俺の過去のこと、どこまで知ってるんだろう……）

カーティスはダリルがアリシア学園に在籍していたことは知っていたが、退学になった経緯まで知っているかは定かではない。いや、知っていれば、あの真面目なカーティスのことだ。ダリルを好きになるどころか、息子の傍に置くことすら許さないだろう。

そう考えると、カーティスはダリルが退学になった経緯、つまり悪役令息として犯した過去については知らない可能性が極めて高い。階段からフィルを突き落とした件については自分のしたことではないと弁明できるが、他の、たとえば物を隠すなどの嫌がらせに関しては事実であり、否定しようがないので、いくら弁明したところで信じてもらえないだろう。

ダリルの過去を知ったカーティスの瞳から恋情の熱が消え失せ、幻滅と侮蔑《ぶべつ》に染まるのを想像して、全身から血の気が引いた。

やり直しを強いられる人生から解放されるためにやってきたこととはいえ、物を隠すなどのいじめまがいな嫌がらせをしたのは確かで、この先、それを咎められても言い訳する資格は自分にはないと思っているし、その覚悟をした上で悪役令息に徹してきた。

なのに、カーティスの顔を思い浮かべるだけで、途端にその覚悟が揺らいでしまう。

カーティスに幻滅されたくない。軽蔑されたくない。……嫌われたくない。

まるで泣きじゃくる子供のような、痛切な叫びが心の底から溢れてくる。

（ネイトが信じてくれているだけで十分だったのに……）

いつの間にこんなにも自分の中でカーティスの存在が大きくなったのだろうと、後悔にも似た思いで溜め息を漏らす。しかしダリルは、腹を括った。

「……つまり、退学になった理由とその経緯については黙っておいてやるから、カーティス様とアルフレッドの間を取り持てってこと？」

言わんとすることを先回りして言うと、アルフレッドはまるで勝ちを確信したかのようにニッと唇の端を吊り上げた。

「そういうことだ。話が早くて助かる」

ポン、と馴れ馴れしく肩に手を置かれ、ダリルは眉間に皺《しわ》を寄せた。

「おいおい、そんな嫌そうな顔をするなよ。俺たちの仲だろう？」

カーティスとの件について約束をとりつけた上に、相手の優位に立ったこの状況にご満悦なのだろう。腹立たしいくらいに上機嫌だ。

しかしアルフレッドの不愉快極まるご満悦の笑みは、背後から響いてきた声で、一瞬にして凍りついた。

「――どういう関係だろうか。詳しく説明してほしいのだが」

腹の底まで凍てつく冷たい声だった。アルフレッドの肩越しに見えるその声の主――カーティスの表情に、ダリルも思わず息を呑んだ。

決して怒りを露わにしているわけではなく、むしろ無表情に近い。だが冷たい鋭さを帯びた瞳や、不穏な暗さを孕んだ声は、カーティスの怒りを饒舌に伝えてきた。

顔を真っ青にして固まるアルフレッドに、カーティスが同じ調子で再度問う。

「聞こえなかったか？　君とダリル君がどういう関係か、詳しく教えてくれ。彼の夫である私にはその権利が十分にあると思うが」

刺すような鋭い視線がダリルの肩に置いた手に向き、アルフレッドは飛び退くような勢いでその手を下げた。

「い、いやっ、別に大した関係ではなく、た、ただの幼馴染みです！」

すっかり狼狽した様子で冷や汗を流しながらアルフレッドが答える。

「なるほど。幼馴染みか……」

「は、はいっ、そうです！」

納得したようなカーティスに、ホッと露骨に安堵するアルフレッドだったが、それも束の間だった。

「私の調べでは元婚約者と聞いているが。……それを伏せるとは、まさかやましいことがあるわけではないだろうな」

敵愾心《てきがいしん》を露わにした疑いの眼差しを向けられ、アルフレッドの顔から完全に血の気が失せた。

「と、とんでもございませんっ！」

アルフレッドは吹き飛んでしまうのではないかというくらい、激しく首を横に振った。

「ダリルとは元婚約者といっても、親同士が勝手に決めたもので、私たちはお互いに何とも思っていませんっ。そ、それに私には将来を約束した恋人がいますし……」

「そうか。それなら早くその恋人のもとに戻ったほうがいいんじゃないか。元婚約者と一緒にいることを知ったら、相手もいい気分はしないだろう。……今の私のように」

氷のような冷たい声でそう言い放ち、カーティスはアルフレッドを睨んだ。

それだけで、アルフレッドは「ひ……っ」と弱々しく情けない悲鳴を漏らして後ずさった。

「も、申し訳ございませんっ。いらぬ誤解を与えてしまって……。ですが、私たちは本当に……」

「言い訳は結構だ」

必死に弁解を口にするアルフレッドの言葉を冷たく遮って一蹴する。

「もし本当に君が今の恋人一筋でダリル君にやましい気持ちが少しもないというなら、行動で示してくれ。たとえば、今後一切彼に近づかないなどの――」

言葉をそこで切って、冷たく威圧的な睨みを差し向けた。それはダリルに近づくことは許さないという命令、あるいは警告であった。それが分からないほど、アルフレッドも馬鹿ではない。

「はっ、はい、もちろんです！　それでは失礼します！」

恭順の意を示すかのようにやたらピンと背筋を伸ばすと、アルフレッドは逃げるようにしてその場を立ち去った。

その哀れに怯《おび》えきった後ろ姿からは、ダリルに近づくことはおろか、今後、カーティスにさえ接触を図ろうとはしないだろうということが察せられた。あれほど意気揚々とダリルを脅していたアルフレッドだったが、恐怖を刻みこまれた今、カーティスの不興を買ってまでダリルの過去を暴露することはしないだろう。

ダリルはホッと胸を撫で下ろした。その安堵した様子に、カーティスは眉根を寄せた。

「カイルから聞いて急いでやってきたが……、大丈夫か？　何か嫌なことでもされたのか？」

気遣わしげに訊ねながらダリルの顔を覗く。そのカーティスの顔に、先ほどまでの冷たさや鋭さはなかった。ダリルは頬を緩ませて首を横に振った。

「大丈夫です。ちょっと嫌な昔話をされただけです。だからカーティス様が来てくれて本当に助かりました。ありがとうございます」

「そうか。それならいいが……」

ダリルに礼を言われて照れるような笑みを浮かべつつも、頬の端にぎこちなさが漂っている。何か気にかかることでもあるのかと思っていると、カーティスが躊躇《ためら》いがちに口を開いた。

「さっき少しだけ君たちの会話が聞こえたんだが……」

ドキッと心臓が跳ね上がる。もしかして退学になった経緯の話なども聞こえたのだろうか……と不安になるダリルだったが、続く言葉は意外なものだった。

「その、ファーストキスの相手が彼だとか何とか……。それは本当か？」

「……え？」

思いがけない質問に目を丸くすると、カーティスは慌てた様子で言い足した。

「もちろん君を責めるつもりで訊いてるわけじゃない。過去のことだし、そもそも私に口出しする権利はない。……ただ、少し気になっただけだ」

自分の不躾《ぶしつけ》さを自覚しつつも訊かずにはいられないといった風だった。最後のほうは自身への苦々しい感情を滲《にじ》ませ、気まずげに視線を足元に落とした。

ダリルは戸惑いながらも、とりあえず質問に答えることにした。

「えっと、それは本当ですけど、でもさっきアルフレッドが言っていた通り、私たちは親同士が勝手に決めた婚約関係で、互いに恋愛感情とかは全然なかったので……」

「それならなおさらキスなどする必要などないだろうに。君はともかく、もしかしてアルフレッド君のほうは君を好いていたんじゃないか」

カーティスが眉間に皺《しわ》を寄せながら嫌そうに口にするのを、ダリルは驚愕しながら見つめる。しかし、すぐに小さく噴き出して否定した。

「いや、絶対にそれはないですよ。あのキスも他の子とキスする前に練習しておきたかっただけだと思うので」

アルフレッドに対して微塵《みじん》も恋愛感情のないダリルは軽い調子で話したが、カーティスは信じられないといった様子だ。だが次には険しい表情で、アルフレッドが消えていった方向を見据えた。

「……やはり大人しく逃がすべきではなかったな」

不穏な響きを孕んだカーティスの言葉にダリルは慌てて首を横に振った。

「いやいや、大丈夫ですよ！　昔の話ですし！　少しも傷つかないくらいにどうでもいい話なので！」

「だが、君をそんな風に扱うなんて、腹立たしい限りだ」

剣呑《けんのん》な睨みはひとまず収めつつも、声や表情にはまだ憤りが感じられた。

「……私なら絶対にそんなことはしないのに」

ぽつりと呟いたその声は、アルフレッドへの怒りと嫌悪を露わにしつつも、なぜか切なげな雰囲気を漂わせていて、夜の闇にスッと消えてしまいそうなほど儚げだった。

その声に、カーティスが自分にキスをする姿が鮮明に思い浮かんだ。

きっと言葉に違わぬ誠実さで、優しく丁寧に、どこか神聖さすら感じさせる所作でそっと唇を重ねてくるのだろう――そこまで想像してダリルは心の中で大声をあげた。

（いやいや！　何を考えてるんだ、俺は……！）

自分の想像が恥ずかしくなり、ダリルは話題を変えた。

「あ、あの、他には何か聞こえました？」

ファーストキスの件が聞こえていたのだ。もしかすると、退学になった経緯の話も聞こえたかもしれない……。しかしカーティスは首を横に振った。

「いや、何も。ファーストキスの件は大きい声で言っていたから耳に届いたんだ」

確かに、あの時のアルフレッドは素っ気ないダリルに苛立って声も大きかった。

とりあえずホッとするダリルだったが、いつかバレてしまうのではないかという不安が胸の底にまで根を張っていた。

いっそ今ここで自分から明かしたほうがまだ印象がいいかもしれないと思ったが、話の流れに脈絡がなさすぎて、かえって弁解じみて聞こえるかもしれない……

そんな風に頭の中で迷っていると、耳元に音楽の美しい音色が流れてきた。音のほうを二人で見遣る。どうやら、ホールでダンスが始まったようだ。

「ダリル君、訊きたいことがあるが……」

音楽が漏れ出るホールに視線を据えたままカーティスが言う。

「な、何でしょう？」

「やはりアルフレッド君とは、こういう場で踊ったことはあるのか？」

「は、はい、まぁ、何度かは……」

カーティスを不愉快にさせる返答であることは明らかだったが、嘘をつくのもまるでやましさがあると思われそうなので、正直に答えた。しかしカーティスは「そうか」とだけ言って、なぜかその口元に清々しげな笑みを浮かべた。

予想外な反応に戸惑っていると、カーティスはホールからダリルのほうへ視線を戻した。

「私は君に出会うのが遅すぎた。だが、そのことを悔いても何も変わらないし、君に私の狭量さを晒すだけだ。初めてが取り返せないのならば、初めてを塗り替える気概でいなければな」

まるで宣誓するかのような、清廉で力強い声でカーティスが言った。その言葉が真摯な眼差しと共に胸に真っ直ぐ迫ってきて、ダリルの胸は激しく高鳴った。

ダリルの心の内など知る由もないカーティスは、そのままスッとダリルに手を差し出す。

「よければ、私と踊ってくれないだろうか」

気品と誠実さを兼ね備えた微笑みを浮かべ、カーティスがダンスを申しこんできた。この美しい人と並んで踊るのかと思うと気後れしないわけではなかったが、ダリルはその手をそっと握り返した。

「はい。私でよければ……」

はにかむように淡い笑みを浮かべて答えると、カーティスはホッとしたように目尻を下げた。そして丁寧な所作でダリルを自分のほうへ引き寄せ、ホールまで連れて行った。

その手つきは、先ほど脳裏に浮かんだキスと同じように優しく丁寧なもので、ダリルは顔を一層赤くした。

ダンスの後、ついに待ちかねていた新入生による合唱の発表が行われた。舞台上に並ぶ生徒たちの中にカイルの姿を見つけた時は、嬉しさのあまりつい手を振りそうになったが、何とか堪えた。舞台の傍らで教師がピアノを弾き、その旋律に合わせて生徒たちが歌う。穢れを感じない無垢な歌声は、聴いているだけで心が洗われるようだった。

他の子供たちの中で一緒に歌うカイルの姿に、思わず目頭が熱くなった。少し前まで屋敷に引きこもり、人を拒絶していたカイルが、こうして人前に出てクラスメイトと一緒に歌まで歌えるようになったのだ。感動しないわけがなかった。

隣のカーティスをちらりと見遣る。彼の瞳もまた、ダリルと同じように潤んでいた。目が合うと、二人はどちらからともなく微笑み合った。そこに言葉はいらなかった。

おもむろにカーティスがダリルの手を握りしめた。その手の温もりに、同じ感情を共有する心地よさを覚える。ダリルは口元を綻ばせ、カーティスの手をぎゅっと握り返した。

合唱の後は子供たちとの歓談の時間となり、ホールではそれぞれ親子が集まって話に花を咲かせていた。もちろんダリルたちも例に漏れず、である。

「カイル！　すごくよかったよ！　まさに天使の歌声って感じだった！」

「天使の歌声って……。ちょっとやめてよ、恥ずかしい」

興奮気味に絶賛するダリルにカイルが顔を顰める。しかしその頬は赤く、褒められて嬉しくないわけではなさそうだ。

「ごめんごめん。つい興奮して……」

「ダリル君が謝ることはない。むしろ私もダリル君と同じ気持ちだ」

「お父様まで……」

真顔で頷いて同意するカーティスに戸惑うカイルだったが、次にはフッと表情を和らげた。

「まぁ、二人がそう言ってくれるなら、練習を頑張った甲斐がありました」

はにかむカイルに、ダリルとカーティスは顔を見合わせて微笑みを交わした。

＊＊＊＊

手洗いからダリルが戻ると、そこにはカーティスはおらず、カイルだけが残っていた。

「あれ？　カーティス様は？」

「ちょっと人に呼ばれて出ていった。すぐに戻って来るらしいけど……」

それから、カイルは少し迷うような間を置いてから口を開いた。

「……ダリル、ちょっと聞きたいんだけど」

「なに？」

「フィル・ガーネットっていう人、知ってる？」

思いもよらない質問に、ダリルは絶句した。

「なっ、なんで、フィルの名前を知ってるの？」

「いや、さっきそう名乗る人が来たんだ。それでダリルについて大事な話があるって言って、ホールからお父様を連れ出して……」

そこでカイルが言葉を切って、彼にしては珍しく躊躇《ためら》いがちに視線を寄越してきた。恐らくフィルの大事な話という口振りから、よからぬものを感じ取ったのだろう。

フィルがダリルについてカーティスにわざわざ話すとなれば、その内容はひとつしかない。心臓が締めつけられ、喉の奥が冷たく強張《こわば》った。

ダリルは怯《おび》えるようにぎゅっと目を瞑ったがすぐに目を開いた。そして、カイルに向き直った。

「フィルとカーティス様は、どっちに行った？」

ホールを出てカイルに教えてもらった方向へ走って進むと、薔薇《ばら》の垣根に囲まれた裏庭で二人の姿を見つけ、ダリルはとっさに薔薇《ばら》の垣根に身を隠した。そして陰から顔を出して二人の様子を見遣った。

真っ赤に咲き乱れた薔薇《ばら》に、庭の中央に据えられた清らかな水音を響かせる噴水、そして舞台上を照らすかのような月明かり。そこに立つフィルは、やはり相変わらず可憐で美しかった。自分がされた仕打ちなど忘れて見惚れるほどに。

フィルの周りに咲き誇る薔薇《ばら》も、彼の艶やかな赤い唇を前にすれば、たちまち引き立て役へと成り下がる。さすが物語の主人公だ、とダリルは胸の内で苦笑を漏らした。

耳を澄ませて会話を聞くと、どうやらまだダリルについては話していないようで、鈴の鳴るような可憐な声でカーティスのことを褒めそやしていた。媚びているように見えないのは、フィルの瞳が子供のように純粋無垢な輝きを湛《たた》えているためだろう。

　ダリルはその瞳が前から怖かった。まるで悪意など知らないといった純真さを宿した瞳の人間が言うことを、大概の人間は疑わなかった。自分が望んだ展開だったとはいえ、断罪時、アルフレッドを含めた周囲の人間が、フィルの言葉を一切疑うことなく信じ、彼を擁護し、ダリルへ侮蔑《ぶべつ》の目を向けた。

　まるでフィルが言うことこそが真実というような空気が作り出されていて、たとえ嘘でも彼が話せば真実となる——そんな理不尽で凶暴な力がその瞳に宿っているような気がしてならなかった。

　そんな力を持ったフィルの話と、自分の言い訳じみた弁明。どちらを信じるかは火を見るより明らかだった。

「——それで、ダリル君について大事な話とは？」

　相対するカーティスが、自分を褒めそやすフィルを遮って、やや苛立ちを含んだ声で本題に踏みこむ。大概の男ならば、類稀《たぐいまれ》なる美しさを持つフィルに褒められれば、すべてを真に受けずとも気分をよくするものだろうに、カーティスは冷たい無表情のままだった。

　これにはフィルのほうも予想外だったようで、一瞬戸惑うような間ができたが、すぐに健気な笑みを繕《つくろ》って立て直した。

「す、すみません。ずっと憧れだったハウエル公爵様にお会いできて舞い上がっていました。お恥ずかしい限りです」

　フィルは頬を赤らめながら可憐にはにかむが、やはりカーティスの表情は少しも変わらない。

フィルは当惑しつつも話を続けた。

「えっと、本題に入りますね。ダリル様についてですが……」

そこで心の内の葛藤を見せるかのようなわざとらしい間を開けた。そして、意を決したという風に再び口を開いた。

「無礼を承知でお話しさせていただきます。ダリル様は……ハウエル公爵家にふさわしい人間ではないと思います」

無表情のカーティスに怯《ひる》むことなく、真っ直ぐその目を見据えてフィルが言った。まるで内なる正義感に突き動かされているような芯のある声で。そして、嘘も真実へと覆すあの瞳で……

「……それはどういう意味だろうか？」

眉根を寄せてカーティスが訊き返す。それは想定内なのだろう。臆することなくフィルは答えた。

「あまり人を悪く言うのは好きではないのですが、ハウエル公爵様のためにも正直にお話しします。……ダリル様はアリシア学園在籍時、僕にさまざまな嫌がらせをしてきました。最初は物を隠す程度のものでしたが、徐々にエスカレートしていって、人のいないところに呼び出して殴ったり蹴ったり、ひどい時には柄の悪い生徒を金で雇って僕を無理やり……っ」

悲痛な声で言って言葉を切ると、フィルは両手で顔を覆って俯《うつむ》いた。その肩は儚げに震えている。

ひどいデタラメだが、誰もその嘘を疑う者はいないだろう。それほどまでに彼の演技は完璧だった。悲痛な色が端々にまで滲《にじ》んだ息遣い、顔を覆う華奢な手、怯《おび》えきった肩の震え……

すべてが、彼が言わなかった先の言葉を容易に、そして鮮明に相手に想像させる。

フィルはしばらくすると覆っていた手を離して、顔を上げた。その目は痛々しいまでに赤くなっている。

「それでも周りに心配させたくなくて何とか僕は耐えてきました。それが気に食わなかったのでしょう。ある日、ついに僕を階段から突き落としたんです」

フィルはぎゅっと自分の体を抱きすくめた。

「幸い大怪我はしませんでしたが、運が悪ければ死んでいた可能性もあったと医者は言っていました。……きっと、ダリル様は婚約者のアルフレッド様が僕なんかに好意を寄せていることが許せなかったんです。その、とてもプライドの高いお方でしたから……」

人を悪く言うことに慣れていないかのように、フィルは躊躇《ためら》いがちに言葉を連ねた。どこまでも抜け目がない。

「僕は心配なのです。ダリル様は自分の邪魔をする者は容赦なく消そうとするほど、無慈悲で冷酷な方です。……きっとこの先、ダリル様は間違いなくご子息のカイル様を亡き者にしようとするでしょう」

フィルのとんでもない言葉に、ダリルは声を上げそうになった。

（俺がカイルを殺す？　あり得ない……！）

何を言い出すんだと詰め寄りたいのを必死でこらえる。ここで感情的になって掴みかかるような真似《まね》をすれば、カーティスからの信用を失い、フィルの話に信憑性が出てしまう。それこそフィルの思うつぼだ。ダリルはぐっとこらえた。

一方、これまで冷淡な無表情を貫いていたカーティスも、フィルの物騒な言葉にさすがに驚きの表情を見せた。

「どういう意味だ？」

カーティスが怪訝《けげん》に問うと、フィルはさらに深刻めいた表情と声を作って答えた。

「単純な話です。ダリル様は自分の思い通りにならないと気が済まない方ですから、きっと前妻のご子息であるカイル様より、自分の息がかかった子をハウエル公爵家の次期当主にしたがるはずです。ですがカイル様がいる限り、養子は迎えられません。……ダリル様は、自分にとって邪魔な存在なら、たとえそれが小さなものでも徹底的に排除する方です。この僕を階段から突き落としたように……」

まるで胸の内に蘇ったその時の恐怖を押し殺すような健気さで、フィルはシャツの胸元をぎゅっと握りしめた。そして一呼吸置いて、顔を上げた。

「被害者が僕だけなら構いません。でも、幼気な子供までそんな身勝手な理由で傷つくなんて、僕には、耐えられません……っ」

そして涙を滲《にじ》ませた声でそう言い切ると、悲痛な未来を目の当たりにしたように両手で顔を覆った。

ダリルの中で、怒りがふつふつと沸き上がる。

許せなかった。過去のことをあることないこと告げ口するのは構わない。だが、自分がカイルを殺すという絶対にあり得ない未来をでっちあげられるのは、話が別だ。

大人びているのに、時々子供らしく甘えたがりなカイル。その顔を思い浮かべる度に、愛おしさで心が満ちる。そんなカイルを自分が殺すなどという戯言、たとえ冗談でも許せない。

ダリルにとってそれは侮辱でしかなかった。

「――ふっ」

怒りに拳を震わせて垣根から飛び出そうとしたその時、カーティスが小さく噴き出した。

ダリルは憤然と一歩前に踏み出そうとした足を、思わず止めた。カーティスが噴き出すなど珍しいことである。ただ、その笑いは冷たい嘲《あざけ》りがありありと感じられた。

この反応はフィルにとっても特に予想外だったのだろう。戸惑いを隠せずにいた。

「ど、どうして笑われるのですか……？　もしかして、僕の言うことを疑っているのですか」

フィルが顔を覆っていた手をおろす。

「疑っている？」

カーティスの口からフッと笑いが零れた。

「君の言葉を疑ってなどいないよ」

カーティスの返答が聞こえ、ダリルの胸に痛みが走った。

フィルの言葉を疑っていない――ということは、ダリルがカイルを殺すなどというあり得ない話を信じたということだろうか……。そう思うと、ダリルは悲しくて堪らなくなった。

一方、フィルはカーティスの言葉に勝利を確信した安堵の表情を浮かべた。

「ハウエル公――」

「なぜなら君の言葉など、端から信じていないからだ」

一瞬で心を凍てつかせるように冷たく言われ、フィルの顔が強張《こわば》った。しかし動揺しつつも、健気な姿勢を崩さない。

「お、お気持ちは分かります。急にこんなことを言われても戸惑いますよね。僕の話が信じられないのも無理はありません。ダリル様は演技がとても上手ですから……。ですが、このままでは――」

「ウィルソン・スコット」

「え？」

脈絡もなく突然、カーティスが人の名前を口にしたので、フィルはもちろん、陰で聞き耳を立てているダリルも首を傾げた。

「覚えがないのか？」

「は、はい。えっと、あの、どなたのお名前でしょう……？」

戸惑いながらフィルが聞き返すと、

「君に惚れこんでいる友達、もとい下僕の名前だ。……ああ、そういう都合のいい友達は多すぎて名前も憶えていないのか」

すべてを見透かすような冷笑で返され、フィルの顔からサッと血の気が引いた。

しかしそんなフィルなど意に介さずカーティスは続けた。

「ダリル君が退学になった理由や経緯につては私のほうでも調べている。だが、あまりにも不可解な点が多かった。そこで、退学の決定打となった階段から君を突き落とした件について、目撃証言をしたウィルソン君に、直接話を聞いてみた。……ハウエル公爵家の名前を出したら、すぐに洗いざらいすべてを話してくれたよ。あの事件はダリル君を学園から追い出すための君の自作自演であることも、その証言者になってほしいと君に頼まれたことも、すべて彼の口から聞いた」

カーティスがスッと目を眇めると、フィルの肩がビクッと跳ねた。遠目から見ても分かるほどにフィルの体は震えていた。これまで見せていた演出じみた健気な震えではなく、心の底から湧き上がる恐怖からくる本物の震えだった。

そんな彼の様子に冷笑的な眼差しを送って、カーティスはさらに続けた。

「ひとつ助言をしておこう。体で繋いだ関係は脆いものだ。そこに互いの深い愛がなければなおさらだ。体で関係を繋ぐしか能がないなら、せめてベッドを共にした相手の名前くらい覚えておくことだな」

冷淡に嘲《あざけ》られ、フィルの顔がカッと赤くなる。何か言い返したそうに口を開いたが、ハウエル公爵を相手に真っ向から挑むのはあまりに分が悪いと気づいたのだろう。ぐっと言葉を呑みこんで俯《うつむ》いた。そして次には顔を上げ、まるで自分は被害者だとでも言わんばかりの表情で訴えかけた。

「ご、誤解ですっ。僕は彼とそんな関係になったことは一度もありません。た、確かに、好きだと告白されたことはありますが、僕にはアルフレッドがいるからと断りました。だから、もしかするとその腹いせに――」

「フィル・ガーネット」

怒気を孕んだ声で名前を呼ばれた途端、これまで見苦しいほど必死に言い訳を連ねていた唇がピタリと動きを止めた。

フィルの顔がみるみるうちに真っ青になる。しかしカーティスが怒気を緩める気配はなかった。

「なぜ私がこの事実を知ってもなお、君がこの国で何の処罰もされることなくのうのうと暮らせているか、分かるか？」

カーティスが鋭く睨んだまま問うと、フィルは震えながら首を横に振った。

「ダリル君がこの件について何も弁明せず退学を受け入れたからだ。不可解な点が多くあるにもかかわらず、だ。それはつまり、何かしらの事情があって彼がその展開を望んでいた、ということが考えられる。それを私の怒りだけで、勝手に過去を掘り起こし、引っ掻き回すことはダリル君の望むものではないだろう。そう思ったからだ。そうでなければ、君らがこの国で無事に過ごせているわけがない」

心臓の芯まで凍てつくような声で言われ、フィルが震え上がる。

このままでは殺されるとでも思ったのだろう。事実、カーティスの瞳は殺気立ってさえいた。勘違いするのも仕方がない。フィルは命乞いするかのようにカーティスに縋《すが》ろうとする。

「も、申し訳ございませんっ。で、ですが、僕は本当に――」

「くどい」

なおも弁解しようとするフィルに、カーティスは打ち捨てるように言って、傍の薔薇《ばら》をぐしゃり、と握り潰した。普段からその美しさを薔薇《ばら》と喩《たと》えられているフィルは、「ひ……っ！」とか細い悲鳴を上げた。

「……まだ分からないのか。君が喋るたび、私は怒りで理性をすり減らしているのだ」

殺気がみなぎったその声を聞いて、フィルが息を呑んだ。

「去れ。これ以上ここにいたら君に何をするか、私自身も想像がつかない」

カーティスの拳から零れた薔薇《ばら》の花びらがはらりとフィルの足元に落ちた。

まるで飛び散った血から跳ね退くようにして一歩下がると、フィルは顔面蒼白のまま走ってその場から走り去った。途中、ダリルの隠れる垣根の傍を通ったが、もちろん彼が気づくことはなかった。

ダリルは少し迷ったが、垣根から出て、そのままカーティスのもとへ向かった。

「……カーティス様」

ダリルの姿に気づくと、カーティスは目を瞠《みは》った。

「ダリル君……。いつからそこに？」

「えっと、少し前からです。……あの、手は大丈夫ですか？　棘《とげ》とか、刺さっていませんか？」

心配して訊くと、カーティスは決まりが悪そうに微笑んだ。

「大丈夫だ。きっと普段から庭師が綺麗に整えているのだろう。そう考えると、庭師と薔薇《ばら》に悪いことをしてしまった」

今までフィルを震え上がらせていた冷たい怒りの気配は微塵《みじん》もなく、心底申し訳なさそうに言うので、ダリルは思わず笑ってしまった。

「ふふっ、カーティス様らしいですね」

ダリルの笑いの意味は分からずとも、笑ったことで少し安堵したのだろう、カーティスは頬を緩めた。

ダリルはひとしきり笑うと、カーティスに向き直って口を開いた。

「……私が退学になった理由、ご存知だったんですね」

責めているつもりは微塵《みじん》もなかったが、カーティスは気まずげに視線を地面に落とした。

「すまない。詮索するような真似《まね》をしてしまって……」

「いえっ、そんな風に思っていません。むしろ私のほうこそ黙っていてすみませんでした」

慌てて謝るダリルに、カーティスが首を横に振る。

「いや、君が謝る必要はない。いろいろ事情があったはずだろうし、誰だって語りたくない過去のひとつやふたつ、あるものだ」

淡々と、しかし優しく言うカーティスに、ダリルはホッとした。

「それにしても、ウィルソン君が本当のことを話してくれてよかったです。もしそうじゃなかったら……」

もしもウィルソンが証言を覆さなければカーティスはフィルの話を――ダリルがカイルを殺すという戯言まで、信じていたかもしれない。そう考えると、胸の底がゾッと冷えた。

しかしカーティスはフッと笑って、そのもしもを一蹴した。

「もし彼が証言を覆さなくても、私はあんな話、信じなかったよ」

「え？」

心の底にまで根づいた不安をカーティスが軽やかに否定したから、ダリルは思わず目をパチパチと瞬《しばた》かせて彼を見つめた。カーティスはダリルの眼差しを包みこむように笑みを深めた。

「当然だろう。あんな話、普段の君を知っていれば嘘だとすぐに分かる。退学の件について調べたのも事実確認のようなものだ」

少しの疑いも持っていなかったと分かるほど毅然とした物言いに、目頭が熱くなった。こんなにも自分のことを信じてくれていたと思うと、嬉しさと心強さで胸の奥底から熱いものがこみ上げてくる。

「ははっ、私のことをそんなに信じてもらえて嬉しいです。でも、フィルがさっき言った通り、演技上手なだけかもしれませんよ」

目元の湿った気配を霧散させるように、おどけて露悪的なことを言う。すると、カーティスは小さく噴き出した。その後もカーティスが口元に手を当てたままくすくすと笑いを堪えきれないでいるから、何だかひどく恥ずかしくなり顔が熱くなった。

「そ、そんなに笑うことないじゃないですか」

「ははっ、すまない。つい笑ってしまった。私が知るダリル君は演技上手なんてものから程遠い人間だから」

「……それって褒めてます？　けなしてます？」

「もちろん褒めているよ」

愛おしむように目を細めながら、カーティスは力強く答えた。

「君はいい意味で、演技なんてできる器用な人間じゃない。真面目で優しくて、目の前の人間のために一生懸命考えて丁寧に言葉を紡《つむ》ぐ人だ。私はそんな君に何度も救われた」

そう言って、カーティスはダリルの髪をそっと撫でた。

「クリスティーナの死が私のせいではないと泣いて言ってくれた時も、カイルに久しぶりに会うことに緊張していた私の手を握ってくれた時も。私はダリル君のそういう真っ直ぐで誠実なところが好きなんだ。だから、あんな話を信じるはずがないんだよ」

ひたむきな恋の熱を帯びた瞳を向けながら、カーティスが柔らかく微笑む。

言葉はもちろん、声や表情、瞳など、彼のすべてから自分に対する深い信頼が感じられた。

それは胸の底に深く根づいていた、カーティスに退学の経緯を知られて嫌われたらどうしようという恐怖にも似た不安を、容易《たやす》く溶かしていった。

ダリルの目からぽろぽろと涙が零れ落ちた。

「ダ、ダリル君！」

カーティスは一瞬ぎょっとしたかと思うと、狼狽《うろた》え始めてしまった。

「大丈夫か？　どこか痛むのか？　……それとも、もしかして私に触れられたのが嫌だった、とか……？」

恐々と訊ねるカーティスに、ダリルは思わず笑ってしまった。

「ふふっ、違いますよ。すみません、急に泣いてしまって。ただ、嬉しくて……」

「嬉しい？」

「はい！」

ダリルは力強く頷いた。

「ずっと不安だったんです。退学になった経緯を知って、カーティス様に軽蔑されたら……、嫌われたらどうしようって。だから、カーティス様の今の言葉がすごく嬉しかったんです」

目元の涙を拭いながら、喜びと安堵を笑みにして答える。するとカーティスは頬を赤らめて息を呑んだ。そして感極まった勢いに押されるようにして、ダリルの体を強く抱きしめた。

「カ、カーティス様？」

「……すまない。そんなあり得ない不安を抱かせてしまうなんて。私の愛の伝え方が不十分だったばっかりに……」

「え！」

自分の不甲斐なさを恥じるように謝られ、ダリルは慌てた。

「いやいや！　そういうつもりで言ったわけじゃないですよ！」

「だが、不安にさせたのは事実だ」

そう言って、カーティスはそっと唇を重ねた。

「……！」

柔らかな感触と熱が唇越しに伝わってきて、鼓動がドクドクと忙しなく鳴り響く。驚きはしたが、不思議と拒否感はなかった。それが、まるで繊細なものに触れるかのような、優しいキスだったからかもしれない。

しばらくしてカーティスは唇を離した。

「……伝わっただろうか」

好きだと言ってやまない、恋の熱に潤んだ瞳でじっと見つめられる。ダリルは真っ赤な顔でコクコクと頷くことしかできなかった。

「それならよかった」

カーティスは淡く笑んで、安堵の吐息を漏らした。その吐息が濡れた唇をかすめて、名残惜しさがかすかに生じた。そこでようやく、カーティスとのキスが心地よいものだったと気づいた。そのことで、また余計に頬の熱が勢いを増した。

「……ところで、あの二人についてはどうする？」

強引にキスをしてしまったことに後ろめたさを感じているのか、カーティスは話題を変えた。

「君に事情があるかもしれないと思って放っておいたが、君が望むなら公の場で裁くこともできる」

判断を仰ぐようにちらりと視線を向けられる。

提案する声の底にはかすかに冷酷さが漂っていた。アルフレッドとフィルへの態度からも、カーティスが二人を相当に嫌悪しているのは明らかだった。何かしらの罰を下したいのかもしれない。

しかし、ダリルは緩く笑って首を横に振った。

「大丈夫です。カーティス様に目をつけられたことで十分に罰になっていると思うので。それに――」

ダリルはぎゅっとカーティスの手を握った。

「カーティス様がこんなにも私を信じてくれていることが分かったので、それで十分です。これ以上何かを求めたら、私のほうこそ罰が下ってしまいそうです」

冗談めかして言いながら、漂っている不穏さを散らす。気持ちは嬉しいが、自分なんかのために冷酷な思考に染まらないでほしかった。

(冷酷なんて言葉、この人には似合わない)

他の人間から見てどうかは分からないが、ダリルにとってカーティスは冷酷とは程遠い人だった。優しくて、真面目で、息子想いで、贈り物のセンスがなくて、絵が下手な――そんなカーティスが好きなのだ。

ダリルの狙い通り、カーティスはすっかり不穏な空気を散らして微笑んだ。

「……君は本当に優しいな」

「いえいえ、優しくなんかありませんよ。私たちと無関係のところで天罰が下ったらいいのにな、とは思いますから」

半分冗談、半分本気でダリルは笑いながら言った。

決してダリルは温情で二人への処罰を断ったのではない。自分のためにカーティスの手を汚させたくないこともあったが、一番はやはり物語の強制力に対する危惧だった。

自分はもう随分と物語の本筋から離れたところに来たので、さすがにやり直しをさせられることはないとは思うが、念には念を入れたほうがいい。触らぬ神に祟りなし、とはまさにこのことだ。

（またやり直しなんてことになったらたまんないしな。それにやり直して、またカーティス様の隣にいられるか分からないし――）

そこまで考えて、はたと思考を止める。

（え？　今、俺、なんて……？）

またやり直しとなってもカーティスの隣にいることを、ごく自然に望んでいる自分に驚く。と同時に気づいてしまった。

自分にとってカーティスはかけがえのない存在で、この先もずっと隣にいたいということに――

「ダリル君、どうした？」

不自然に黙りこんだダリルの顔をカーティスが心配そうに覗きこむ。目の前の見慣れたはずの綺麗な顔を見て、ダリルは思わず顔を真っ赤にした。

「い、いえっ、なんでもありません。そ、それより、ホールに戻りましょう！　外は肌寒いですし」

赤くなった顔がバレないよう、くるりと背を向けて歩き出す。こんなに顔を真っ赤にして肌寒いなど、見え透いた嘘にも程がある。しかし、カーティスはそうは思わなかったようだ。

「寒かったのか。すまない、気づかなかった」

そう言ってカーティスは自分の上着を脱ぎ、ふわりとそれをダリルの肩にかけた。振り向いて目が合うと、カーティスは優しく微笑んだ。

「風邪でも引いたら大変だ。カイルも待っているし、早く戻ろう」

カーティスはゆっくりとダリルの隣まで歩み、その肩をそっと自分のほうへ抱き寄せた。

その拍子に、自分より一回り以上大きいその上着からカーティスの匂いがふわりと香って、胸が高鳴った。まるで深く抱きしめられているような錯覚に陥る。しかもそれを心地よく感じてしまっている自分に動揺した。

肌寒いという言葉とは程遠い、赤くなった顔を隠すようにダリルは俯《うつむ》いた。

「そ、そうですね。早く戻りましょう。きっとカイルも心配――」

「ダリル！　お父様！」

息が弾んだ声で名前を呼ばれて顔を上げると、少し先にカイルが立っていた。カイルは二人の顔を認めると駆け寄ってきた。

「遅いから心配してきてみれば……。いい雰囲気だったみたいだね。僕、邪魔だった？」

からかうようにしてカイルが言ったので、二人は思わず離れた。

「い、いや、全然、邪魔とかじゃなくって、それこそ、カイルが待ってるから早く戻ろうって話してたんだ」

「ああ、そうだ」

カーティスも頷く。すると、カイルは残念そうに肩をすくめた。

「なんだ。僕としては、こっちのことは気にせず、いい雰囲気になっていてほしかったな。……時間ももうないし」

月を見上げて、カイルがぽつりと呟いた。そして寂しげな視線をダリルに投げかけた。

時間がないというのは、ダリルとカーティス、二人の関係を結ぶ契約期間のことを言っているのは明らかだ。どこか懇願めいた眼差しを受けて言葉に詰まる。

そんな困っているダリルを見かねて、カーティスが口を開いた。

「……時の流れは早いものだ。すぐにカイルも大きくなって、私の背を追い越すのだろうな」

カーティスは数歩先のカイルのもとへ先に進み、その頭をぽんぽんと優しく撫でた。恐らくダリルに気を遣わせないようにわざと話を逸らしたのだろう。その意図を汲まないほど、カイルも子供ではない。

「こんな大きなお父様の背を追い越すって、一体、何年先の話ですか」

苦笑混じりに言いながら、二人は歩を進めた。遠のく二人の背中を見ながら、ダリルは強く胸が締めつけられた。返事次第では、カーティスとカイルが話すその未来に自分はいないかもしれない。そう思うと、無性に寂しくて悲しくて堪らなかった。

しかし悪役令息としての後ろ暗い過去も受け入れてもらえた今、自分の気持ちに蓋をする理由など何ひとつない。気づくと言葉が飛び出ていた。

「あ、あのっ」

ダリルが呼び止めると、二人は振り返った。

「どうしたんだ、ダリル君」

「……も……すか？」

「え？」

聞き返され、ダリルは真っ直ぐ二人を見据えながら、再度その言葉を口にした。

「私もその時、一緒にいて、いいですか……っ」

言葉に託す想いの強さに声が震える。それでもダリルは切々《せつせつ》と言葉を紡《つむ》ぎ続けた。

「やっとお父様の身長を追い越したって胸を張るカイルの姿も見たいですし、カイルに追い越されて嬉しそうな寂しそうな、そんなカーティス様の隣で『抜かれちゃいましたね』って笑っていたいです。……二人のっ、家族として」

感極まって、涙がぼろぼろと溢れた。

そんなダリルを見て固まる二人だったが、先にカイルが動いた。ダリルのもとまで軽やかに歩み寄り、下から顔を覗きこむ。

「……それって、お父様と正式に結婚するってことで間違いないよね？」

こくん、と頷き返すと、カイルが笑った。

「ばかげた質問だ。だめなはずないだろ」

そう言って、ダリルにぎゅっと抱きついた。その幼い腕の温もりに、涙がさらに溢れて止まらなかった。堪らず、ダリルもカイルを抱きしめ返した。

「――って、僕が答えるところじゃなかったね。お父様」

カイルはダリルからそっと体を離すと、カーティスに振り返った。

「ダリルに答えてあげてください。もちろん、聞くまでもないでしょうけど」

それまで呆然として立ち尽くしていたカーティスだったが、カイルの言葉にハッと我に返った。

そして目に涙を浮かべて頷いた。

「ああ、聞くまでもない。答えは決まっている」

カーティスは二人のもとへ駆け寄り、思い切りダリルとカイルを抱きしめた。

「夢みたいだ。ありがとう、ダリル君……っ」

涙ながらにそう言って、カーティスはさらに腕に力をこめた。それはカーティスの想いすべてが溢れ出たような、力強い抱擁だった。

「そろそろ戻ろうか。懇親会の最後は、僕らが作ったプレゼントがあるんだ。ここにいたらもらい損ねちゃうよ」

カイルはそう言うと、ダリルの手を引っ張って早足で歩み始めた。その隣をカーティスが歩く。

「それにしても、お父様の背を抜くなんてできるかな。こうなったら毎日牛乳を飲まないと。ダリルの夢を叶えてあげないとだからね」

鼻息荒くカイルが意気ごむ。ダリルとカーティスは微笑ましげにくすりと笑った。

「ありがとう、カイル。でも無理はしなくていいよ。別に追い越せなくても構わないから」

「何それ、僕には無理だって言いたいの？」

唇を尖らせるカイルに、ダリルは首を横に振った。

「違うよ。——三人で笑っていられるなら、どんな未来でも構わないってこと」

そう言って、カーティスとカイルの手をぎゅっと握りしめた。二人はダリル越しに目を合わせると、ふっと小さく笑った。

「やっぱり、ダリルには敵わないな」

「ああ、そうだな。ダリル君には敵わない。……この先もずっと」

二人はダリルの手をぎゅっと握り返した。

――悪役令息の役目を終えたら、自由気ままなスローライフを送る。

ダリルの第二の人生は、計画とはまったく違うものとなってしまった。

だが、今なら分かる。手に触れるこの温もりこそが、自分が本当に求めていたものだと。

カーティスとカイル――大事な家族の温もりを幸せに感じながら、ダリルは満面の笑みを浮かべた。

番外編

最愛の伴侶を得た冷徹公爵は、不慣れの欲望に惑う

カーティスは悩んでいた。自身の意地の悪さについて――

ダリルに家族になりたいと言われたあの保護者懇親会から三ヶ月が経った。期間を設けられた仮初めの関係ではなく、正式に婚姻関係となった二人は、まさに蜜月真っ盛りであった。

しかしどんなに甘い蜜月でも、恋には悩みがつきものである。

明け方、目を覚ましたカーティスは静かに上半身を起こした。傍らで眠るダリルにゆるりと視線を下ろす。

すぅすぅ、と薄く開いた唇から漏れ出る可愛いらしい寝息からは、昨晩の淫らな気配など欠片《かけら》も感じない。そのあどけない寝顔に、カーティスはくすりと笑った。そして、おもむろにダリルの髪を優しく梳いた。彼が起きてしまわないよう、細心の注意を払って、静かにそっと……

健やかな寝息に心を癒やされながらも、昨晩の甘く痛切な喘ぎ声を思い出して高揚を覚える。ひどい矛盾だと、胸の内で苦く思う。

ダリルと体を重ねるようになって初めて、自身に荒々しい獣めいた欲望があることを知った。抱いて満たされた傍から渇きを覚えてまた抱いて……

延々と続くその欲望を止めるにはかなりの精神力を要した。ただでさえ二人の体格差は大きく、抱かれる側のダリルには負担がかかる。だから加減をしなければならないのだが、ダリルの淫らな姿を前にすると歯止めが利かなくなるのだ。

だから極力、自分から誘わないように努めていた。だが、予想外のことが起きた。

『あ、あの……、もしお疲れじゃなかったら、その、し、しませんか……？』

真っ赤になった顔を俯《うつむ》け、震える声でダリルに初めて誘われた時は、その可愛さのあまり、危うく心臓が止まるところだった。

それ以来、ダリルから誘われることが増え、今ではほとんどダリルから誘われてばかりだ。

最初こそ、ダリルの体を気遣って自分から誘わないようにしていたカーティスだったが、今はあえて自分から誘わずダリルから声が掛かるのを待っていた。

理由は至極単純で、恥じらいながら誘ってくるダリルが可愛いからである。それに長く片想いしていたカーティスにとって、ダリルから求められることはこの上ない喜びだった。この両想いとなった幸せが夢ではないと、実感できる瞬間でもあった。

だから、羞恥に震えるダリルには悪いと思いつつも、つい彼からの誘いを待ってしまうのだ。

（……我ながら意地が悪い）

自身の厄介な性格に辟易する。もちろん自分のことを人格者などと思っていない。

ただ、他ならぬ愛するダリルが、恥を忍んでいると分かっていながら素知らぬ振りをするなど、以前の自分ならば考えられなかった。

ようやく彼を手に入れられたことで有頂天になっているのだろうか。それとも、この意地の悪さが自分の本性なのか……

（どちらにせよ、ダリル君に愛想をつかされないように気をつけねば……）

心の内で自戒しながらダリルの頬をスッと撫で、ベッドから抜け出した。

身支度を終わらせて部屋を出ようとした時、ダリルがもぞりと体を起こした。

「おはよう、ダリル君」

「おはよう、ございます……。あれ、もう出かけられるのですか……？」

まだ眠気が抜けきれない声のダリルに、カーティスは微笑みかけた。

「ああ。南のレゼアで会合があるから、少し早く出ないといけないんだ」

「そうだったんですね。……すみません、それなら昨日は早く寝るべきでしたね」

ダリルが申し訳なさそうに肩をすぼめる。そんなダリルに愛しさで胸が締めつけられる。カーティスはベッドに腰を下ろすと、ダリルの肩を抱き寄せた。

「そんなことはない。眠るだけなら移動中の馬車でもできる。だから気にしないでくれ」

優しく言って唇を重ねる。布越しに寝起きのダリルの体温がじわりと滲《にじ》んだ。キスも相まって淫らな欲が湧き上がる。できることなら、このままベッドに押し倒してしまいたかったが、何とかこらえて唇を離した。

「行ってくるよ」

「お気をつけて」

ダリルが微笑んでそう言う。その微睡《まどろ》みの内に浮かべた柔らかな笑みには、何とも言いがたい色香が漂っており、カーティスは後ろ髪を引かれる思いで部屋を後にした。

順風満帆な結婚生活を送っているつもりでいた。

とある申し出をダリルがするまでは……


就寝前、いつものように寝室のソファで紅茶を飲んでいると、ダリルが隣に座り言った。

「あの、しばらく別邸に住まわせてもらっていいですか……？」

そう言う声は躊躇《ためら》いがちだが、その目には固い意志が感じられた。思いもよらない申し出に、内心、カーティスは動揺したが、どうにか表情には出さずに押し殺すことができた。

「……急にどうしたんだ？」

「いえ、最近屋敷にこもりがちなので、気分転換に久しぶりに行ってみようかなと思って。あ、もちろん使用人はつけなくて大丈夫です。自分のことは自分でしますから」

気を遣うようにしてダリルが言い添えるが、問題はそこではない。なぜいきなり別邸に住みたいなど言い始めたのか。皆目、見当がつかなかった。

ダリルの真意を推し量る中、ふと、社交界の噂話が頭をよぎった。

何でも伯爵夫人が療養と見せかけて、別荘に愛人を連れこんでいたという不倫話である。自分には無縁だと思っていた話が、途端に胸を騒がせた。

（いや、ダリル君がそんなことをするわけがない。馬鹿げている）

しかし、一度芽生えた疑心はなかなか拭えない。

「……気分転換ならわざわざ別邸に行かなくとも、今度、私と街へ出かけよう」

静かにティーカップをテーブルに戻しながらそう言うと、ダリルが慌てて手を横に振った。

「いえいえっ、お忙しいのに悪いです！　ひとりで行きますから、どうぞお気になさらず」

言葉だけならばカーティスを気遣っているだけに聞こえるが、疑心を抱いてしまった今、どうにも怪しく思えてしまう。しかも、使用人はつけなくていい、ひとりで行くなど、やけに人目を排除しようとしているではないか。大抵の場合、人目を排するのは何か隠し事がある時だ。

疑心に囚われ、短絡的に点と点を繋げてしまう。浅はかな憶測だと頭で一蹴しながらも、不安は色濃くなるばかりだった。

「……分かった。じゃあ私も一緒に別邸に住もう」

「えっ」

カーティスの提案が思いもよらなかったのだろう。ダリルは目を見開いた。

「いやいや、それじゃあ意味がないです！」

「意味がない？」

カーティスの眉がピクリと動く。

「……私がいては何か不都合があるのか」

我知らず、冷たい声が出た。

ダリルの肩がびくっと小さく跳ねる。

そんな些《さ》細《さい》な反応に、まるで彼の後ろめたさを見たような気持ちになり、胸がざわついた。

「……ダリル君、私たちの間に隠しごとはなしだ」

胸の内に広がる不穏な気配を殺してダリルを押し倒す。目を瞠《みは》るダリルにカーティスは優しく微笑みかけた。

「私に不満があるなら、ひとつ残らず言ってくれ。すぐに改める」

乞うように言いながら、首筋にキスを落とす。物腰柔らかな口調とは裏腹に、肌に赤い所有痕を強くつけていく。だが、所有の証をいくら肌に刻もうとも、凶暴な欲望は収まる気配がなかった。

「ふ、不満なんて、ありません……っ」

ダリルはいつもと様子が違うカーティスに戸惑って、慌てて否定した。しかし、それで納得するカーティスではなかった。

「じゃあどうして、別邸にしばらく住みたいなんて言うんだ？」

カーティスは核心に踏みこんだ。彼の暗い瞳に気圧《けお》されるダリルだったが、躊躇《ためら》いがちに口を開いた。

「……だ、だって、このままじゃ、カーティス様がいつか倒れてしまいそうで……」

「私が？」

予想外の答えに、カーティスは驚きのあまり声を上げた。ダリルはこくこくと頷いた。

「カーティス様は優しいから、その……、夜の誘いを断らないでくれますが、無理をさせているんじゃないかと思って……。いつも誘うのは私からですし……。だからなるべくお誘いしないようにと思ったんですが、カーティス様の顔を見ると、我慢できなくて、それでしばらく距離を置こうと……」

手の甲で目元を隠しながら、たどたどしくダリルが言う。その顔は耳まで真っ赤だ。弱々しく震える声でそんな健気なことを言われては、それ以上疑えるはずがなかった。

殺気にも似た疑心がすっかり消えた後に残ったのは、ひどい罪悪感だった。カーティスはダリルをぎゅっと抱きすくめた。

「すまなかった。君にばかり誘わせてしまったばかりに、とんだ誤解をさせてしまった。だが、私はまったく無理などしていない」

「でも……」

「それと、私から誘わなかったのは、恥じらいながら誘ってくる可愛い君を見たかったからだ」

「……え」

無用な誤解を与えないようにきっぱりと言い切る。唖然とするダリルにカーティスは苦笑した。

「愛する人にそんな意地の悪いことをするなんて紳士失格だな。——だから、今夜は私から言わせてほしい」

カーティスは体を起こして、ダリルをスッと抱きかかえた。

「君を抱くのは、君の誘いに仕方なく応じているわけではなく、私が君を抱きたくて仕方ないからだ。それが嘘偽りのない本心だと分かるまで、今夜は抱き尽くしてもいいだろうか」

甘く懇願めいた声で言い募ると、ダリルの顔はますます赤くなった。

「……っ、は、はい……」

赤い顔を隠すように俯《うつむ》いて、蚊の鳴くような声で答えるダリル。カーティスは堪らずその頭にキスをして、ベッドに歩みを進めた。


抱き尽くす、という宣言通り、カーティスは何度も何度もダリルの体を突き上げた。

「ひぁ、あ……っ、は、あぁあ……っ、カーティス、さま……っ」

弱々しい喘ぎ混じりの声で名前を呼ばれる。

それが、カーティスを求めての声か、それともこれ以上は無理だと許しを乞う声か、カーティスには分からなかった。ただ、それがさらにカーティスの欲に火をつけたのは確かだった。

「っ、は……っ、ダリル君……」

深く口づけ、舌を絡ませながら熱い芯をさらに奥へねじこめば、きゅっと中の締めつけが強くなる。そのいじらしい反応に、腹の底から獰猛な熱が沸き立った。

衝動に突き動かされるまま、脚を押し開いてさらに奥を穿つ。

「あっ、はぁ、あぁあ……ッ」

口から漏れ出る甘い悲鳴に、劣情が激しく煽られて抑えが利かなくなる。ダリルの体への負担を考えれば引くべきと分かっていても、頼りの理性はとうに欲望に呑みこまれていた。

「好きだ……っ、愛してる」

カーティスは、ダリルの目尻に滲《にじ》んだ涙を舐めとって、罪滅ぼしのようにキスをする。

「はっ、あ……っ、わたしも、です……」

喘ぎに埋もれながら健気に言葉を返して、ぎゅっと腕を首に回してくる。そんなダリルのいじらしさに情欲が激しく掻き立てられた。狂おしいまでの愛おしさにどうにかなってしまいそうだった。

一歩間違えれば狂気になりかねない激情に駆り立てられるがまま、何度も腰を突き上げる。

「あぁ、はあっ、あぁあ……ッ」

精を注いだ瞬間、ダリルは仰け反り、一際大きく喘いだ。ビクッと一度大きく跳ねた腰は甘い余韻に浸るように引き攣り、潤んだ瞳は恍惚の色を浮かべている。

細い体も相まって、ベッドの上でぐったりとなった姿態は痛ましくすらあり、自分の堪え性のなさに辟易した。

「ダリル君、大丈夫か……？」

ダリルの頬を手の甲でそっと撫でる。すると、ダリルは艶《あで》やかに微笑んで、そっとカーティスの手をとった。

「大丈夫です……。ですから、どうぞ私のことは気になさらず……」

儚げな声で言いながら、カーティスの手を唇に引き寄せ、指先に何度もひたむきなキスをする。

それと同時に寄越される眼差しは控えめながら熱い欲を孕んでいて、カーティスを求めていた。

言外の、しかしそれでいて饒舌な誘いにごくりと喉が鳴る。欲を吐き出してようやく取り戻したはずの理性など簡単に吹き飛んだ。

「ダリル君……っ」

その後も、愛のままに抱き、ダリルの体に熱い欲を打ちつけたのだった。

「……我慢すべきは私のほうだな」

ダリルの横に寝転んで、カーティスはぽつりと呟いた。

「え……」

ダリルが戸惑い気味に視線をカーティスへ向ける。その顔には抱かれすぎて疲労が滲《にじ》んでいた。

カーティスは何だか申し訳なくなり、ダリルを優しく抱き寄せた。

「このままでは君のほうがいつか倒れてしまいそうだ。……私の欲をすべて受け止めるには君の体は細すぎる」

労《いたわ》るようにしてその細い腰を撫でると、それだけでびくっとダリルの肌が震えた。その淫らな反応に、出し切ったはずの欲がまた疼いて、ほとほと自分に嫌気がさした。

とにかくしばらくは我慢しようと決心したカーティスだったが、ダリルがそれを許さなかった。

「じゃ、じゃあ、明日から体を鍛えます！」

「え？」

思いもよらない言葉に、カーティスは目を瞬《しばた》かせた。

「それはどういう……」

「言葉の通りです。私の体が細くて気を遣うなら、遠慮しないでいいくらい体を鍛えます！　だから、我慢しないでください。……そうじゃないと、私のほうが我慢できなくなります」

ダリルは意気揚々と話し始めたが、最後のほうは羞恥心に押し潰されたのか、声が小さくなって、最後は俯《うつむ》いた。ダリルの震える吐息がカーティスの肌に触れた。

「……っ！」

激しい情動がカーティスの胸を掻き乱す。

カーティスはダリルの体をぎゅっと抱きしめ、彼の口にキスを落とした。

しばらく我慢しようと思った矢先だというのに、早々に諦めざるを得なくなった。

ハッピーエンドのその先へ ー
ファンタジックなボーイズラブ小説レーベル

アンダルシュノベルズ
&arche NOVELS

雪原に灯る、
愛の物語。

白銀の人狼は
生贄の王子に
愛を捧ぐ

伊達きよ ／著

ミギノヤギ／イラスト

ユーディスティ王国は、古くから狼の民・ザノゥサに貢物を捧げ、彼らに国の守護を任せていた。けれどその関係を軽んじた王は「王の子を嫁がせよ」というザノゥサの求めに対し、姫ではなく王子のシャニに白羽の矢を立てる。生贄として捧げられたシャニを待ち受けていたのは、大きな白銀の狼だった。しかし、子を産めぬ男に用はないとばかりに雪深い山脈へ置き去りにされてしまうシャニ。それでも一人凍える雪の中で生き抜こうと耐えるシャニのもとに再び現れた狼は、なんと美しい人の形に姿を変えて——!?

詳しくは公式サイトにてご確認ください。

https://andarche.alphapolis.co.jp

異世界BLサイト“アンダルシュ”

新刊、既刊情報、投稿漫画、X（旧Twitter）など、BL情報が満載!

アンダルシュコミックス
&arche COMICS

毎週
木曜
大好評
連載中!!

かどをとおる
きむら紫
黒川レイジ
しもくら
槻木あめ
辻本嗣
綴屋めぐる
つなしや季夏
戸帳さわ
のきようこ
乃木津ゆう
森永あぐり
雪潮にぎり
Roa
…and more

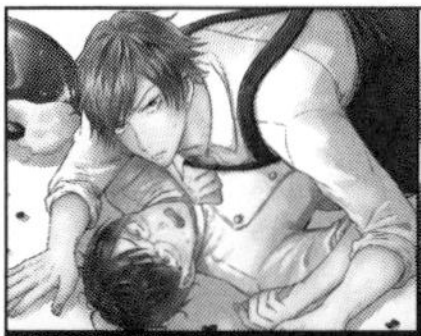
甘くて苦い僕たちは／
きむら紫

巻き添えで異世界召喚されたおれは、
最強騎士団に拾われる／
原作:滝こざかな　漫画:しもくら

半魔の竜騎士は、辺境伯に執着される／
原作:矢城慧兎　漫画:森永あぐり

異世界で傭兵になった俺ですが／
原作:一戸ミヅ　漫画:槻木あめ

毒を喰らわば皿まで／
原作:十河　漫画:戸帳さわ

萌ゆるハルに出会う僕ら／
かどをとおる

異世界でのおれへの
評価がおかしいんだが／
原作:秋山龍央　漫画:Roa

異世界でおまけの兄さん
自立を目指す〜巡行編〜／
原作:松沢ナツオ　漫画:黒川レイジ

典型的な政略結婚をした俺のその後。／
原作:みなみゆうき　漫画:つなしや季夏

ふれる白雪／綴屋めぐる

腐男子の俺が陽キャ幼馴染に迫られてる件／
雪潮にぎり

最推しの義兄を愛でるため、
長生きします！／
原作:朝陽天満　漫画:辻本嗣

いつから魔力がないと錯覚していた!?／
原作:犬丸まお　漫画:黒川レイジ

四月に溺れて／のきようこ

魔王と村人A／
原作:秋山龍央　漫画:乃木津ゆう

BL webサイト
&arche
アンダルシュ

無料で読み放題
今すぐアクセス!
アンダルシュ Web漫画

この作品に対する皆様のご意見・ご感想をお待ちしております。

おハガキ・お手紙は以下の宛先にお送りください。

【宛先】

〒150-6019 東京都渋谷区恵比寿 4-20-3 恵比寿ｶﾞｰﾃﾞﾝﾌﾟﾚｲｽﾀﾜｰ 19F
（株）アルファポリス　書籍感想係

メールフォームでのご意見・ご感想は右のＱＲコードから、
あるいは以下のワードで検索をかけてください。

アルファポリス　書籍の感想　検索

ご感想はこちらから

本書は、「アルファポリス」（https://www.alphapolis.co.jp/）に掲載されていたものを、
改題、改稿、加筆のうえ、書籍化したものです。

役目《やくめ》を終《お》えた悪役令息《あくやくれいそく》は、
第二《だいに》の人生《じんせい》で呪《のろ》われた冷徹公爵《れいてつこうしゃく》に見初《みそ》められました

綺沙きさき（きさ きさき）

2024年 7月 20日初版発行

編集－山田伊亮・大木 瞳
編集長－倉持真理
発行者－梶本雄介
発行所－株式会社アルファポリス
〒150-6019 東京都渋谷区恵比寿4-20-3 恵比寿ｶﾞｰﾃﾞﾝﾌﾟﾚｲｽﾀﾜｰ19F
TEL 03-6277-1601（営業） 03-6277-1602（編集）
URL https://www.alphapolis.co.jp/
発売元－株式会社星雲社（共同出版社・流通責任出版社）
〒112-0005 東京都文京区水道1-3-30
TEL 03-3868-3275
装丁・本文イラスト－榊空也
装丁デザイン－AFTERGLOW
（レーベルフォーマットデザイン－円と球）
印刷－中央精版印刷株式会社

価格はカバーに表示されてあります。

落丁乱丁の場合はアルファポリスまでご連絡ください。

送料は小社負担でお取り替えします。


ISBN978-4-434-34171-7 C0093